HEYNE
BÜCHER

SUSAN JOHNSON

SÜSSER KUSS DER LEIDENSCHAFT

Roman

WILHELM HEYNE VERLAG
MÜNCHEN

HEYNE ROMANE FÜR »SIE«
Nr. 04/318

Titel der Originalausgabe
SWEET LOVE SURVIVE

Aus dem Amerikanischen
von Eva Malsch

Deutsche Erstausgabe 1/2000

Printed in France 2000
http: // www.heyne.de
Umschlagillustration: Elaine Duillo / Agentur Schlück
Umschlaggestaltung: Nele Schütz Design, München
Satz: Pinkuin Satz und Datentechnik, Berlin
Druck und Bindung: Brodard & Taupin

ISBN 3-453-15971-3

Die Revolution entfesselte einen blutigen, grausamen Krieg in Rußland. So wie die Aristokraten während der französischen Revolution entkamen auch viele russische Adelige buchstäblich in letzter Minute, ehe die Bolschewisten ihre Häuser überfielen. Mit dieser apokalyptischen Ära befaßt sich eine umfangreiche Literatur, die ich gründlich studiert habe. Während der Lektüre entstand in meiner Fantasie allmählich die Geschichte von Apollo und Kitty. Die kaukasische Kavallerie und die Sitten jenes Volkes, die vom Lauf der Zeiten unberührt blieben, faszinierten mich, ebenso die menschlichen Tragödien vor dem Hintergrund des Krieges. Der Roman »Süßer Kuß der Leidenschaft« beschreibt nur einen kleinen Teil der gewaltigen Feuersbrunst, die damals ganz Rußland überrollte, und schildert, wie sich zwei Menschen inmitten des Chaos finden. Dies ist eine Geschichte von der Hoffnung in aussichtslosen Zeiten und von der Macht der Liebe.

Susan Johnson

1

Astrachan, Dezember 1919

»Gleich sind wir da.«

»Ich brauche was zu trinken.«

»Und ein Bett – vorzugsweise mit einer weichen, warmen Gefährtin.«

»Großer Gott, Mahomet, denkst du niemals an etwas anderes?«

»Was gibt es denn sonst?«

»Im Augenblick würde mir ein Feuer genügen, das meine gefrorenen Füße auftaut.«

In der Reiterschar erklang zustimmendes Gemurmel, gefolgt von einem neuen Schweigen, das die qualvolle Erschöpfung der Männer bezeugte. Mit letzter Kraft trabte der Kavallerietrupp eine Lindenallee hinauf. Die Bäume warfen tintenschwarze Schatten auf das verschneite Feld zur Rechten. Am Ende der Zufahrt, auf dem Gipfel eines Hügels, stand ein zweistöckiges Herrschaftshaus, leuchtend weiß im winterlichen Mondlicht. Nur zwei der palladianischen Fenster im Erdgeschoß schimmerten goldgelb. Am Fuß des Hangs schliefen Weizenfelder unter der dikken Schneedecke, so weit das Auge reichte. Dunkle Wälder bildeten den fernen Horizont, die Silhouetten der Trauerweiden neigten sich über den zugefrorenen Fluß, der die mondhellen Felder durchquerte. In der eisigen Dezembernacht herrschte Grabesstille.

Das leise Klirren des Zaumzeugs und der Sporen begleitete die Reiter, die instinktiv, beinahe im Halbschlaf, mit ihren Knien gerade so viel Druck auf die Pferdeflanken ausübten, daß sie im Sattel blieben. Über Marder-, Seehund- und Bibermänteln kreuzten sich Patronengurte, in den Haltern der Waffengurte steckten Mauserpistolen.

Wolfs- oder Astrachanpelz-*papakhas,* tief in die Stirn gezogen, umrahmten junge Gesichter und müde, zynische Augen, die zuviel Blut gesehen hatten. Lose hingen die Zügel in den Lederhandschuhen und schlugen sanft gegen das schweißbedeckte Pferdefell. Vor einer Meile hatten die Vollblüter bereits den Stall gerochen, wiehernd die edlen Nüstern gehoben und das Tempo aus eigenem Antrieb beschleunigt, voller Sehnsucht nach Ruhe und Futter.

»Verdammt spät, um zwanzig Hausgäste mitzubringen, Peotr«, meinte der junge Fähnrich an der Seite des Kommandanten.

»Daran ist Kitty gewöhnt«, erwiderte der Oberst lakonisch.

»Wir sind nicht mehr in Piter[1], Aliosha«, bemerkte ein Reiter hinter den beiden trocken. »Also müssen wir nicht an unsere Manieren denken. Außerdem befinden wir uns im Krieg – erinnerst du dich?«

»Als ob man's vergessen könnte!« klagte ein anderer. »Ein grausamer, deprimierender Krieg!«

»Seit einigen Wochen nicht mehr!« ertönte eine triumphierende Stimme. »Bei Gott, wir haben ihnen Feuer unterm Hintern gemacht. Wahrscheinlich brennt das Munitionsdepot, das wir gesprengt haben, immer noch.«

»Und Budennys Kavallerie flieht nach Kamishin. Hipp, hipp ...«

»Hurra!« erhob sich ein zwanzigstimmiger Chor. In den letzten Wochen hatte sie nur selten einen Grund gefunden, um aus voller Kehle zu jubeln. Seit Mitte Oktober zog sich Denikins Heer zurück. Kolchaks sibirische Truppen waren geschlagen, General Judenich und sein kleiner estländischer Freiwilligentrupp hatten vor den Toren Petrograds eine Niederlage erlitten. Am 20. Oktober hatten die Roten Orel eingenommen, die Ukraine war gefallen, und nun wurde Kharlov bedroht. Die Bolschewisten erwiesen sich als formidable Gegner.

Trotz der katastrophalen Fehlschläge griff General Mamontov die Roten Linien von hinten an, durchstieß mit seiner Kavallerie *koulak* (Faust) die linke Flanke der Roten Armee und erreichte Tambov, etwa hundertvierzig Meilen von der Stelle seines ersten Durchbruchs entfernt. Dann ritt er im Zickzack nach Westen, wich über hundert Meilen lang den starken Roten Truppenkonzentrationen aus, ehe er sich wieder südwärts wandte und zu den Hauptlinien des Weißen Heers zurückkehrte. Mit seiner waghalsigen Operation hatte er einen breiten Sektor der hinteren Roten Fronten vernichtet. Er brannte Depots nieder, sprengte Brücken, zerstörte Lokomotiven und andere Transportmittel und exekutierte gefangene bolschewistische Volkskommissare.[2] Voller Genugtuung berichtete die südrussische Presse, seit dem amerikanischen Sezessionskrieg vor einem halben Jahrhundert habe keine so erfolgreiche Kavallerieaktion stattgefunden. Die Offiziere, die nun der schneebedeckten Zufahrt folgten, hatten an Mamontovs Attacken teilgenommen. Sie gehörten zu den Spezialeinheiten aus Turkistan und dem Kaukasus und waren Mamontovs Viertem Kavalleriekorps angegliedert worden – Mitglieder der Touzémnaya (einheimischen) Division, in ganz Rußland inoffiziell Dikaya (wilde) Division genannt, die Elite der Weißen Armee. Bestenfalls war ihre äußere Erscheinung als irregulär zu bezeichnen. Extravagante Kerle aus verschiedenen Völkern und Glaubensrichtungen, lautete eine eher höfliche Beschreibung. Manche Leute hielten die Division für eine Mörderbande. Aber wie immer man diese Kavalleristen bezeichnete, an ihren Fähigkeiten, ihrer unglaublichen Tapferkeit und bemerkenswerten Loyalität untereinander bestand kein Zweifel. Niemals ließen sie ihre Toten und Verwundeten auf den Schlachtfeldern liegen, nicht einmal unter den gefährlichsten Umständen.

Trotz ihrer Jugend waren sie während des Weltkriegs in eine harte Schule gegangen und hatten gelernt, alles zu mißachten, was dem Ziel des Kampfes nicht unmittelbar diente – Idealismus, militärische Disziplin, Regeln und Schliff. In jeder Hinsicht waren sie unorthodox, auch in ihrem ungewöhnlichen Reitstil, der eher sportlich als militärisch wirkte. Sie ritten Vollblüter mit kurzen Steigbügeln, langen Zügeln und ohne Gebißstangen, was ihnen ein konkurrenzloses Tempo ermöglichte[3]. In den Stiefeln steckten verschiedene *nagaikis* (Peitschen) und *kinjals* (Messer), die sie skrupellos und effektiv benutzten. Deshalb trugen sie den Namen »Wilde Division« nicht zu Unrecht.

»Die Balashow-Arsenal-Aktion war traumhaft, Apollo«, sagte ein Kurde mit Hakennase, der einen Schafspelzmantel und silbern bestickte Breeches trug, zu dem hochgewachsenen, kräftig gebauten Reiter im Sattel einer schönen Karabagh-Stute. »Aber völlig verrückt.«

»Auf Leda kann ich mich immer verlassen. Sie rettet mich aus allen Notlagen. Einmal erklärte mir ein Mullah, Leda und ich seien auf mystische Weise von der Sonne berührt worden. Nicht, daß ich daran glaube – doch ich rechne stets mit meinem Glück.« Das rotgoldene Fell der Stute und das hellblonde Haar ihres Herrn, im Augenblick unter der Pelzmütze unsichtbar, beschworen tatsächlich das Bild von Sonnenstrahlen herauf.

»Wie auch immer, du bist wahnsinnig. Ein streng bewachtes Arsenal mitten in Budennys Heer zu sprengen …«

»Diese Gelegenheit durfte ich mir nicht entgehen lassen. Ein verdammt schönes Feuerwerk.«

»Wie ein strahlender Vollmond auf dem Eriwan-Plateau …«

»Ja, ich dachte mir, das würde deiner Banditenseele gefallen, Sinko. Sicher hat's dich an deine nächtlichen Überfälle erinnert, die dir so lieb und teuer waren.« In der tiefen Stimme schwang sanfter Spott mit.

»Nostalgisch wie Muttermilch, mein Freund.«

»In diesem Krieg kann ein bißchen Wahnsinn nicht schaden. Die vernünftigen Männer sind längst erledigt.

Und was unvorhersehbare Situationen oder Sprengstoff betrifft – darf ich einen klischeehaften Vergleich mit den Frauen ziehen? Wenn man sie behutsam behandelt, werden sie dich letzten Endes beglücken.«

Apollo lächelte Sinko mit jener lässigen Ironie an, die zu seinem Wesen gehörte.

Grinsend entblößte der dunkelhäutige Kurde seine schneeweißen Zähne. »Du mußt es ja wissen. Wo immer wir anhalten, findest du eine Frau, die bereitwillig ihr Bett mit dir teilt.«

»So ist's nun mal im Krieg – man nimmt sich, was man kriegt. Wer weiß, ob man den nächsten Morgen erlebt?«

Sinko musterte den Mann an seiner Seite und erwartete, das gewohnte spöttische Lächeln zu sehen. Aber diesmal blieb das markante Gesicht ernst.

Trotz des soeben errungenen Erfolges wußten alle Kavalleristen, daß die Weiße Armee auf verlorenem Posten kämpfte. Mit jedem Tag verbesserten sich die Organisation und die Ausrüstung der Roten Truppen. Zudem befanden sie sich in der Überzahl, und sie besaßen wesentlich umfangreicheres Kriegsmaterial als ihre Gegner.[4] Ihr endgültiger Sieg war nur mehr eine Frage der Zeit, falls den Weißen keine neuen Verbündeten beistanden. Da die Franzosen Odessa verlassen hatten und die Hampshires im September von Wladiwostok heimwärts gesegelt waren, durfte man nicht mehr auf die versprochene Unterstützung hoffen.

Alexeiev und Kornilov waren tot, Kaledin hatte Selbstmord begangen. Und Kolchak war erschossen worden. Nach zwei Kriegsjahren blieben nur noch Denikin, Wrangel und Mamontov übrig. Das Ende rückte näher – was niemand zugab. Alle würden bis zuletzt kämpfen.

In dieser kalten Dezembernacht hatte jeder Offizier, der Apollos Trupp angehörte, seine eigenen Gründe, um den Kampf fortzusetzen, obwohl die Vernunft dagegen sprach. Die Gründe waren so unterschiedlich wie die Männer, die gemeinsam ritten – Aristokraten aus den reichen Familien, die Rußland tausend Jahre lang unangefochten beherrscht hatten, Tscherkessen, Kabardiner, Inguschen, Tschetschenen, Dagestaner und Tataren. In Eliteregimentern ausgebildet, waren sie alle vorzügliche Reiter, Schützen und Taktiker – und in ganz Rußland wurde nach ihnen gefahndet. Für jeden Offizier war ein Kopfgeld ausgesetzt, das dem Empfänger einen angenehmen Ruhestand ermöglichen würde. Das Zentralkomitee in Moskau würde ebenso erleichtert aufatmen wie der Generalstab der Roten Armee, wenn die restlichen Renegaten der gefürchteten Wilden Division keinen Schaden mehr anrichten könnten.

Müde ritten sie um den dunklen Westflügel des Herrschaftshauses herum und stiegen ab. Fast vier Tage lang hatten sie im Sattel gesessen, in bitterer Kälte, und ein vom Krieg geplagtes Land durchquert, in dem es kaum noch Nahrung und Obdach gab. Wieder in sicherem Gebiet, durften sie sich vier Tage ausruhen, bevor die Kampagne weitergeführt wurde. Trotz ihrer Erschöpfung wollten sie alle den Erfolg des *koulak*-Manövers feiern.

Sie überließen die Pferde den Stallknechten, gingen lachend und scherzend um das Gebäude herum. Sobald sie wieder festen Boden unter den Füßen spürten, verflog die nervöse Anspannung der letzten Wochen. Angenehme Gedanken an warmes Essen und belebende Getränke vertrieben die Erinnerung an den brutalen Krieg.

»Willkommen daheim, Euer Gnaden!«

Freudestrahlend öffnete ein alter Diener die Tür und begrüßte seinen Herrn.

»Danke, Pavel, es ist schön, endlich heimzukehren.« Oberst Peotr Radachek zog lächelnd die fleckigen Lederhandschuhe aus.

»Champagner und Wodka!« befahl er und schlüpfte aus seinem schweren Pelzmantel. »Heute haben wir was zu feiern!« Er warf seine *papakha* beiseite, eilte durch den dunklen Flur und schaltete alle Lichter ein, gefolgt von einem diensteifrigen Pavel und schmutzigen, plötzlich redseligen Kavalleristen.

Wenige Minuten später saßen sie im Speisezimmer. Ein funkelnder Kristallüster warf helles Licht auf den großen Mahagonitisch, geschäftige Diener servierten Wodka, Champagner und Kaviar, brachten Zigarren- und Zigarettenkisten. Inzwischen wurde ein Festmahl zubereitet. Die meisten Männer hatten die Uniformröcke ausgezogen und prosteten einander in Hemdsärmeln zu.

Immer neue Trinksprüche erklangen – auf die Division, die Weiße Armee, General Mamontov und General Wrangel, auf die siegreiche Operation. Jedesmal standen sie auf, wie es der Sitte entsprach – hochgewachsene, kräftige junge Männer mit bronzebraunen Gesichtern, die Muskeln von langen Kriegsjahren gestählt. Triumphierend warfen sie die Köpfe in den Nacken und leerten bei jedem Toast ihre Wodkagläser, die von aufmerksamen Dienern sofort wieder nachgefüllt wurden.

Eine knappe halbe Stunde nach der Ankunft des Trupps erschien Gräfin Radachek in der Tür des Speisezimmers. »Guten Abend, meine Herren.« Wie immer, wenn Kitty einen Raum betrat, sorgte ihre Schönheit für sekundenlanges Schweigen. Als die Männer aufsprangen, lächelte sie errötend. »Bitte, behalten Sie doch Platz. Bald wird das Essen serviert.«

Die Männer setzten sich wieder. Nur der Graf blieb stehen, und sie begrüßte ihn freundlich. Von ihrer Zofe geweckt, hatte sie sich hastig angezogen. Sie trug ein schlichtes, aber elegantes fliederfarbenes Kleid und keinen Schmuck. Im langen honigblonden Haar, von einem bestickten Band aus der Stirn gehalten, spiegelte sich das Licht des Lüsters.

»Was für eine wunderbare Überraschung, Peotr! Willkommen daheim. Da alle so fröhlich sind, müßt ihr einen Sieg errungen haben.«

»In der Tat, wir trieben Budennys Erste Kavallerie nach Kamishin zurück.« Lässig legte Peotr einen Arm um Kittys schmale Schultern. Mit der anderen Hand prostete er seinen Kameraden zu.

Die meergrünen Augen halb geschlossen, lehnte sie den Kopf an die breite Brust ihres Ehemanns. »Ich bin so froh, daß du unverletzt zurückgekehrt bist.«

Aber er hörte nicht zu, weil er eine scherzhafte Bemerkung über die Vorzüge von Pferden und Frauen beantwortete. Gleichmütig tätschelte er ihre Schulter. »Setz dich, Kitty, trink ein Glas Champagner mit uns.«

Als sie an der Seite des Grafen Platz nahm, reichte ihr ein lächelnder Leutnant ein gefülltes Glas, verneigte sich und schlug die Hacken zusammen. Unglücklicherweise war er nicht mehr ganz nüchtern, und nachdem er die schneidige Aktion beendet hatte, fiel er kopfüber auf den Tisch.

»He, Sandy«, rief jemand, »heute bist du in Hochform! Nicht einmal einen Tropfen hast du verschüttet.«

Tatsächlich – der Leutnant war drei Zentimeter neben Kittys Glas gelandet. Zwei Diener verfrachteten ihn auf seinen Stuhl, und Kitty nippte belustigt an ihrem Champagner. Immer wieder erklangen fröhliche Lieder und schallendes Gelächter.

»Auf Apollo!« schrie ein Kavallerist. »Auf sein teuflisches Talent, Dynamit zu entzünden!«

»Hört, hört!« Alle leerten ihre Gläser.

»Irgendwie ist es Apollo gelungen, an das Arsenal in Balashov heranzukommen«, erklärte Peotr seiner Frau. »Die ganze Munition flog in die Luft und erhellte den Himmel bis Kabul. Bei dieser Operation eroberte Apollo einen Rotschimmel – den er nicht braucht, weil er ganz verrückt nach seiner Karabagh-Stute ist. Wir warteten auf einem Hügel südlich von der Stadt, und als er wie der Teufel zu uns galoppierte, wußten wir, daß das Arsenal jeden Augenblick explodieren würde ...«

»He, Apollo!« unterbrach ihn eine dröhnende Stimme. »Wer hat dir diese Technik beigebracht? Irgendein verdammter Anarchist in deiner Familie, den wir nicht kennen?«

»Nun, es ist hilfreich, zwei oder drei Munitionsfabriken zu besitzen.« Inzwischen war Apollo etwas angeheitert. Grinsend zeigte er seine ebenmäßigen Zähne. »Und so lernte ich die Kunst, einen Teil der Welt zu sprengen, auf den Knien meines Papas.« Mit seinen funkelnden, schräg stehenden goldbraunen Augen und der hellblonden, achtlos zurückgekämmten Mähne erinnerte er an einen Silberlöwen. Seine geschickten Hände befähigten ihn, großartig mit Pferden, Spielkarten, Waffen und Sprengstoff umzugehen – und mit Frauen.

»Heute abend sieht er so wild aus«, murmelte ein rothaariger Unteroffizier.

»Wie üblich«, lautete die trockene Antwort seines Freundes. Beide beobachteten Apollo, der den Rest einer Wodkakaraffe in sein Glas goß, einen Diener heranwinkte und sich eine neue Flasche bringen ließ. Dann leerte er das randvolle Glas.

»Der verträgt so viel Alkohol wie ein sibirischer Bauer«, meinte der Unteroffizier fast ehrfürchtig. »Er kriegt höchstens einen kleinen Schwips.«

»Eigentlich schade«, erwiderte sein weltgewandterer Gefährte. »Wenn er ab und zu sternhagelvoll wäre, würde er sich viel Ärger ersparen. Weißt du noch, wie er nach einem zweitägigen Saufgelage nach Moskau galoppierte, um Lenin zu meucheln. Aber der war gerade in Petrograd. Inzwischen hatte sich der Nebel in Apollos Gehirn verflüchtigt. Er kehrte heim und erzählte, es sei gräßlich gewesen, stocknüchtern durch feindliches Gebiet zu reiten.«

Da Apollo gefährliche Abenteuer liebte, war er nicht nur auf seinen Verstand und Instinkt angewiesen, um zu überleben, sondern oftmals auch auf die Hilfe seiner beiden kaukasischen Leibwächter Karaim und Sahin.

Wie lautlose Schatten schützten sie den Jungen Falken – oder As-saqr As-saghir, wie er in ihrer gebirgigen Heimat hieß. Dazu waren sie von Apollos Vater Alex und ihrem Anführer Iskender-Khan, seinem Urgroßvater, beauftragt worden – und stets bereit, ihn mit ihrem Leben zu verteidigen.

Die dunklen Gesichter völlig ausdruckslos, saßen sie am unteren Ende des Tisches und beobachteten ihren Schützling, der sich schon seit einiger Zeit nicht mehr an der übermütigen Konversation beteiligte. Plötzlich erschien ein seltsamer Glanz in seinen goldbraunen Augen. Und dann hob Hauptmann Prinz Apollo Kuzan sein Glas. »Auf die Bolschewisten!« Tiefes Schweigen beantwortete den Trinkspruch. »Mögen sie alle in der Hölle schmoren!« fügte er sarkastisch hinzu und leerte sein Glas.

»Mögen sie alle in der Hölle schmoren!« jubelten seine Kameraden.

Vierzig Minuten später entschuldigte sich die Gräfin, um in der Küche nach dem Rechten zu sehen. Kaum hatte sich die Tür hinter ihr geschlossen, fragte Peotr: »Was haltet ihr von einem Kurzurlaub in Zadias kleinem Nest in Niiji? Ilya sagt, sie hätte sechs neue Mädchen aus Georgien geholt.«

Wie aus einem Mund stimmten die Kavalleristen zu.

»Wenn wir gegessen haben – auf nach Niiji!« rief der Graf.

»Darauf trinke ich!« lallte jemand mit Petersburger Akzent. »Ein bißchen Glück, ein gutes Essen, eine Frau – was braucht ein Soldat sonst noch?«

Nach der Mahlzeit tranken sie Portwein und rauchten Zigarren. »Morgen beginnen wir feindliche Stellungen auszukundschaften«, erklärte Peotr seiner Frau. »Laß ein paar saubere Sachen für mich einpacken. In einer Stunde brechen wir auf.«

»O Peotr, ich dachte, du bleibst einige Tage hier«, entgegnete Kitty sichtlich enttäuscht.

Lässig zuckte er die Achseln, musterte seine schöne Frau und entschied, er würde die Freuden, die sie ihm bieten könnte, wohl niemals schätzen. »Tut mir leid, meine Liebe. Morgen früh werden wir in Wrangels Hauptquartier erwartet.« Die Lüge kam ihm leicht über die Lippen, denn Zadia zählte zu seinen Favoritinnen. »Wenn alles gutgeht, komme ich in zwei oder drei Wochen zurück. Du wirst doch während meiner Abwesenheit auf die Ländereien achten?« Ein flüchtiger Kuß streifte ihre Wange.

»Natürlich, Peotr«, versprach Kitty pflichtbewußt und senkte die dichten Wimpern. Was erwartete sie? Warum hatte sie geglaubt, diesmal wäre es anders? Sie wußte, warum er sie geheiratet hatte – wegen eines Abkommens zwischen seinen und ihren Eltern, deren Ländereien aneinandergrenzten. Eine Vernunftehe. In ihrer Naivität hatte sie gehofft, ihr attraktiver dunkelhaariger Mann mit den schönen Zigeuneraugen würde sie trotzdem liebgewinnen. Aber jetzt, nach drei Jahren müßte sie endlich wissen, wie sinnlos ihre romantische Sehnsucht war.

Peotr behandelte sie höflich, sogar mit einer gewissen Zuneigung, wie die Schwester eines Freundes oder Verwandten – nicht wie eine Ehefrau. Als junges Mädchen verwaist, hatte sie die letzten beiden Jahre bis zu ihrer Großjährigkeit in der Obhut einer Tante väterlicherseits verbracht, die widerstrebend aus Petrograd in den Süden übersiedelt war, um ihre ›familiären Pflichten zu erfüllen‹. Allzugut verstand sie sich nicht mit Kitty, denn die Nichte legte keinen Wert auf jene gesellschaftlichen Amüsements, die ihre Tante so schmerzlich vermißte. Sie konnte auch nicht handarbeiten und musizieren. Statt dessen hatte der Vater ihr beigebracht, das Landgut zu verwalten. Nach dem tödlichen Unfall ihrer Eltern während einer Schiffsreise auf der Wolga war es ihr ganz natürlich erschienen, das Kommando auf Kuchin zu übernehmen – so selbstverständlich wie die Verlobung mit Peotr, den sie schon ihr Leben lang kannte.

Kurz nach ihrem achtzehnten Geburtstag kehrte er von der Westfront zurück, um ein paar Tage Urlaub zu machen, und sie feierten Hochzeit. Von ihren Pflichten erlöst, stieg die Tante sofort nach der Trauung in ihre Kutsche und fuhr in ihr geliebtes Petrograd. Zwei Tage später war Peotr wieder in den Krieg gezogen und hatte Kitty mit der schwierigen Aufgabe allein gelassen, zwei Landgüter zu verwalten. Er wußte ihre Fähigkeiten zu würdigen. Jedesmal wenn er nach Hause kam, lobte er ihre Kompetenz. Aber weder seine brüderliche Zuneigung noch seine Komplimente konnten sie über die lieblose Ehe hinwegtrösten. Seufzend musterte sie ihren gutgelaunten Mann, der gerade wieder sein Wodkaglas leerte, und ermahnte sich, die vergeblichen Hoffnungen zu begraben. Nur zu gut wußte sie, welche Position die Frauen aus ihrer Gesellschaftsschicht einnahmen. Sie wurden geheiratet, aber nicht geliebt. Solche Emotionen verschwendeten aristokratische Ehemänner nur an ihre Gespielinnen.

Schließlich standen die angeheiterten Kavallerieoffiziere vom Tisch auf, wünschten der Gräfin höflich eine gute Nacht und stiegen etwas unsicher auf ihre Pferde, um ins zwölf Meilen entfernte Niiji zu reiten. Es war bereits drei Uhr nachts. Müde ging Kitty in die Halle zurück, nachdem sie ihren Mann zu seinem Hengst begleitet hatte, und entließ das Personal. Die Hausarbeit konnte bis morgen warten. Als sie die Treppe hinaufstieg, fühlte sie sich unendlich einsam. Wie sollte sie die trostlose Zukunft an Peotrs Seite ertragen? Dann schämte sie sich, weil sie in ihrem Selbstmitleid versank, wo er doch jeden Tag sein Leben riskierte.

Und wenn der Krieg noch lange dauerte – welche Zukunft durften sie erwarten? Tod oder ein schreckliches Exil? Hastig verdrängte sie die beklemmenden Gedanken. Den Ländereien drohte vorerst keine Gefahr, und wenn

Kitty sie getreulich verwaltete, war sie ihrem Mann wenigstens dienlich – obwohl sie auf seine Liebe verzichten mußte.

Doch die Angst kehrte bald zurück. Trotz der Siege im Sommer verlor die Weiße Armee zusehends die Kontrolle. Immer mehr Gebiete wurden von den besser gerüsteten Roten erobert. Wie lange konnten sie noch zurückgeschlagen werden? Wann würde sich Kitty an die Anweisungen erinnern müssen, die Peotr ihr 1918 für den Fall einer endgültigen Niederlage erteilt hatte? »Ich habe alles aufgeschrieben. Im Safe meines Arbeitszimmers findest du ein versiegeltes Kuvert. Das Geld liegt auf einer Pariser Bank. Sollte ich auf dem Schlachtfeld fallen und der Sieg unserer Gegner feststehen, mußt du möglichst schnell abreisen. Versprich mir das!« Mit ernsten dunklen Zigeuneraugen sah er sie an, und sie nickte bedrückt. Ihren Mann zu verlieren und das Land zu verlassen, das ihrer Familie seit tausend Jahren gehörte – würde sie dieses Leid verkraften? »Und notfalls ...« Statt den Satz zu beenden, gab er ihr ein Fläschchen mit Morphium. In der Stille, die seinen Worten folgte, hingen die Geschichten über die Greueltaten der Roten Armee, die Folterungen und Vergewaltigungen, wie Schreckgespenster an unsichtbaren Galgen. Nervös nahm sie das Fläschchen entgegen und verwahrte es in ihrem Kosmetikkoffer. Es war nie wieder erwähnt worden.

Diese Erinnerungen und die Zukunftsangst lasteten bleischwer auf ihrer Seele. Den Tränen nahe, umklammerte sie das Treppengeländer. Nein, sie durfte nicht weinen ... Zum Teufel mit dem Krieg, mit dem sinnlosen Gemetzel. Und, zum Teufel, mit all den Zadias, die ihre schamlose Liebe feilboten und Ehemännern wie Peotr so unwiderstehlich erschienen.

Natürlich wußte sie, wohin ihr Mann und seine Freunde ritten. Seine Stimme war laut genug durch die Tür des Speisezimmers gedrungen. Als sie an Peotrs Untreue und Gleichgültigkeit dachte, vermochte sie die Tränen nicht länger zurückzuhalten. Plötzlich rannen sie über ihre Wangen, und sie wischte sie mit einer zitternden Faust weg, wütend auf sich selbst. Schon vor langer Zeit hatte sie sich gelobt, Peotrs wegen nicht mehr zu weinen. An diesem Entschluß mußte sie festhalten. Drei tränenreiche Jahre genügten. Von jetzt an würde sie die romantischen Illusionen endgültig vergessen.

2

Kitty betrat ihr Ankleidezimmer, zog das fliederfarbene Kleid aus und schlüpfte wieder in das weiße, mit Spitzen besetzte Batistnachthemd, das sie bei der Ankunft Peotrs und seines Trupps so hastig von ihrem Körper gestreift hatte. Dann nahm sie ihr Haarband ab. Auf bloßen Füßen ging sie ins große, mit Kiefernholz getäfelte Schlafzimmer und löschte die Lampen. Mehrere Vasen verströmten den Duft von Gartenwicken, die täglich aus dem Treibhaus von Aladino geliefert wurden. Aber sie roch noch etwas anderes – ganz schwach.

Als sie sich dem Bett näherte, erkannte sie den Geruch – Leder, Pferde, Alkohol. Im sanften Schein der kleinen Messinglampe, die auf dem Nachttisch stand, sah sie einen Mann bäuchlings auf ihrer weißen Decke liegen – und daneben auf dem Teppich einen Uniformrock, einen glänzenden Patronen-, einen Waffengurt und ein Schwert.

Der Offizier, das Gesicht im Kissen vergraben, trug immer noch Breeches aus Elchleder, gespornte Stiefel und sein Hemd. Unter der weißen Seide zeichneten sich kraftvolle Muskeln ab, und das lange, von der Sonne gebleichte blonde Haar verriet die Identität des Mannes. Prinz Apollo, einer von Peotrs jungen Hauptmännern. Kitty schaute sich um und erwartete, Karaim und Sahin in den Schatten lauern zu sehen. Aber Apollo war allein.

Offenbar mußte sie diese Nacht in einem anderen Zimmer verbringen. Sie konnte den großen, schweren Mann unmöglich von ihrem Bett wälzen, und es erschien ihr sinnlos, ihn zu wecken. Am Morgen, wenn er ausgeschlafen war, würde er zu Zadia reiten und seine Kameraden treffen. Angesichts ihrer bestickten weißen Decke beschloß sie, ihm die Stiefel auszuziehen, bevor sie den Raum verließ. Womöglich würden die Sporen den feinen Stoff zerreißen, wenn er sich im Schlaf umherwarf.

Sie packte die schmutzige Sohle eines Kavalleriestiefels. Im nächsten Augenblick lag sie rücklings auf dem Bett. Muskulöse, von Leder umhüllte Schenkel umklammerten ihre Hüften. Während seiner Ausbildung im Kaukasus und der Kriegsjahre hatte Apollo lebenswichtige Instinkte entwickelt. Und er schlief niemals tief und fest.

»Ah!« Der Druck seiner Hände, die Kittys schlanken Hals umspannten, lockerte sich, und er lächelte sanft. Kein Feind. Nun schlug sein Herz wieder etwas langsamer. »Verzeih mir, *dushka.*« Behutsam strich er über die roten Spuren, die seine Finger hinterlassen hatten, betrachtete die schöne, parfümierte Frau und spürte ihre weichen Hüften zwischen seinen Schenkeln. Für ihn war es nichts Neues, nach einem Zechgelage zu erwachen und eine Frau in seinem Bett zu finden. Der wochenlange Feldzug in unbewohnten Steppen hatte außerdem sein erotisches Verlangen geschürt. Wortlos neigte er sich hinab und küßte sie. Es war ein wilder, gefährlicher Kuß, der Kitty erschauern ließ. Hungrig erforschte seine Zunge ihren Mund und erstickte einen Schreckensschrei. Seine Finger schlangen sich in ihr honigblondes Haar, sein Körper sank auf ihren herab. Unfähig, sich zu bewegen, war sie seiner Leidenschaft ausgeliefert. Er küßte sie, bis ein unerwünschtes, verwirrendes Feuer ihr Blut erwärmte. Sofort spürte er die unfreiwillige Kapitulation. Seine Lippen wanderten über ihren Hals hinab, zu einer runden Brust und berührten die Knospe.

Sobald ihr Mund von dem betörenden Kuß befreit war, rief sie: »Nein, Apollo! Bitte, hören Sie auf!« Verzweifelt versuchte sie, den schweren Körper wegzustoßen.

»Warum bist du mit mir ins Bett gehüpft, wenn ich plötzlich aufhören soll, kleine Marousia?« fragte er belustigt. »Anfangs sagst du immer nein – ich kenne dich.« Er lachte leise. »Aber heute nacht habe ich keine Lust zu albernen Spielen, *ma petite*«, flüsterte er ihr ins Ohr. Seine Hände glitten unter ihre schmalen Hüften. Ungeduldig preßte er sie an sich. Als sie durch ihr dünnes Nachthemd das harte, pulsierende Zeichen seines Verlangens an ihrem Bauch fühlte, rang sie entsetzt nach Luft.

»Apollo, ich flehe Sie an!« wisperte sie.

Lächelnd hob er den Kopf. »Nicht nötig, kleine Marousia, ich bin bereit.«

Wovon redete er? Wer war Marousia? Offensichtlich erkannte er die Frau seines Kommandanten nicht. »Nein ...« Ihr Widerstand forderte den Prinzen heraus. Mit einem glühenden Kuß beendete er den Protest seiner kleinen Marousia, zog ihr Nachthemd hoch und streichelte das glatte Fleisch an den Innenseiten ihrer Schenkel. Langsam tasteten sich die Finger nach oben. Kitty preßte ihre Beine zusammen. Aber eine starke Hand schob sie gnadenlos auseinander. Apollo genoß es in vollen Zügen, die seidige Haut zu erforschen, und er ließ sich Zeit. In Liebeskünsten erfahren, wußte er genau, wie er eine Frau erregen mußte. Kitty konnte nicht mehr klar denken. Von unerklärlichen Emotionen erfaßt, vermochte sie nicht mehr zu protestieren. Vage Schuldgefühle wurden von heißer Sehnsucht verdrängt.

Nun spielte seine Zunge wieder mit ihrer, aufreizend und zärtlich zugleich. Entzückt kostete er den süßen Geschmack ihres Mundes. Dann spürten seine Finger feuchtes Kraushaar und verlockende Hitze. Stöhnend wand sich Kitty umher, als eine unbekannte Leidenschaft ihren bebenden Körper erfüllte.

Zweifellos war die kleine Marousia bereit. Der Prinz richtete sich auf, um seine Stiefel und die Breeches auszuziehen. Nachdem Kitty von seiner verführerischen Nähe erlöst war, kehrte ihr Verstand zurück. »Ich schreie!« zischte sie. »Und dann dauert's nur eine Minute, bis alle Dienstboten hereinstürmen.« Apollo warf ihr einen kurzen Blick über die Schulter zu. Anscheinend nahm er die Warnung nicht ernst, denn er fuhr fort, seine Sporen loszuschnallen. »Ich schreie«, wiederholte sie mit schwacher Stimme und wußte im selben Augenblick, daß sie nichts dergleichen tun würde. Wie sollte sie diese Szene erklären, wenn die Dienerschaft ins Zimmer eilte?

Auch Apollo durchschaute trotz seines alkoholisierten Zustands die leere Drohung. Ein geübter Verführer, hatte er die wahren Wünsche seiner kleinen Marousia längst erraten, gespürt und geschmeckt. Nein, sie würde nicht schreien. Er stand auf, zog das Hemd und die Breeches aus. Dann wandte er sich zu Kitty – kraftvoll, breitschultrig, mit schmalen Hüften. Beim Anblick seines unübersehbaren Verlangens erschauerte sie, halb ängstlich, halb erwartungsvoll. Das sanfte Licht der Nachttischlampe ließ seine bronzebraune Haut schimmern.

Seit Jahren kannte sie ihn, allerdings nur flüchtig. Aber erst jetzt spürte sie die Macht seiner Ausstrahlung. Ohne sie anzurühren, musterte er ihren Körper und zog sie unwiderstehlich in den Bann seiner glutvollen Augen.

Atemlose Stille erfüllte den Raum, bis der Prinz sich zu Kitty legte und die Bettwäsche leise raschelte. Mit geschickten Fingern löste er die Schleife am Ausschnitt ihres Nachthemds, schob Spitzen und Bänder auseinander, betrachtete den vollen, elfenbeinweißen Busen, der sich immer schneller hob und senkte. Spielerisch umfaßte er eine Brust. Als er den hellblonden Kopf zu ihrem Gesicht neigte, öffnete sie willig die Lippen, und er fand nach langen Kriegswochen einen warmen Hafen. Erst knabberte er sanft an ihrer Unterlippe, dann glitt seine Zunge über ihre kleinen Zähne, liebkoste die Oberlippe und forderte noch mehr. Aber sein Mund blieb einige Millimeter entfernt und streifte ihren nur ganz zart, wie Löwenzahnflaum im Wind. Seine Finger strichen über ihre aufgerichteten Brustwarzen, glitten über den weichen Hals nach oben und hielten ihr Kinn fest. Atemlos sehnte sie sich nach seinem Kuß. Sie hob ihm die Lippen entgegen, und plötzlich küßte er sie mit dem wilden Hunger eines Mannes, der zu lange gewartet hatte. Die goldbraunen Augen halb geschlossen, auf einen Ellbogen gestützt, bedeckte er Kittys Stirn, ihre Wangen, ihre Lider und Ohren mit Küssen. Immer wieder kehrte er zu ihrem begierigen Mund zurück.

Mit einer Leidenschaft, die sie nie zuvor gekannt hatte – und die sie beschämte, erwiderte sie seine Küsse. Ihr Gewissen zwang sie schließlich, den Kopf beiseite zu drehen, den Wahnsinn zu bekämpfen. »Nein – nein …«, stammelte sie verzweifelt und stemmte sich gegen Apollos Brust.

Aber da ergriff er ihre Hand und zog sie langsam zu seiner erigierten, pochenden Männlichkeit hinab. »Ja, ja!« flüsterte er. Jetzt konnte ihn nichts mehr daran hindern, diese Frau zu besitzen, nicht einmal die Drohung des ewigen Höllenfeuers. Seine Lippen umschlossen eine Brustwarze. Behutsam biß er hinein, und Kitty, fast gelähmt von elektrisierenden Gefühlen, gab ihren wirkungslosen Widerstand auf. Als sie kaum hörbar stöhnte, hob er den Kopf. »So still heute nacht, Marousia? Das sieht dir gar nicht ähnlich. Bald wirst du schreien, *dushka,* bald.« Siegessicher schob er ein Knie zwischen ihre Beine – unfähig, sich noch länger zu gedulden.

Er spürte ihre Bereitschaft, die Hitze ihres Bluts, und er *mußte* in ihr versinken.

»Nein – ich kann nicht …«, hauchte sie.

»Natürlich kannst du's, Marousia. Es ist ja nicht das erstemal.«

»Aber – ich will nicht …«

»Unsinn, du willst es genauso wie ich – nach langer

Enthaltsamkeit.« Er hob ihre Hüften hoch. »Heiß mich willkommen, Marousia.« Langsam drang er in ihre feuchte, nachgiebige Wärme ein, immer tiefer. »Siehst du – es ist ganz einfach.«

Da erwachte ihre Sinnlichkeit, die sie in all den Jahren unterdrückt hatte, zu wilder Glut. Sie schlang die Arme um seinen Hals, preßte sich an ihn und genoß exquisite Freuden. Die Augen vor Leidenschaft verdunkelt, sah sie nichts, hörte nichts außer den Liebesworten, die er ihr zuflüsterte, und die Ekstase wuchs. Als er die empfindsamste Stelle ihrer Weiblichkeit berührte, schien ihre ganze Welt zu explodieren. Jeder einzelne Nerv prickelte. Fieberhaft strebte sie der süßen Erfüllung entgegen und versuchte, Apollo noch tiefer in sich zu spüren. Doch er zog sich immer wieder zurück, zwang sie zu kleinen Pausen und mahnte: »Warte, Marousia, nicht so schnell, kleines Kätzchen ... Dann wird's um so schöner.« *Nein,* dachte sie, ich kann nicht warten – keine Sekunde länger. Aber er kannte die Vorzüge der Geduld, wußte aus Erfahrung, wie intensiv das Zögern die Lust steigerte.

Jedesmal, wenn er sich zurückzog, grub sie ihre Finger in seinen Rücken, wollte ihn festhalten, das Entzücken nicht verlieren. Ihr Verlangen schürte auch seines, jagte das Blut schneller durch seine Adern. Ein letztes Mal hielt er inne, kostete ihr forderndes Stöhnen aus, dann drang er so tief wie möglich in sie ein. Er umfaßte ihre Hüften, überließ sich den Bedürfnissen seiner Leidenschaft und beschleunigte den Rhythmus des Liebesakts.

Schluchzend erreichte Kitty ein Sternenparadies und nahm Apollos warmen Samen in sich auf. Wie aus weiter Ferne hörte sie einen Schrei und wußte nicht, daß es ihre eigene Stimme war. Lächelnd betrachtete er ihre zitternden, geöffneten Lippen. Natürlich. Er hatte gewußt, daß Marousia schreien würde. Zufrieden mit ihrer offenkundigen Erfüllung, neigte er sich hinab und atmete ihren letzten sterbenden Seufzer ein.

Immer noch mit Apollo vereint, schwelgte Kitty im Kokon eines Glücks, das sie noch nie in ihrem Leben gefühlt hatte. Nach einer Weile spürte sie, wie sein Penis in ihr anschwoll und sich wieder bewegte. »Nein«, hauchte sie erschöpft, »ich kann nicht mehr ...« Aber er hörte ebensowenig auf ihren Protest wie zuvor, und bald wurde sie von seiner neu erwachten Begierde mitgerissen. Verblüfft und ungläubig erlebte sie einen zweiten überwältigenden Höhepunkt. Immer wieder führte er sie zu einem gleißenden Gipfel empor und stillte seine eigene Lust erst, als er den Eindruck gewann, er hätte seine kleine Marousia zur Genüge befriedigt.

Danach hielten sie sich schweigend in den Armen. Nur das Knistern der Flammen im reichverzierten Porzellanofen durchbrach die Stille. Sanfter Lampenschein beleuchtete die beiden eng umschlungenen Gestalten im zerwühlten Bett. Die bestickte Decke, um die sich Kitty vorhin gesorgt hatte, lag zerknüllt zu ihren Füßen, das vergessene Nachthemd war zu Boden gefallen.

Kitty spürte Apollos gleichmäßige Atemzüge an ihrem Hals. Als sie sich aus der Umarmung befreien wollte, merkte sie, daß er eingeschlafen war. Sein schwerer Körper ließ sich nicht beiseite schieben. Weil ihr nichts anderes übrigblieb, schlummerte sie schließlich ein, immer noch mit Apollo vereint. Ihr letzter Gedanke galt dem unfaßbaren Wunder, das sie in dieser Nacht erlebt hatte.

Irgendwann erwachte sie und fühlte, wie etwas in ihr wuchs und sich langsam in ihrem warmen Fleisch bewegte, dann immer schneller. Nur sekundenlang öffnete sie die Augen, schloß sie wieder und gab sich rückhaltlos ihrem sinnlichen Glück hin. Stundenlang erforschten sie einander, berührten sich überall, zärtlich und leidenschaftlich, ohne Scham, erprobten alle Facetten konventioneller und unkonventioneller Liebeskünste. Erst im Morgengrauen ließen sie voneinander ab und schliefen wieder ein, restlos zufrieden, eng aneinandergeschmiegt.

3

Ein heller Wintermorgen bahnte sich seinen Weg durch die Fenster des Herrschaftsschlafzimmers im ersten Stock. Durch die Spitzenvorhänge warfen Sonnenstrahlen ein goldenes Licht auf Apollos Gesicht und weckten ihn wie unwillkommene Besucher. Allmählich wurden ihm zwei unangenehme Tatsachen bewußt – heftige Kopfschmerzen und ein steifer, verkrampfter rechter Arm. Nur widerstrebend öffnete er die Augen und musterte die Frau, die in seiner Armbeuge lag. Da registrierte er eine dritte erschütternde Tatsache und unterdrückte einen Fluch.

Großer Gott, die zarte honigblonde Schönheit, die an seiner Seite schlief, war niemand anderer als die Frau seines Vorgesetzten. Verdammt, hätte er bloß auf diese letzte Champagnerflasche verzichtet ... Doch dann kehrte die Erinnerung an die nächtlichen Freuden zurück und erwärmten sein Herz. Warum hatte Peotr stets behauptet, seine Gemahlin sei keusch und langweilig? Sehr seltsam ...

Nachdenklich runzelte Apollo die Stirn, was die Kopfschmerzen noch verstärkte. Vielleicht war sie in die Schule fachkundiger Lehrer gegangen, seit Peotr zuletzt mit ihr geschlafen hatte. Denn in der vergangenen Nacht war die Gräfin eine hemmungslose, leidenschaftliche Liebhaberin gewesen, spontan und freizügig wie eine erfahrene Hure. Wie auch immer, gestand er sich reumütig ein, ich hätte mich nicht mit Peotrs Frau amüsieren dürfen. Aber nun war es zu spät, um sich auf Anstand und Ehre zu besinnen.

In diesem Moment erwachte Kitty. Langsam hob sie die Lider und starrte in goldbraune Tatarenaugen. Dieser prüfende Blick stimmte sie unbehaglich.

Obwohl der Prinz schon viele ungewöhnliche Situationen gemeistert hatte, fühlte er sich ziemlich verwirrt, und es dauerte eine Weile, bis er das drückende Schweigen brach.

»Hoffentlich nehmen Sie meine Entschuldigung an, Madame«, begann er im gepflegten Französisch der Petersburger Aristokratie. »Ich hatte zuviel getrunken.«

»Normalerweise – ich meine ...«, stammelte sie errötend. »Ansonsten benehme ich mich nicht so.«

»Ich auch nicht, Madame.« Entzückt betrachtete er die weit auseinanderstehenden smaragdgrünen Augen, die vollen Lippen. Eine innere Stimme erinnerte ihn an eines seiner wenigen Prinzipien – niemals mit den Ehefrauen seiner Vorgesetzten zu schlafen. In anderer Hinsicht völlig unorthodox, fand er diesen Grundsatz vernünftig, eine kleine Konzession an gesellschaftliche Konventionen, die ihm eine Menge Ärger ersparte. Aber dann schaute er wieder in diese wunderbaren Augen, klar und leuchtend wie tropische Lagunen, und sein hitziges Blut besiegte die Vernunft. O Gott, warum war sie so schön? Und verheiratet! So verführerisch, so sinnlich ... Erfolglos versuchte er, seine Lust zu bezwingen. Und plötzlich war das Tabu, das die Gemahlinnen seiner Kommandanten betraf, äußerst lästig.

Zu seiner eigenen Überraschung brauchte er nur wenige Sekunden, um einen Entschluß zu fassen. Zadia konnte warten.

Hingerissen schaute Kitty in seine goldenen Augen, die alle Tiefen ihrer Seele zu ergründen schienen. Vor allem diese Augen, die sie an kunstvolle alte Ikonen erinnerten, zogen sie unwiderstehlich an, leuchtend und vital, ausdrucksvoll und bezwingend. Und dann fühlte sie an ihrem Schenkel, wie Apollos Verlangen wuchs. Sofort strömte ein heißes Feuer durch ihren Körper, völlig abwegig und unerklärlich nach den Richtlinien ihrer Erziehung und ihres bisherigen Lebens. Sie erschauerte, hilflos und ängstlich.

Als er ihr Zittern spürte, zog er sie an sich – ganz sanft, damit sie ihn abwehren konnte, wenn sie es wollte. Aber sie rührte sich nicht. Behutsam glitten seine Fingerspitzen über ihren Rücken. An ihren Brüsten pochte sein Herz, immer schneller. »Das – ist einfach lächerlich«, wisperte sie nervös und bemühte sich verzweifelt, die Magie dieses Mannes zu bekämpfen, der mehr oder weniger ein Fremder war.

»Ja, lächerlich«, stimmte er leise zu. Sein Blick liebkoste ihr Gesicht und blieb an den verlockenden rosigen Lippen hängen. Zum Teufel mit Ehre und Anstand. Was er jetzt tun würde, ließ sich nicht verhindern. Und so neigte er sich hinab, um sie zu küssen. »Völlig lächerlich.«

Sie versuchte, sich loszureißen. Doch es war zu spät. Ihre aufgewühlten Sinne gewannen die Oberhand und beschworen das Glück herauf, das sie in der Nacht kennengelernt hatte. Mit kraftvollen Händen preßte er ihre Hüften an die pulsierende Härte seines Verlangens. Sie hörte sein lustvolles Stöhnen, und von da an hätte sie dem flüchtigen Bedürfnis zu fliehen nicht einmal mehr gehorchen können, wenn es ihr Wunsch gewesen wäre. Als sie seinen glühenden Kuß erwiderte, verflogen die letzten Bedenken. Aufreizend spielte seine Zunge mit ihrer, während er ihren Körper streichelte und erregte. Noch ehe der Kuß ein Ende fand, gab sie ihm wortlos zu verstehen, sie würde ihm alles schenken, was er begehrte.

Bald erlebte er, diesmal nüchtern und mit vollem Bewußtsein, die gleichen Freuden, die ihn nachts beglückt hatten und an die er sich nur vage erinnerte. Die Gräfin besitzt tatsächlich die erotischen Fähigkeiten einer Kurtisane, dachte er, legte ihre Beine auf seine Schultern und vergaß die Kopfschmerzen.

Eine Stunde später lagen sie zufrieden beisammen, immer noch eng umschlungen. Kitty fühlte sich bemüßigt, irgend etwas zu sagen, ihr Verhalten zu erklären. Doch es fiel ihr schwer, die wirren, widersprüchlichen Gedanken und Emotionen zu ordnen. »Apollo – ich möchte nur betonen ... So etwas habe ich nie zuvor getan. Das mußt du mir glauben. Ich weiß nicht, was über mich gekommen ist.«

Vom Liebesgenuß ermattet, war er beinahe eingeschlafen. Nun öffnete er langsam die Augen und betrachtete ihr schönes, von zerzausten Locken umrahmtes Gesicht. Einfach nur sexuelle Begierde, meine Süße, dachte er, amüsiert über ihre plötzliche Verlegenheit. Aber diese Erkenntnis verbarg er hinter der höflichen Maske, die er sich in zahlreichen Boudoirs und Salons angeeignet hatte. »Deshalb mußt du nicht hysterisch werden, Kitty«, murmelte er gähnend. »So was passiert vielen Frauen.«

»*Mir* hätte es niemals passieren dürfen. Verstehst du denn nicht? Ich schäme mich so. Wenn Peotr das herausfindet ... Oh, es ist so schrecklich!« Ihre Unterlippe begann zu zittern. Nervös strich sie mit einer Fingerspitze über seine Brust.

»Reg dich nicht auf, *dushka.*« Beruhigend drückte er sie an sich. »Was die Dienstboten denken, spielt keine Rolle. Peotr wird es nie erfahren. Und ...«, flüsterte er an ihren Lippen. »So schrecklich war's nun auch wieder nicht.« Das mußte sie wohl oder übel zugeben. Lächelnd küßte er ihre Nasenspitze. »Würdest du jetzt läuten und das Frühstück bestellen? Ich bin halb verhungert.«

Gewaschen und rasiert, saß er ihr am kleinen Tisch im Schlafzimmer gegenüber. Er trug Peotrs Morgenmantel aus marineblauer Seide, mit roten Borten eingefaßt, und sah sehr attraktiv aus. Viel zu attraktiv, wie Kitty fand. Trotz der Intimitäten, die sie geteilt hatten, erschien ihr Prinz Kuzans Gesellschaft im hellen Tageslicht beklemmend. Wieder einmal beteuerte sie, auf diese Weise habe sie sich noch nie verhalten. »So etwas bin ich nicht gewöhnt.«

»Falls dich meine Meinung interessiert, *dushka* – das ist keine schlechte Gewohnheit.« Zu spät erkannte er, daß er die falschen Worte gewählt hatte. Von leichtfertigen

Scherzen hielt sie nichts. Reumütig entschuldigte er sich, und nachdem er sie besänftigt hatte, lauschte er geduldig ihren Selbstanklagen. Natürlich, sie war dazu erzogen worden, ihre Tugend zu hüten. Er hätte ihr verraten können, er sei immun gegen gesellschaftliche Traditionen und mit zu vielen Frauen intim gewesen, um über deren Aktivitäten im Bett zu staunen. Doch das hätte brüsk und gefühllos geklungen.

So gab er ihr nur die höflichen, verständnisvollen Antworten, die sie erwartete, und nahm die ganze Schuld auf sich. »Leider habe ich dich in meiner Trunkenheit nicht erkannt, Kitty. Sonst wäre ich niemals über dich hergefallen.« Wohlweislich verschwieg er, wie hemmungslos sie den ›Überfall‹ genossen hatte, und auch sie zog es vor, diesen Punkt zu ignorieren. Das Eingeständnis seiner Schuld schien sie zu erleichtern. »Jetzt bin ich wieder nüchtern«, fügte er hinzu, »und …«, ein Lächeln bemäntelte die Lüge, »… und ich habe nicht mehr die Absicht, deine Tugend zu gefährden. Wollen wir Frieden schließen und Freunde sein?«

Restlos beruhigt, erwiderte sie sein Lächeln. »Einverstanden.« Als er sich wieder seinem Frühstück widmen wollte und nach seiner Teetasse griff, bewog ihn Kittys Frage, unbehaglich innezuhalten. »Wer ist Marousia?«

»Tut mir leid …«

»Warum? Ich bin nur neugierig.«

»Obwohl ich Ausreden hasse – die letzten beiden Wochen waren wirklich sehr anstrengend. Normalerweise wird mein Gehirn nicht vom Alkohol benebelt. Marousia ist eine alte Freundin aus Jalta, klein und blond und – eh – hübsch gebaut. So wie du. Nein, eigentlich ganz anders … Wäre ich nicht so betrunken gewesen, hätte ich den Unterschied bemerkt. Marousia kann dir nicht das Wasser reichen, mein Kätzchen.« Zärtlich strich sein Finger über ihre Unterlippe. In der Kunst des Flirtens völlig unerfahren, errötete sie. Wie herrlich naiv sie ist, dachte er. War jemals das Blut in Marousias Wangen gestiegen? Wohl kaum. Manchmal wäre *er* fast errötet, angesichts ihrer sexuellen Kühnheit. Kitty ist wirklich entzückend, entschied er, lehnte sich in seinem Sessel zurück und schenkte ihr ein charmantes Lächeln.

Während sie frühstückten, unterhielten sie sich höflich, erwähnten die vergangenen Stunden nicht mehr und schnitten nur allgemeine, unverfängliche Themen an. An diesem sonnigen Dezembermorgen fand Apollo eine Gelegenheit, die Banalitäten zu äußern, die er schon vor Jahren in der aristokratischen Gesellschaft gelernt hatte. »Ich muß sagen, diese Erdbeermarmelade schmeckt einfach köstlich.«

»Die Beeren habe ich selbst gepflückt.«

»Oh, wie nett!«

Ein paar Minuten später fragte sie im Ton einer fürsorglichen Ehefrau: »Soll ich heute morgen deine Uniform reinigen lassen?«

»Das wüßte ich sehr zu schätzen. Immerhin mußte ich sie zwei Wochen lang tragen. Wenn es nicht zuviel Mühe macht ...«

»Keineswegs. Ist der Toast auch warm genug?«

Lächelnd nickte er und nahm sich noch eine Scheibe geräucherten Sterlet.

Kitty schien die Applikationen auf der Tischdecke zu studieren. Plötzlich blickte sie auf und fragte unverblümt: »Warum hast du nie geheiratet?«

Verwirrt hob er die Brauen, dann antwortete er belustigt: »Weil mir noch niemand einen Antrag gemacht hat.«

»Sei doch ernst, Apollo.«

»Oh, das meine ich völlig ernst. Und sollte ich jemals einen Antrag erhalten, werde ich gründlich darüber nachdenken.«

»Mit anderen Worten, du willst gar nicht heiraten.«

»Bis jetzt hatte ich keine Lust dazu.«

»Irgendwann wirst du doch vor den Traualtar treten?«

»Das nehme ich an. Aber im Augenblick jagt mir allein schon der Gedanke eine Heidenangst ein.« Und dann stellte er ihr eine Frage, die sie nicht hören wollte: »Führst du eine glückliche Ehe?« Sein Gesicht war ausdruckslos, eine perfekte Maske – kein Lächeln, keine einzige Falte auf der Stirn.

»Schon gut – ich habe die Anspielung verstanden«, erwiderte sie kühl und rückte die bestickte Serviette auf ihrem Schoß zurecht. »Übrigens, wie gefällt es deiner Schwester im Loire-Tal?«

Bereitwillig wechselte er das Thema. »Oh, Ninia ist überall glücklich, wo sich ein Stall befindet. In diesem Alter sind die meisten Mädchen ganz verrückt nach Pferden.«

»Noch etwas Tee? Und deine Mutter? An welchem historischen Forschungsprojekt arbeitet sie gerade?«

»Soviel ich weiß, befaßt sie sich mit geologischen Verschiebungen während der Eiszeit in den ungarischen Bergen.«

»Und dein Vater?«

»Er spielt noch immer leidenschaftlich gern Polo. Nur *Maman* kann ihn vom Spielfeld weglocken.«

Und so wurde die gepflegte Konversation fortgesetzt. Wie ein altes Ehepaar saßen sie sich gegenüber. Aber hin und wieder fing er Kittys bewundernden Blick auf, wenn er den Anschein erweckte, er würde sich auf die Mahlzeit konzentrieren. Er spürte, wie unwiderstehlich sie sich zu ihm hingezogen fühlte. Nach dem Frühstück würde er die Beziehung noch vertiefen. Und wenn sie ihre Hemmungen überwunden hatte, würde sie ihn exquisiter beglükken als Zadias Mädchen. Zwanzig Minuten später war sein gesunder Appetit gestillt. Er stellte seine Tasse ab, lobte das ausgezeichnete Frühstück und bemerkte, er würde den aromatischen Kyakhta-Tee ganz besonders schätzen.

»Willst du noch etwas trinken, Apollo?«

»Nachher ...« Lässig streckte er sich und verschränkte die Hände hinter dem Kopf.

»Dann werde ich jetzt läuten und neuen Tee bestellen. Die Zubereitung dauert eine Weile.«

Als sie aufstand, verrutschte der Ausschnitt ihres spitzenbesetzten Morgenmantels und enthüllte die Hälfte einer reizvoll gewölbten Brust. »Möchtest du sonst noch was?« fragte sie und wandte sich zum Glockenstrang.

»Ja ... »Seine Augen verengten sich. Blitzschnell ergriff er Kittys Handgelenk und zog sie zu sich heran. »Du solltest später nach dem Tee läuten.«

Verwirrt hielt sie den Atem an.

»Komm, setz dich auf meinen Schoß«, flüsterte er. »Sicher kann der Tee noch warten.« Lächelnd öffnete er seinen seidenen Morgenmantel und entblößte das erigierte Zeichen seiner Begierde, das schon während des Frühstücks gewachsen war, von Kittys verstohlenen Blicken animiert. Er setzte sie auf seine Knie, führte ihre Hand zu seinem Penis und ließ ihre Finger sanft darüber gleiten. »Meine Süße ...«, stöhnte er, die Augen halb geschlossen. »Siehst du, was du mir antust?« Mit seiner freien Hand löste er den Gürtel ihres Morgenmantels.

»Bitte, Apollo – warte ...«, flehte sie nervös und erschrak über das Feuer, das er so mühelos in ihr entfachen konnte. Aber er ignorierte die Ermahnung und ihren halbherzigen Versuch, ihn wegzustoßen und begann, ihre seidige Haut zu streicheln. Reglos saß sie auf seinem Schoß, von Gewissensbissen geplagt. Warum wehrte sie sich nicht? Er hatte doch versichert, sie würden Freunde sein, und versprochen, ihre Tugend nicht mehr zu gefährden. Und was tat er jetzt? Warum ließ sie es geschehen? Er streifte den Morgenmantel von ihren Schultern, hob sie ein wenig hoch, um ihn unter ihren Schenkeln hervorzuzerren, und warf ihn zu Boden.

»Wenn die Dienstboten hereinkommen ...«, wisperte sie.

»Das würden sie nicht wagen«, erwiderte er und spreizte ihre Beine, um das verlockende Dreieck zwischen ihren Schenkeln zu liebkosen. Behutsam schob er einen Finger in das weiche, von den nächtlichen Aktivitäten geschwollene Fleisch, und sie stöhnte gequält. »Tut mir leid, *dushka*«, flüsterte er. »Ich war zu grob. Von jetzt an werde ich ganz sanft mit dir umgehen.«

Bald verdrängten die betörenden intimen Zärtlichkeiten alle Schmerzen. Kitty sagte sich immer noch, sie müßte ihm widerstehen. Aber er wußte zu gut, wie und wo er sie berühren mußte. Sie konnte sich einfach nicht gegen ihr wachsendes Verlangen wehren. Schließlich kapitulierte sie, sank hilflos an Apollos Brust und überließ sich dem wilden Chaos ihrer Gefühle. Den Kopf an seine Schulter gelehnt, genoß sie die Bewegungen des starken Fingers, der immer wieder in sie eindrang, manchmal nur einen Zentimeter, dann wieder ganz tief. Oder er hielt inne, bis sie sich ungeduldig umherwandte und das Entzücken suchte, das ihr plötzlich verweigert wurde.

Wie oft hatte sie in den letzten Stunden diesen Zauber verspürt, diesen dämonischen Reiz? Gerade sie, die im Bett ihres Gemahls keine Freude gefunden und die Pflichten einer Ehefrau schüchtern erfüllt hatte, ohne zu genießen ... War sie noch dieselbe Frau, die erst gestern entschlossen gewesen war, sich mit der Rolle einer Hausherrin und Gutsverwalterin zu begnügen? Wie hätte sie ahnen sollen, welch schamlose Leidenschaft sie empfinden konnte? Warum sehnte sie sich so inbrünstig nach diesem fremden Mann? Von einer plötzlichen Hitzewelle erschüttert, klammerte sie sich an ihn.

»Apollo«, schluchzte sie, »Apollo ...«

Auf diese Bitte hatte er gewartet – und Kittys Bereitschaft in ihrer feuchten Wärme längst gespürt. Er umfaßte ihre Taille und hob sie hoch.

»Hier?« wisperte sie erschrocken.

»Hier«, bestätigte er heiser und küßte ein rosiges Ohrläppchen. Langsam ließ er sie auf seinen harten Penis herabgleiten und drang in sie ein. Von Ekstase überwältigt, warf sie ihren Kopf in den Nacken. Er streichelte ihren nackten Rücken, lächelte wissend und kostete ihre unverhohlene Begierde aus, die seine eigene erhöhte. Doch er beschloß, sehr viele atemlose, orgiastische Schreie hören zu wollen, ehe er seine Befriedigung suchte. Nur selten hatte er eine so unersättliche Frau gekannt wie die Gattin seines Kommandanten. Seine Hände glitten über ihre schmale Taille und die sanft gerundeten Hüften. Die Stirn an seiner Schulter, schlang sie die elfenbeinweißen Arme um seinen Hals und grub die Fingernägel in seinen Nakken. Beide stöhnten leise.

Immer wieder hob er sie hoch und zog sie herab, flüsterte ihr berückende Worte zu, forderte sie auf, nach unten zu schauen und den Liebesakt zu beobachten. Dieser erregende Anblick jagte ein heftiges Zittern durch ihren ganzen Körper. Triumphierend vernahm Apollo den ersten Schrei ihrer Erfüllung, strich die honigblonden Lokken aus ihrem erhitzten Gesicht und küßte sie. Sobald sich ihre Atemzüge ein wenig verlangsamt hatten, setzte er seine erotischen Aktivitäten fort.

Nicht nur nach dem Frühstück vertiefte Prinz Apollo Kuzan seine Beziehung zu Gräfin Kitty Radachek – auch nach dem Mittag- und Abendessen. Drei Tage lang hielt er sie fast unentwegt in seinen Armen.

Eines Nachts fragte er erschöpft und verblüfft: »Hat dir noch niemand erklärt, daß solche Annäherungsversuche das Privileg des Mannes sind, mein Engel?« Dann lachte er über ihre aufreizende geflüsterte Antwort. »Aber da ich ohnehin wach bin ...« Voller Genugtuung rühmte er sich, die schlummernden sinnlichen Talente der schönen Gräfin geweckt zu haben. Anfangs war sie nur eifrig und willig gewesen, jetzt forderte sie ihr Vergnügen, wollte ihn ganz und gar besitzen, bot ihm hemmungslos alle ihre Schätze an. Bald entzündete ihr Verlangen sein eigenes, und er schlang seufzend die Finger in ihr seidiges Haar. »Liebling, wenn mir eine weitere schlaflose Nacht bevorsteht, muß ich den Allmächtigen um neue Kraft bitten.«

»Hm ...«, stöhnte sie, was er als Zustimmung deutete.

4

Am frühen Morgen des vierten Tages, bevor die Sonne den fernen Horizont grau färbte, ritt er nach Niiji, von Karaim und Sahin begleitet. In der weiten Steppe zeigte sich keine andere Menschenseele. Nur Schnee und tiefe Stille. Auf Apollos Zeichen hin beschleunigten die drei kräftigen Vollblüter das Tempo.

Bei seiner Abreise hatte Kitty noch geschlafen. Er war entzückt von ihrer Schönheit, dankbar für ihre Gesellschaft, und ihr sinnliches Temperament faszinierte ihn. Aber an diesem Morgen hätte er nichts anderes sagen können als ›Leb wohl‹. Er wußte nicht, wohin ihn der Krieg führte. Womöglich würde er Kitty nie wiedersehen. Es wäre schmerzlich gewesen, über die ungewisse Zukunft zu reden. Denn sie alle waren einem launischen Schicksal ausgeliefert – und der Gefahr, die der Feldzug der Roten Streitkräfte im Norden heraufbeschwor. Hoffentlich würde sie das verstehen. Letzte Nacht hatte er sich im Bett von ihr verabschiedet.

Während dieser drei Tage hatte sie von ihrer Ehe erzählt, von Peotr, und die übermächtigen Gefühle zu begreifen versucht, die Apollo in ihr weckte. Peotr sei nie daheim, hätte er gern geantwortet, und ihre Sehnsucht nach einem Mann verständlich. Außerdem würde fast jede einsame Frau einem entschlossenen, in Liebeskünsten geübten Mann wie Apollo erliegen, der den Krieg kurzfristig vergessen wollte. Doch er hörte ihr schweigend zu und erwähnte nicht, er würde über ihre Ehe und ihren Mann besser Bescheid wissen als sie selbst.

Peotr und Apollo hatten gemeinsam im Corps de Pages gedient und dann zwei Jahre lang an der Westfront gekämpft. Nun gehörten sie seit zwei Monaten Mamontovs Renegateneinheit an. Apollo kannte nicht nur Peotrs eheliche Situation, sondern auch dessen Geliebte in Baku (von der Kitty nichts wußte) und die zwei Kinder. Mehrmals hatte er Peotr in die Bordelle zwischen Petrograd und Kabul begleitet. Er wußte auch, warum sein Kommandant Kitty geheiratet hatte (in aristokratischen Kreisen waren Vernunftehen immer noch üblich) und warum die beiden einander nicht verstanden (Peotr fand scheue junge Mädchen langweilig und hatte offenbar nie versucht, die Frau in Kitty zu wecken).

Natürlich war Apollo nur einseitig informiert worden. Aber, zum Teufel, er hatte nie beabsichtigt, die Gemahlin seines besten Freundes *so* gut kennenzulernen. Während Erinnerungen an Kittys süße Unschuld und kühne Leidenschaft zurückkehrten, umfaßte er die Zügel unwillkürlich etwas fester, und seine edle Stute warf nervös den Kopf hoch. »Tut mir leid, Leda«, entschuldigte er sich und strich über den rotgoldenen Nacken.

So ungewöhnlich war's nun auch wieder nicht, dachte er. Viele verheiratete Frauen hatten Liebhaber. Genaugenommen führten die Radacheks schließlich keine richtige Ehe. Jedenfalls mußte er sich wegen der kurzen Affäre keine Vorwürfe machen. Er hatte Kitty begehrt, sein Ziel erreicht, ihre Gesellschaft genossen, und er bereute nichts. In diesen unsicheren Zeiten sollte man alle Freuden des Lebens auskosten, die einem geboten wurden. Es waren sehr angenehme Tage gewesen. Und nun zog er wieder in diesen verdammten Krieg, den die Weißen Schritt für Schritt verloren.

Kitty stand am Fenster des Schlafzimmers und sah Apollo davonreiten. In lässiger Arroganz saß er im Sattel. Der Offiziersmantel aus dickem Marderfell betonte seine breiten Schultern. Trotz des kalten Dezembermorgens trug er keine Pelzmütze, und das lange hellblonde Haar glich im blaugrauen Dämmerlicht einer Gloriole. Wie oft hatte sie ihre Finger in diese goldenen Locken geschlungen ... Wäre ich eine Zigeunerin, ein Bauernmädchen oder eine dieser neuen Kosakenkämpferinnen, könnte ich ihn begleiten, dachte sie. Wie wundervoll könnte das sein ... Sie beneidete Karaim und Sahin um seine Gesellschaft. Doch ihre Wünsche spielten keine Rolle, denn er hatte sie nicht gebeten, mit ihm zu reiten, und auch kein Wiedersehen erwähnt. Natürlich nicht, sagte sie sich. Selbst wenn er es wollte ... Hundert Gründe für sein Verhalten fielen ihr ein.

Außerdem war sie keine Zigeunerin, keine Bäuerin und kein Kosakenmädchen, sondern immer noch Fürstin Kurminen und Gräfin Radachek, eine verheiratete Frau und für die beiden Landgüter verantwortlich, die seit fünfzig Generationen aneinandergrenzten. Nein, sie durfte ihr Heim nicht verlassen, mochte ihr dieser Traum auch noch so verlockend erscheinen. Sie ließ den Spitzenvorhang fallen, und der ferne Reiter verschwand hinter dem zarten Netzwerk. Seufzend wandte sie sich vom Fenster ab, von dem Mann, der sie so beglückt hatte. Ihr Blick streifte das Bett aus weißem Birkenholz. Darin hatte sie die Liebe kennengelernt, und nun würde sie nie mehr die Frau sein, die sie einmal gewesen war.

Nach einer guten Stunde stieg Apollo vor Zadias elegantem Marmorpavillon in Niiji ab, einer Nachbildung von Madame Pompadours Petit Trianon. Auch in anderer Hinsicht eiferte Zadia der berühmten Kurtisane nach. So wild und unzivilisiert das Gebiet am Fuß der Kaukasus-Ausläufer, viele tausend Meilen von den Hauptstädten entfernt, auch anmuten mochte – in diesem Haus ging es keineswegs provinziell zu. Immerhin lagen die Badeorte Besh Tau und Kislovodsk in erreichbarer Nähe.

Apollo strich über Ledas seidige Mähne, flüsterte ihr beruhigende Worte ins Ohr und reichte Karaim die Zügel. Dann stieg er die breite Marmortreppe hinauf, etwas steifbeinig nach dem Ritt in arktischen Temperaturen. Massive Türflügel schwangen auf – Zadia beschäftigte livriertes Personal –, und Apollo betrat die vertraute Halle mit dem Travertinboden. Ehe er den kleinen Frühstückssalon im Ostflügel aufsuchte, nahmen ihm einige Lakaien die Waffen, den Mantel und die Handschuhe ab.

Allzulange blieb er nicht allein, während er seine Eier in Curry-Sauce verspeiste. Mehrere Kameraden gesellten sich hinzu, die er fröhlich begrüßte. Die Reaktionen fielen unterschiedlich aus, je nachdem, wieviel Alkohol die Kavalleristen am vergangenen Abend konsumiert hatten. Teils schlugen sie ihm auf die Schulter, teils murmelten sie etwas Unverständliches, und ein paar nickten ihm nur kraftlos zu, weil sie so zeitig am Morgen noch kein Wort hervorbrachten.

Als Prinz Kadar Guirey am Frühstückstisch Platz nahm, verzogen sich seine dünnen Tatarenlippen zu einem Lächeln. Langsam rührte er in seinem Tee. »Hast du dich verirrt, Apollo? Da wir dich kennen, haben wir keinen Suchtrupp losgeschickt. Jedenfalls muß die Dame sehr verführerisch gewesen sein, wenn sie dich drei Tage lang festhalten konnte.«

»Eigentlich war sie eher schüchtern«, erwiderte Apollo und lehnte sich auf seinem Chippendale-Stuhl zurück.

»Und ich dachte, du magst keine scheuen Frauen.«

»Oh, mir gefallen sie alle.«

»Unabhängig vom Alter, was?«

»Vergiß es, Kadar. Da ging es um eine Wette. Außerdem war Helene erst um die Vierzig.«

»Fast fünfzig.«

»In der Tat? Trotzdem war's recht nett. Vor ein paar Monaten lud sie mich zum Mittagessen ein, bevor sie ihr Haus verschloß und nach Europa reiste.«

»Habt ihr wirklich nur gegessen?«

»Was soll ich sagen? Helene ist großartig in Form. Und gewisse Erfahrungen sind nicht zu verachten.«

»Wirklich, Kuzan, du bist unverbesserlich.«

»Ich liebe nun mal die Abwechslung. Übrigens, wie geht's deiner Schwester?«

»Ausgezeichnet!« stieß Kadar hervor. Sein Gesicht lief feuerrot an.

»Freut mich zu hören. Es kommt selten vor, daß sich ein Bruder so gut mit seiner Schwester versteht.«

Vor ein paar Jahren war eine Party außer Kontrolle geraten. Ein Betrunkener hatte dem Gastgeber vorgeschlagen, die Lampen zu löschen, und jeder Herr solle sich eine der unbekleideten Damen aussuchen. Als das Licht wieder aufgeflammt war, hatte ein entsetzter Kadar die Frau in seinen Armen erkannt – seine schöne Schwester.

Nachdem Apollo seinem spöttischen Peiniger den Wind aus den Segeln genommen hatte, bemerkte er: »Hier hat man sich offensichtlich auch ohne mich köstlich amüsiert.« Grinsend musterte er die Offiziere, die zusammengesunken am Tisch saßen. Nur wenige frühstückten. Die meisten starrten stöhnend in ihre Tee- oder Kaffeetassen.

»Verdammt, Apollo«, rief ein junger Fähnrich, »warum siehst du immer so frisch und munter aus?«

Mitfühlend betrachtete Apollo das bleiche Gesicht des Burschen. »Weil ich die Frauen liebe, Kolya. Und es ist besser, *nach* einer Liebesnacht zusammenzubrechen als vorher. Durch die körperliche Betätigung gleiche ich die Wirkung des Alkohols aus.«

Nun trat ein weiterer Offizier ein, der Apollos anzügliches Grinsen sah. »Also, wer ist sie? Zweifellos hast du ein aufregendes Abenteuer hinter dir. Sei nicht so selbstsüchtig, Apollo. Du kennst unsere Situation. Heute hier, morgen dort. Sag uns den Namen der Dame, damit wir ihr Bett wärmen können, wenn du aus dem Sattel geschossen wirst.« Damit sprach er die Gedanken mehrerer Kameraden aus, denn alle wußten, welch hohe Ansprüche Apollo an seine Gespielinnen stellte.

»Tut mir leid, Mahomet, die Höflichkeit gebietet mir zu schweigen.«

»Zum Teufel! Also hast du eine Hure aus besseren Kreisen aufgespürt. Welch ein Glück manche Leute haben!« Mahomet Shamkhal, ein Moslem, stammte aus Baku. In seiner Kultur wurden vornehme Frauen in Harems geschützt. Er verstand nicht, warum man im Westen die Liebesaffären ranghoher Damen so diskret behandelte. Nach seiner Ansicht war jede Frau eine Hure, wenn sie sich nicht nur ihrem Ehemann hingab.

»Bedauerlicherweise hast du kein Gefühl für gewisse Dinge des Herzens, Mahomet.«

»Was hat das Herz damit zu tun? Soviel ich weiß, interessieren dich andere Teile der weiblichen Anatomie viel mehr. Nun verrat uns endlich, wer dein hochwohlgeborenes Flittchen ist – falls du das Paradies vor uns erreichen solltest.«

»Der Name dieser Dame steht nicht zur Diskussion.« In Apollos sanfter Stimme schwang eine unmißverständliche Drohung mit.

Noch nie war er so diskret gewesen, und sein Verhalten legte die Vermutung nahe, er hätte die Tochter eines Aristokraten entjungfert. Ein Dutzend Augenpaare starrte ihn forschend an. Plötzlich erlosch sein Lächeln. »Ich wäre dir dankbar, wenn du deine Worte zurücknehmen würdest, Shamkhal.« Daß er den Kameraden mit dem Nachnamen ansprach, unterstrich die Drohung. Zum Teufel mit den Moslems, dachte er irritiert, die ihre Frauen in Käfigen gefangenhielten wie hirnlose Tiere. Nach seiner Meinung blieb jede Dame, die sich hemmungslosen Liebesfreuden hingab, trotzdem eine Dame. Und Apollo war jederzeit bereit, seine Überzeugungen mit seinem *kinjal zu* verteidigen.

Im Umgang mit diesem Messer, der vorgeschriebenen Duellwaffe im Kaukasus, war er ein anerkannter Meister. Und Mahomet Shamkhal zog es vor, auf dem Schlachtfeld zu fallen, statt von Apollos Dolch zerfleischt zu werden. Im Gebirge führte jedes Duell zum Tod.[5] Und so entschied Mahomet, der Name einer aristokratischen Hure wäre es nicht wert, sein Leben zu riskieren. »Natürlich«, entgegnete er und zuckte gleichmütig die Achseln, »ich nehme alles zurück.«

»Danke«, antwortete Apollo gelassen. Normalerweise reagierte er ganz anders auf solche Herausforderungen, und seine Kameraden gewannen den Eindruck, jene aristokratische Hure müßte eine erstaunlich beruhigende Wirkung auf ihn ausgeübt haben.

Nur um Haaresbreite war ein blutiges Duell vermieden worden. Nach einer Weile brach Apollo das drückende Schweigen. »Ist Peotr schon auf den Beinen?«

»Er frühstückt gerade mit Zadia«, erklärte ein Subalternoffizier.

»Und du weißt ja, wie besitzergreifend sie ist«, fügte jemand anderer hinzu.

»Seit unserer Ankunft haben wir ihn nicht mehr gesehen«, ergänzte eine dritte Stimme.

Wenigstens habe ich keinem treuen Ehemann Hörner aufgesetzt, dachte Apollo. Diese Erkenntnis beruhigte sein Gewissen ebenso wie die Erinnerung an Kittys unverhohlene Leidenschaft. Zweifellos hatte sie die kurze Liaison genossen. Mit diesen Gedanken beschloß er, die ganze Sache zu vergessen. Eine halbe Stunde später verließ Peotr das Boudoir der Hausherrin, und es fiel Apollo nicht schwer, seinem Vorgesetzten in die Augen zu schauen. »Guten Morgen, Peotr.«

»Apollo!« Peotr lächelte erfreut. »Da bist du ja. Hast du auf dem Weg nach Niiji ein warmes Bett gefunden? War sie reizvoll?« Fröhlich zwinkerte er seinem Hauptmann zu.

»Natürlich. Wäre ich sonst so lange bei ihr geblieben?«

»Also hast du dich gut erholt?«

»O ja.«

»Im Gegensatz zu einigen deiner Kameraden, wie ich sehe.« Oberst Radachek ließ seine dunklen Augen durch das Zimmer wandern und musterte die mehr oder weniger derangierten Gestalten.

»Vielleicht sollten alle Herren, deren Köpfe beziehungsweise Mägen vor einem stundenlangen Ritt zurückschrecken, noch etwas Tee oder Kaffee trinken. Es ist erst acht Uhr. Vor zehn dürften die Kämpfe nicht beginnen. Aber unglücklicherweise ist Wrangel ein Purist, kein Genußmensch. In einer Stunde reiten wir los. Zunächst zum Bahnhof von Divnoie. Von dort fahren wir nach Kharkov. Die Wilde Division soll die Truppen schützen, die sich nach Süden zurückziehen, seit die grünen Guerilla-Banden immer kühner werden und die Züge des Roten Kreuzes angreifen. Wir fungieren als Nachhut. Also, Männer, in einer Stunde.« Zu Apollo gewandt, fügte er hinzu: »Komm mit mir in die Bibliothek. Wir müssen auf den Landkarten die neuesten Fronten überprüfen. Heute morgen habe ich mit dem Hauptquartier gesprochen.«

Einige Minuten später erschien Zadia in der Bibliothek, verströmte vertrauten Jasminduft und bot in pfirsichfarbenem Organdy einen sehr hübschen Anblick. Obwohl die hochgewachsene Frau mit dem kastanienroten Haar ihren dreißigsten Geburtstag längst gefeiert hatte, strahlte sie immer noch jugendliche Vitalität aus. Seit Apollo sie kannte, erinnerte sie ihn an einen schimmernden Schmetterling.

»Ah, Apollo, wir haben dich so schmerzlich vermißt!« begrüßte sie ihn freundlich.

»Auch du hast mir gefehlt«, erwiderte er und küßte ihre Wange. »Verzeih meine verspätete Ankunft, aber unglücklicherweise – die Ereignisse ...«

Spöttisch mischte sich Peotr ein, der am lackierten chinesischen Schreibtisch saß, über eine zerfledderte Landkarte gebeugt. »Apollo besitzt die unheimliche Fähigkeit, überall eine gemütliche Herberge zu finden – und eine hübsche Gefährtin.«

»Natürlich bin ich stets bemüht, meinen Ruf zu rechtfertigen«, entgegnete Apollo und lächelte wie ein unschuldiger Engel.

»Was ihm nicht schwerfällt – wo er doch so unwiderstehlich ist«, meinte Zadia und hängte sich bei ihm ein.

»Dank dir, meine Süße. Alles, was ich zu leisten vermag, hast du mir beigebracht.«

Mit einer mütterlichen Geste strich sie ihm eine blonde Locke aus der Stirn. »Auch ich hatte einen sehr guten Lehrer, vor vielen Jahren. Übrigens – wie geht's deinem Vater?«

»Sehr gut. Derzeit reagiert er seine überschüssigen Energien auf den Polofeldern von Frankreich ab. *Apropos* – ich soll dich bitten, möglichst bald abzureisen. Außerdem hat Papa mich beauftragt, dir noch einmal seine Hilfe anzubieten. Alte Freunde sind immer die besten, sagt er. Und du bist in Chambord jederzeit willkommen.«

»Bald, Apollo, ich …«, begann Zadia.

»Falls ich eure nostalgischen Reminiszenzen stören darf«, fiel Peotr ihr ins Wort, »wir befinden uns im Kriegszustand. Komm her, Apollo, und schau dir mal an, wieviel Boden Budenny im Manytsch gewonnen hat.«

5

Die nächsten beiden Wochen glichen einem Alptraum. Sobald die Einheit in Kharkov aus dem Zug stieg, brach die ganze Front zusammen. Die Weißen räumten die Stadt, und die Wilde Division sollte den Rückzug decken.

Je näher die endgültige Niederlage der Weißen Armee rückte, desto entschlossener attackierten die Grünen die Züge und sprengten Gleise. Mit ihren Maschinenpistolen kämpften sie ebenso effektiv wie mit der Feldartillerie, auf kleinen *tachankas*[6] montiert. Sie jagten Leuchtraketen in die Luft, dann galoppierten sie neben den Schienen her und feuerten auf die Züge. Nicht einmal Zivilisten und Krankentransporte wurden verschont. Nacht für Nacht griffen die Guerillas an, von gnadenlosem Haß gegen die Weißen und Roten getrieben, nur an Plünderungen und persönlichem Gewinn interessiert. Die Offiziere der Wilden Division ruhten sich nur tagsüber aus, während sie abwechselnd Wache hielten. Seit zwei Wochen hatte keiner länger als jeweils drei Stunden geschlafen.

Im Schneckentempo bewegten sich die Züge nach Süden, Lokomotiven dicht an Bremswaggons. Die Prozession reichte zweihundert Meilen weit von Kharkov bis Rostow. Entlang der ganzen Strecke zeugten umgekippte, geplünderte, verbrannte Waggons und verkohlte Leichen vom Erfolg der Guerillas.

Um angesichts dieser Tragödie zu überleben, mußte man alle Gefühle verdrängen. Zu Hunderten lagen tote Flüchtlinge, Frauen und Kinder neben Gleisen und Straßen, verkrüppelte, verstümmelte Soldaten – besiegt von den Waffen des Krieges, von Hungersnot und eisigen Temperaturen, vor allem aber von der Typhusepidemie. Die schlechten hygienischen Zustände im geplagten Rußland begünstigten die Vermehrung der Bakterien. Selbst wenn man Zeit für den Luxus eines Bades gefunden hätte – man besaß kein Brennholz, um Wasser zu erhitzen. Insbesondere in den überfüllten Zügen und hoffnungslos überlaufenen Hafenstädten konnten sich die Typhusbakterien ungehindert ausbreiten.

Erst vor drei Tagen hatte Apollo einen ganzen Lazarettzug auf einem Nebengleis bei Debaltsevo stehen sehen. Die Patienten lagen in ihren Stockbetten. Aber aus den dreißig Waggons drang kein einziger Laut. Später erfuhr er von einem Doktor in Kupyansk, alle Fahrgäste seien gestorben – Kranke, Ärzte und Schwestern. In einem kleinen Bahnhof nördlich von Taganrog beobachteten sie graue Schemen, die sich dem Zug langsam näherten, und hielten sie für Wölfe. Aber es waren Soldaten, die in grauen Lazaretthemden zu den Waggons krochen. Opfer von Kriegswunden und Typhus, waren sie beim Truppenabzug zurückgelassen worden, weil man geglaubt hatte, sie wären zu krank, um die Reise zu überleben. Nun schleppten sie sich mit letzter Kraft, auf allen vieren, vom Lazarett zum Bahnhof.

Manchmal erschrak Apollo, weil er all das Grauen so gelassen hinnahm. Doch in den fünfeinhalb Jahren seit Rußlands Eintritt in den Weltkrieg hatte er so viele schreckliche Dinge gesehen und gehört, daß sein Seelenleben abgestumpft war. Vielleicht mußte er dies als göttliche Gnade betrachten, denn der Krieg würde vorerst kein Ende finden.

Bei der Ankunft in Taganrog, wo der Bahnhof von Rostow stand, waren sie alle erschöpft von diversen Scharmützeln und ihrem Schlafmangel. Einige Kavallerieoffiziere hatten Wunden davongetragen – nur geringfügige, was sie ihrer hervorragenden Kampftechnik in diesem schwierigen Rückzug verdankten. Nun freuten sich alle auf das Weihnachtsfest in Taganrog – eine kleine Ruhepause und die Gelegenheit, im Alkohol Vergessen zu suchen.

Am Stadtrand verabschiedete sich Peotr, die schweren Satteltaschen über einer Schulter.

»Ich fliege mit Sergei nach Baku. Irgendwo hat er Benzin für seine Niewport aufgetrieben.« Als er Apollos fragenden Blick bemerkte, grinste er. »Sicher weißt du, warum. Zwei volle Tage bei Suata und den Kindern … *Bon Noël, mon ami.*«

»Ich verstehe«, erwiderte Apollo langsam. Wie konnte

man seine Ehefrau zu Weihnachten allein lassen? Doch das ging ihn nichts an. So wünschte er Peotr nur ein frohes Fest. »Schöne Grüße an Suata«, fügte er hinzu und nahm noch einen Schluck aus der Cognacflasche, die er in Niiji eingepackt hatte.

»Danke, das werde ich ihr ausrichten.«

»Natürlich auch an Mirza und Alina.«

»Du solltest Mirza mal sehen, Apollo. Jetzt ist er fast sechs und reitet, als wäre er im Sattel geboren worden. Seit deinem Besuch im letzten Jahr ist er um sieben Zentimeter gewachsen.«

»Und Alina? Reitet sie wie eine Amazone?« Sie war erst fünf Jahre alt, eine dunkelhaarige kleine Schönheit, so zierlich wie eine Dresdener Porzellanpuppe, aber fest entschlossen, dem älteren Bruder nachzueifern.

»Allerdings!« bestätigte Peotr lachend. »In diesem Punkt habe ich mich endlich mit Suata geeinigt. Wie du weißt, wuchs sie in der muslimischen Kultur auf, und ich wollte ihr natürlich nicht gestatten, meine Tochter nach diesen rückständigen Prinzipien zu erziehen. Sie soll sich ebenso frei entfalten wie Mirza – obwohl Suata über Alinas wenig damenhaftes Benehmen klagt.«

»Ich finde deine Einstellung sehr vernünftig. Nach meiner Ansicht ist die Haremskultur längst überholt. Großer Gott, wir leben im zwanzigsten Jahrhundert.«

»Genau das habe ich Suata erklärt, und letzten Endes war sie mit meinen Erziehungsmethoden einverstanden.«

Keine brave Frau, die in einem Harem groß geworden ist, würde ihrem Gebieter allzulange widersprechen, dachte Apollo. Aber was Peotr seiner Tochter nicht angewöhnen wollte, gefiel ihm an Suata – die Fügsamkeit, das Bestreben, den Mann stets zu erfreuen. In seiner Selbstsucht sah er diese Diskrepanz nicht. Wie ein verwöhntes Kind glaubte er, die ganze Welt würde sich nur um ihn drehen.

Durch das Fenster des Zugabteils beobachtete Apollo

einen Piloten, der über die Gleise stapfte und beide Arme schwenkte. »Da ist Sergei. Ich glaube, du solltest dich beeilen, Peotr.«

»Gut, dann breche ich jetzt auf. Wie ich sehe, sind hier mehrere Schwestern vom Roten Kreuz versammelt. Sicher ist dir dein Ruf vorausgeeilt, und die Damen werden bereits um dich würfeln. Also dürftest du dich wohl kaum langweilen.«

»Willst du mir all die hübschen Mädchen überlassen?«

»Diesmal, *mon ami*. Ich schlage dir vor, die Sauferei zu unterbrechen und dich vor dem nächsten Schluck mit einer nahrhaften Mahlzeit zu stärken. Bald wirst du deine ganze Kraft brauchen. In vier Tagen sehen wir uns wieder – falls dann noch was von dir übrig ist.«

Gleichmütig erwiderte Apollo den spöttischen Blick seines Freundes. »Mach dir meinetwegen keine Sorgen. Wahrscheinlich werde ich die Feiertage mit einem guten Buch verbringen.«

»Ha!« Peotr hob dramatisch die Brauen. In der Tür des Waggons drehte er sich noch einmal um. »Hoffentlich wird Taganrog vor meiner Rückkehr nicht evakuiert. Andererseits – so übel wär's gar nicht.«

Wie inzwischen jeder wußte, stand der Sieg der Roten Armee unmittelbar bevor, und das drohende Unheil bedrückte die Weißen, die sich auf dem Rückzug befanden, ebenso wie die zivilen Flüchtlinge. Aber die Wilde Division würde ihre Befehle ausführen, bis sie keine mehr erhielt. Die militärische Ausbildung in den Eliteregimentern hatte ihre Spuren hinterlassen. So hoffnungslos die Situation auch sein mochte – niemand würde desertieren. Die endgültige Niederlage war nur mehr eine Frage der Zeit, die Front mittlerweile gefährlich nahe an Ekaterinodar und Rostow herangerückt. Wenn die Weißen diese Stellungen nicht halten konnten, würde in allen Hafenstädten eine Panik ausbrechen. Schon jetzt dauerte die normalerweise sechsstündige Bahnfahrt nach Novorossiisk vier

Tage. Was würde geschehen, wenn ganz Südrußland auf dieser Strecke südwärts zu fliehen versuchte?

Nach der Abreise des Grafen stand Apollo in der Tür des Waggons und dachte an die verlockende Situation – Peotrs Frau würde die Weihnachtstage allein verbringen. Sein Blick schweifte über die vielen hundert Eisenbahnwagen im Rangierbahnhof hinweg.[7] Sehr verlockend. Er könnte einen befreundeten Piloten bitten, ihm ein Flugzeug zu leihen. Schon mit vierzehn Jahren hatte er fliegen gelernt, während andere Jungen mit ihren ersten Automobilen gefahren waren, und seinen Eltern mit waghalsigen Expeditionen über den Kaukasus-Gipfeln angst gemacht. In zwei Stunden würde er Aladino erreichen. Dann konnte er fast vier Tage mit Kitty zusammensein – vorausgesetzt, er durfte die Maschine so lange behalten. Warum nicht?

Auf dem Rückweg zu seinem Abteil fand er die unangenehme Antwort auf diese Frage. Er blieb im Mittelgang stehen und schlug mit einer Faust gegen die Mahagonitäfelung. »Verdammt!« Wie sollte er Kitty die Abwesenheit ihres Mannes erklären, wenn seine Division offensichtlich Weihnachtsurlaub hatte? *Peotr verbringt das Fest bei seiner Geliebten und seiner Familie …* Nein, unmöglich, entschied er und ging weiter. Oder sollte er irgendeine Geschichte erfinden? Bevor er in Astrachan ankam, müßte ihm irgend etwas einfallen. Im Chaos des Krieges würde fast alles plausibel klingen.

Eine Hand auf der Türklinke seines Abteils, hielt er inne. Wieder einmal verspürte er jene Gewissensbisse, die er vergessen wollte. Sie ist die Frau deines besten Freundes, sagte er sich. Ganz egal, wie er sich verhält – du hast nicht das Recht, mit ihr zu schlafen. Außerdem – warum eine Beziehung erneuern, die keine Zukunft hat? Diesmal würde mir der Abschied noch schwerer fallen. Aus unerfindlichen Gründen war's schon letztes Mal schlimm genug …

So sehr er Kitty auch begehrte – der Gedanke, die Begegnung wäre nur ein erotisches Zwischenspiel gewesen, erschien ihm unerträglich. Einen Mann, der zahllose erotische Zwischenspiele erlebt hatte, mußte diese Erkenntnis verblüffen – und erschrecken. Deshalb waren es letzten Endes keine moralischen Bedenken, die ihn von der Reise nach Astrachan abhielten, sondern Kitty Radacheks Bild, das viel zu oft vor einem geistigen Auge erschien, und eine unerklärliche Sehnsucht. Was Liebe war, wußte er nicht. Und daß er die schöne Gräfin lieben könnte, gestand er sich natürlich nicht ein.

Am besten suche ich mir für die Feiertage eine Gefährtin, die ich schnell wieder vergessen werde, überlegte er. Seine Kameraden überredeten ihn (nicht allzu mühsam), mit ihnen eine Party im Zug des Roten Kreuzes zu besuchen, der drei Gleise weiter in östlicher Richtung stand. Wie ihm versichert wurde, gab es für die vier Urlaubstage genug Alkohol. Die Krankenschwestern hatten erstklassigen Wodka besorgt, und dem einflußreichen Prinzen Ghivi war es irgendwie gelungen, einen Kriegsgewinnler aufzuspüren und seine diamantenbesetzte Uhr gegen acht Kisten Champagner einzutauschen. Apollo fand die Aussicht auf ein viertägiges Saufgelage höchst angenehm.

Bald erreichte er jenen ersehnten Zustand des Vergessens. Die hübsche Rote-Kreuz-Schwester, die ihn vom ersten Augenblick an für sich beansprucht hatte, merkte nichts von seinem Vollrausch. Da der Prinz nicht einmal in dieser Verfassung taumelte oder lallte, wies nur ein gewisser geistesabwesender Charme auf seinen Alkoholkonsum hin. Niemand außer seinen besten Freunden bemerkte die subtile Veränderung. Wie sollte Sophia Feodovna auch nur ahnen, daß der attraktive junge Aristokrat, der sie ›mein Liebling‹ und ›mein Engel‹ nannte, der vier Tage lang mit ihr trank und schlief, ihr Gesicht nicht erkennen würde, sollte er ihr jemals wieder begegnen?

Irgend jemand hatte zwei Zigeuner engagiert, die musizierten und sangen. Fröhliches Gelächter erfüllte den Waggon. Zu Ehren des weihnachtlichen Festmahls schimmerten Juwelen, vergoldete Epauletten, kostbare Seidenkleider und bemalte Lippen. Später gaben Balalaikaspieler russische Volksweisen zum besten. Entspannt saß Apollo im warmen, von sanftem Kerzenlicht erhellten Raum, umschwirrt von Musik und lebhaften Stimmen, die allmählich zu einer undefinierbaren Geräuschkulisse verschmolzen.

Als die Balalaikaklänge verstummt waren, nahm er die hübsche Krankenschwester in die Arme, an deren Namen er sich nicht erinnerte, und dachte an Kitty. Entzückt genoß Sophia seine Liebeskünste. Weil er glaubte, eine Gräfin mit honigblondem Haar und meergrünen Augen zu beglücken, liebte er sie mit zärtlicher Geduld und schenkte ihr immer wieder die höchste Erfüllung.

Am Morgen drang schwaches Sonnenlicht durch die schmalen Schlitze der Jalousien im Schlafwagen. Träge wandte Apollo den Kopf zur Seite und betrachtete das Mädchen in seinen Armen. Beim Anblick der dunklen Locken an seiner Schulter verspürte er nur kurzfristig eine gewisse Melancholie. Dann griff er nach der Wodkaflasche, die auf dem Fenstersims stand, und genauso verliefen auch die nächsten drei Tage.

Kurz vor der Niederlage des Weißen Heeres lebte ganz Südrußland nur noch für den Augenblick und dachte nicht an morgen.[8] Während die Woge des Bolschewismus das Land überströmte, durfte niemand eine Zukunft erwarten, die länger dauerte als der letzte Atemzug nach einer tödlichen Kugel. Vorausgesetzt, man war so glücklich, erschossen statt erschlagen zu werden, an einem improvisierten Galgen zu baumeln oder den Folterqualen zu erliegen, die sich irgendein neurotischer Vernehmungsbeamter von der Tscheka ausdachte, der Roten Geheimpolizei.

Kitty verbrachte ein ruhiges, einsames Weihnachtsfest. In den letzten beiden Jahren waren die meisten Nachbarn emigriert, und die wenigen, die immer noch zu Hause ausharrten, fühlten sich zu entmutigt, um zu feiern. Fast alle Frauen hatten während der letzten fünf Jahre einen Sohn, Ehemann, Vater oder Bruder verloren.

Besonders hart war Fürstin Davidov getroffen worden. Nach dem Verlust einiger Söhne hatte auch der letzte im Lauf der Sommeroffensive den Tod gefunden. Kitty besuchte sie regelmäßig, auch am Weihnachtstag, und wurde höflich empfangen. Doch die arme Frau, von so vielen Tränen ermattet, war nur eine leere Hülle, ihr Geist längst gebrochen. In der drückenden Stille ihres Hauses roch es nach Patschuli, Staub, Alter und Tod. Das schlichte schwarze Kleid der Fürstin, mit den weißen Trauer-*pleureuses* am Hals und an den Manschetten, schien an einer Marionette zu hängen. Nirgends tickte eine Uhr. Nachdem Fürstin Davidovs Lieblingssohn Ghigi am 18. August bei Tsaritsyn gefallen war, zog sie keine Uhren mehr auf. Kerzen erhellten sein großes Foto an der Nordwand des Salons. Stundenlang saß Maria Alexandrovna davor und hielt Zwiesprache mit dem Toten. Als Kitty zum Tee kam, bemühte sich die Fürstin um höfliche Konversation. Aber bald wanderten die umschatteten dunklen Augen wieder zu dem Porträt hinüber, und Kitty war vergessen. Die meisten Dienstboten der Davidovs waren geflohen, voller Angst vor der unheimlichen alten Frau, die ständig mit einem Toten sprach. Nur wenige blieben im Haus, aus Liebe und Loyalität, und betreuten die unglückliche Fürstin.

Nach der deprimierenden Teestunde forderte Maria Alexandrovna die Besucherin auf, Ghigis Zimmer zu betreten. Darin hatte sich nichts verändert. Die Fürstin zeigte auf das schmale Feldbett. »Wenn er Urlaub hatte, zog er es vor, daheim genauso spartanisch zu leben wie im Lager seiner Truppe. Jetzt schlafe ich hier und stelle mir vor, er wäre noch ein Baby, und ich würde ihn im Arm halten.« Seufzend kniete die Fürstin vor einer beleuchteten Ikone nieder, die neben dem Bett an der Wand hing, und unterhielt sich leise mit *»mon enfant«*. Wieder einmal war der Gast vergessen.

Ohne sich zu verabschieden, verließ Kitty den gespenstischen Raum und kehrte in ihr Haus zurück. Nach einem einsamen Abendessen weinte sie sich in den Schlaf. Sie war schon früher allein gewesen. Aber seit Apollos Abreise hatte dieses Wort eine neue Bedeutung gewonnen. Erst jetzt erkannte sie das Ausmaß ihrer langjährigen Entbehrungen, und sie versuchte das Problem zu lösen, indem sie sich in die Arbeit stürzte – und die Gedanken an den Prinzen verdrängte. Doch das gelang ihr nur selten.

Hinter ihrem Rücken warfen sich die Dienstboten vielsagende Blicke zu. Die Gräfin überforderte ihre Kräfte, und alle wußten, warum.

Eines späten Nachmittags, nachdem sie die Zahlen im Rechnungsbuch dreimal addiert und drei verschiedene Ergebnisse erhalten hatte, schleuderte sie die Feder quer durchs Arbeitszimmer und brach in Tränen aus. Allmählich faßte sie sich und erkannte, daß es besser wäre, ihr Pensum etwas zu reduzieren. Dann würde sie vielleicht seltener weinen. Oder waren es die deprimierenden Kriegsnachrichten, die sie so oft zur Verzweiflung trieben? Wie auch immer – normalerweise hatte sie nicht derart nahe am Wasser gebaut.

Wenn sie doch wenigstens Apollo vergessen könnte ... Nicht nur der Ehebruch plagte ihr Gewissen, der jetzt fast drei Wochen zurücklag, sondern auch die Untreue ihrer Gedanken. So sehr sie sich gegen die Erinnerungen wehrte – sie mußte unentwegt an den attraktiven jungen Hauptmann denken, seine zärtlichen Hände, seine heißen Küsse. Manchmal träumte sie so lebhaft von ihm, daß sie im Schlaf laut zu schluchzen begann. Um die Sehnsucht nach Apollo zu bekämpfen, bemühte sie sich, Peotrs Bild heraufzubeschwören. Doch sie sah es nur verschwommen, und dieser Fehlschlag verstärkte ihre Schuldgefühle. Schlimmer noch – immer wieder ertappte sie sich bei der Hoffnung, Apollo würde zurückkehren. Vielleicht während seines Weihnachtsurlaubs …

Was ist in jenen drei Tagen mit mir geschehen, fragte sie sich hundertmal. Wie kann sich das Leben eines Menschen in dieser kurzen Zeit völlig verändern?

Jedenfalls war die Konsequenz der drei Tage unauslöschlich – Apollo hatte sie in eine andere Frau verwandelt.

Nicht, daß es eine Rolle spielte. In diesem blutigen Krieg zählten Wünsche, Träume und Hoffnungen so wenig wie kleine Kerzen im Höllenfeuer. Nicht einmal Kittys brennende Sehnsucht konnte die vielen hundert Meilen und die Ungewißheit der künftigen Tage und Wochen verringern, die sie von Apollo trennten. Außerdem wußte sie nicht, ob ihre Liebe – falls sie das verwirrende Gefühl so nennen sollte – erwidert wurde. Vielleicht mußte sie deshalb dauernd weinen. Männer wie Apollo, die Frauen so raffiniert verführten und beglückten, maßen den Liebesnächten niemals dieselbe Bedeutung bei wie die Empfängerinnen der erotischen Freuden. Wie Peotr einmal erwähnt hatte, pflegte der Prinz die Gespielinnen, die ihn nicht mehr interessierten, charmant und höflich, aber entschieden abzuweisen. Diese trüben Aussichten lasteten bleischwer auf Kitty Seele. Und ihre Hoffnung, Apollo würde sie zu Weihnachten besuchen, erwies sich als törichte Illusion. Diese Erkenntnis löste einen neuen Tränenstrom aus.

6

Planmäßig kehrte Peotr vier Tage später nach Taganrog zurück und erzählte freudestrahlend vom schönen Weihnachtsfest bei seiner ›Familie‹. Aus irgendwelchen Gründen ärgerte sich Apollo über die gute Laune seines Freundes – vermutlich, weil Peotr skrupellos tat, was er wollte, während er selbst auf die Erfüllung ähnlicher Wünsche verzichtet hatte. Warum war er so dumm gewesen? Weder der unmäßige Alkoholgenuß noch die fragwürdigen Aktivitäten im Schlafwagen hatten seine Melancholie gemildert. »Verschone mich mit deinem Gerede«, erwiderte er, als Peotr im gemeinsamen Zugabteil seine Satteltaschen auspackte.

Aber seine schlechte Laune konnte den Frohsinn des Grafen nicht dämpfen. »Hast du Kopfweh?« fragte er grinsend. »Zuviel Wein, Weib und Gesang?« Apollo sah ziemlich derangiert aus, die schwarze, reichbestickte kaukasische Tracht, die er in seiner Freizeit vorzog, völlig zerknittert. Unter der Sonnenbräune wirkte sein Gesicht aschfahl, die glanzlosen Augen waren halb geschlossen, die Hände bebten.

»Vielleicht nicht genug«, entgegnete er mürrisch. Zum Teufel mit Peotrs Seele! Womit verdiente er sein Glück, während Apollo ein so elendes Weihnachtsfest verbracht hatte? Seit jenen Tagen mit Kitty dienten die Amüsements mit anderen Frauen nur seinen körperlichen Bedürfnissen, und zum erstenmal in seinem Leben befriedigten sie ihn nicht. In seiner Fantasie, vom Alkohol benebelt, hatte er stets nur die schöne Gräfin gesehen. Um seinem Zorn Luft zu machen, fauchte er unvermittelt: »Hast du zu Weihnachten ein einziges Mal an deine Frau gedacht?«

Erstaunt wandte sich Peotr vom Schrank ab, in den er seine Stiefel geworfen hatte. »An Kitty?« fragte er langsam und musterte seinen Freund. Apollo lag auf dem Sofa, offenbar immer noch betrunken. »Mach dir keine Sorgen um Kitty, sie kommt schon zurecht. Eine sehr tüchtige Frau ...«

»Wieso weißt du, daß sie so tüchtig ist? Fragst du dich jemals, was sie von *dir* hält? Seit deiner Hochzeit hast du höchstens vier Tage hintereinander in Aladino verbracht.«

Sofort bereute Apollo seine Worte. Sein Ärger und seine Trunkenheit berechtigten ihn nicht zu so freimütigen Äußerungen.

Gleichmütig zuckte Peotr die Achseln. »Nun, sie *scheint* sehr gut zurechtzukommen.«

»Ich hoffe, du irrst dich nicht«, murmelte Apollo. Inzwischen hatte er seine Emotionen wieder unter Kontrolle.

Jetzt entstand eine kurze Pause. Peotrs Augen verengten sich. Forschend schaute er seinen Freund an, dessen Miene nichts verriet. »War während meiner Abwesenheit alles in Ordnung?«

Apollo lachte spöttisch und griff nach der Wodkaflasche. »Natürlich. Ich habe mein Bett kaum verlassen. Und die Schwestern vom Roten Kreuz bemühten sich eifrig, mich zu unterhalten. Vor allem eine schwarzhaarige kleine Schönheit. Hin und wieder schlich eine andere zu mir. Zumindest gewann ich diesen Eindruck. So genau erinnere ich mich nicht.«

»Und das hat dir mißfallen?« fragte Peotr verwundert. Diesen Vergnügungen gab sich Apollo seit Jahren hin, ohne daß sie ihn jemals gelangweilt hätten.

»Warum wurde ich geboren?« fragte der Prinz tonlos. »Um zu essen, zu schlafen, zu kämpfen, herumzuhuren und Geld auszugeben. Was soll man denn sonst tun?« Er prostete seinem Freund mit der Flasche zu, dann nahm er einen großen Schluck. »Aber ich wünschte, ich würde mir die Namen der Frauen merken, die mein Bett teilen.«

»*Merde!*« fluchte Peotr. »Offenbar hat dich das Weihnachtsfest auf diesem Bahnhof in ziemlich trübe Stimmung versetzt. Wärst du bloß nach Aladino zurückgekehrt! Du hättest mit Kitty feiern können. Und auf dem Rückweg aus Baku hätte ich dich abgeholt.«

Mühsam bezwang Apollo den Zorn, der erneut in ihm aufstieg. Erstens ärgerte er sich über Peotr, der ihm die Gesellschaft seiner Ehefrau so sorglos angeboten hätte, und zweitens trauerte er der verpaßten Gelegenheit nach.

Der Graf zupfte an seinem schwarzen Schnurrbart. »Wie schade, daß wir nicht daran dachten ... Sicher wärst du zu Weihnachten ein idealer Gefährte für Kitty gewesen.«

»Hättest du deine Frau mit mir allein gelassen?« fragte Apollo gedehnt. »Trotz meines Leumunds?«

»*Kitty?*« Überrascht runzelte Peotr die Stirn. »Wenn du versuchen würdest, meine Gemahlin zu verführen, wüßte sie gar nicht, was du willst.«

»Bist du da so sicher?«

»Völlig sicher, *mon ami*«, entgegnete Peotr lachend. »Seit drei Jahren bin ich mit ihr verheiratet. Sie hat nur unsere Ernteerträge und die Rechnungsbücher im Kopf. Leidenschaft, Sinnlichkeit, Romantik? Nichts für meine Kitty! Und wenn ich's recht bedenke – sie hätte dich furchtbar gelangweilt. Also ist's ganz gut, daß du die Weihnachtstage nicht in Aladino verbracht hast.«

Im Gegensatz zu Peotr kannte Apollo die erotischen Qualitäten der Gräfin nur zu gut. Bei diesem Gedanken versank er noch tiefer in seiner Melancholie, und die Sehnsucht nach Kitty wuchs. Verdammt, er hätte in ihrem Haus Weihnachten feiern können, sogar mit dem Segen ihres Ehemanns. »Reden wir nicht mehr darüber!«

»Großer Gott, *mon ami!* Hat dich irgendeine Frau dermaßen erzürnt?« Dieses Verhalten paßte nicht zu Apollo, der nur selten die Beherrschung verlor.

»Gewissermaßen«, erwiderte der Prinz mit gepreßter Stimme.

»Ist das möglich? Gibt es eine Frau, die du begehrst und nicht erobern kannst? Nie hätte ich gedacht, daß ich diesen Tag erleben werde!« Nach einer kurzen Pause fragte Peotr: »Möchtest du drüber reden?«

»Nein.«

»Eine Schwester vom Roten Kreuz?« hakte der Graf

nach, wartete auf eine verräterische Reaktion und wurde enttäuscht. Apollo schüttelte nur den Kopf. »Nun, dann will ich mich von deiner deprimierenden Gesellschaft befreien.« Peotrs gute Laune war durch nichts zu erschüttern. »Vielleicht werde ich im Salonwagen an einer Partie Bakkarat teilnehmen. Vor morgen früh fahren wir nicht weiter.« Grinsend winkte er seinem Freund zu und tappte auf bestrumpften Füßen in den Gang hinaus.

Die Wodkaflasche prallte gegen die Wand. Wütend starrte Apollo die Scherben und den feuchten Fleck auf dem königsblauen Teppich an. Während der letzten Tage hätte er Kitty umarmen können statt – wie immer sie heißen mochte. Wenn er die Gräfin das nächstemal besuchen wollte, bei Gott, er würde es tun. Was für ein Narr war er gewesen! Hatte er nicht stets betont, im Krieg müsse man alle Freuden genießen, die einem geboten wurden? Und hatte er sich nicht in den letzten Jahren stets an dieses Prinzip gehalten und die gesellschaftlichen Konventionen mißachtet? In dieser Hinsicht war er ein echter Kuzan. Seit jenem ersten Kuzan, der Michael Romanov zu Beginn des siebzehnten Jahrhunderts geholfen hatte, der Anarchie in Rußland ein Ende zu bereiten, taten sie alle, was ihnen gefiel. Andererseits ging es auch um Kittys Gefühle, um die Freundschaft mit Peotr ... Zum Teufel damit! Er, der sich nie einen Wunsch versagte, hatte auf das Weihnachtsfest mit Kitty verzichtet. Das würde nie wieder geschehen. Nächstes Mal würde er keine Skrupel kennen.

Unglücklicherweise fand er vorerst keine Gelegenheit mehr, Kitty wiederzusehen, und kaum noch Zeit, an sie zu denken. Am nächsten Morgen wurde die Division nach Tsaritsyn transportiert, da sie die Stadt vor der bedrohlich heranrückenden Front schützen sollte. Kaum waren die Kavalleristen nahe dem Westufer der Wolga in Stellung gegangen, als sie auch schon den Befehl zum Rückzug erhielten. Am 3. Januar fiel Tsaritsyn, am 6. Taganrog. Innerhalb von drei Tagen marschierten die Bolschewisten in

Novocherkassk ein und eroberten die Hauptstadt der Donkosaken. Am 11. Januar nahmen sie Rostow ein und zwangen das Generalhauptquartier der Weißen, sich nach Ekaterinodar zurückzuziehen, wo sie ihren Feldzug vor zwei langen Jahren begonnen hatten. Sogar inmitten des großen Rückzugs kritisierten die Generäle Wrangel und Denikin einander immer noch in Briefen und Telegrammen wie eifersüchtige Primadonnen, symptomatisch für das mangelnde Einvernehmen, das die Weiße Armee während des ganzen Krieges geschwächt hatte.

Seit Kornilovs Tod gab es keinen charismatischen General, der die Macht besessen hätte, die Differenzen zu bereinigen. Denikin, ein fähiger Verwaltungsbeamter, war kein Taktiker. Und der brillante Wrangel beleidigte viele Offiziere mit seiner Arroganz. Viele Untergebene der beiden flüchteten sich in den Alkohol- oder Drogenrausch, in Orgien und Plünderungen, und ignorierten die Befehle ihrer Generäle. So entwickelte sich die Weiße Kommandozentrale zu einer Brutstätte aufwieglerischer Elemente, die beständig Mißtrauen und Rivalität säten. Auch in der Roten Armee herrschte Zwietracht. Politik und Exekutive lagen in den schwerfälligen Händen des Politbüros, und der Machtkampf zwischen Stalin und Trotzki vergiftete die Atmosphäre noch zusätzlich. Immer wieder wurden Budenny und andere Generäle vom Hauptquartier zu selbstmörderischen Operationen gezwungen, und manchmal überlebten sie nur, weil sie die Befehle nicht ›erhielten‹. Zudem waren die Roten Kommandanten ebensowenig immun gegen Alkohol, Drogen und Frauen wie die Weißen. Die meisten Männer, die in diesem Bürgerkrieg kämpften, wollten nur ihre eigene Haut retten und nutzten jede Gelegenheit, um das Gemetzel zumindest zeitweise zu vergessen.

Eindringlich forderte Lenin alle Roten Soldaten auf, um jeden Preis zu siegen, ohne Rücksicht auf Verluste, und bis zum Tod zu kämpfen. Jene ›inspirierende‹ Botschaft wurde telefonisch, brieflich und telegrafisch weitergeleitet.

In diesen wirren Zeiten ritt die Wilde Division durch bittere Kälte, versuchte am Leben zu bleiben, Schlachten ohne Munition und andere Vorräte zu gewinnen, Budenny und die Rote Armee in Schach zu halten – und bemühte sich vergeblich. Mitte Januar wurden einige von Wrangels kaukasischen Kavallerieeinheiten General Pavlovs Kommando unterstellt. Während des nächsten Monats kämpften Apollo und Peotr unter Pavlov an der Manytsch-Front. Die neugebildeten Regimenter – Donkosaken, Kubankosaken und Kaukasier – errangen einige Siege über Dumenko. Doch das spielte keine Rolle. Am 16. Februar standen sich Budenny und Pavlov in einer schneebedeckten Steppe gegenüber. Pavlov, Kommandant des Vierten Kavalleriecorps, wußte ebenso wie Budenny, daß die entscheidende Schlacht beginnen würde. Eine Niederlage der Roten würde ihren Vormarsch stoppen und den Weißen genug Zeit geben, sich neu zu formieren. In beharrlichen Telegrammen ans Hauptquartier verlangte Lenin den Sieg ›um jeden Preis‹, eine dringende Notwendigkeit angesichts der schwindenden bolschewistischen Kräfte und der langen Versorgungswege. Ein Mißerfolg würde unweigerlich zur Flucht nach Moskau führen.

Am 25. Februar kam Pavlov in Torgovaia an. Von den ursprünglich zwanzigtausend Kavalleristen waren nur mehr elftausend kampftauglich, nachdem sie sich drei Tage lang durch die Schneestürme und Eiseskälte der Steppe geschleppt hatten. Am unbesiedelten linken Manytsch-Ufer gab es weder Lebensmittel noch Pferdefutter oder Obdach. Diesen mörderischen Marsch hatten Peotr und Apollo – von Karaim und Sahin stoisch begleitet – nur überlebt, indem sie abwechselnd geritten und zu Fuß gegangen waren. Der Erschöpfung nahe, aber unversehrt, erreichten sie Torgovaia. Budennys zwanzigtausend

Mann starkes Heer, ebenfalls von Wind und Wetter geplagt, mußte keine Verluste beklagen und genoß den Vorteil naheliegender Bahnstrecken und Vorratsdepots.

Nur wenige Meilen trennten Pavlov und Budenny. Beide mißtrauten den Fähigkeiten ihrer Streitkräfte, keiner wagte die entscheidende Begegnung herauszufordern.

Auch am nächsten Morgen lag die Temperatur weit unter dem Gefrierpunkt. Als Pavlov die Befehle »Zu den Pferden!« und »Aufsteigen!« gab, konnte nur die Hälfte des ursprünglichen Korps gehorchen. Späher trabten davon und kehrten wenig später zu ihrem Kommandanten zurück, der einen sacht ansteigenden Hang hinaufritt. Im Tal, das sich vor ihm erstreckte, stand Budennys Heer, zum Angriff bereit. »Säbel! Lanzen!« schrie Pavlov. Dann folgte sein wohlbekannter Schlachtruf: »Los, Jungs, schnappt euch die Hurensöhne!«

In lockerer Formation ritt die Weiße Kavallerie bergauf. Nur wenige Soldaten konnten ihre erschöpften Pferde zu einem schnelleren Trab anspornen. Als sie den Grat erreichten, sahen sie die ersten Reihen der Roten Kavallerie herangaloppieren. Im breiten Tal dahinter folgten zahlreiche weitere Reiter.

Die Säbel erhoben, griffen Pavlovs Männer an. Beide Seiten preschten vor und zogen sich zurück, immer wieder. In seltsamer Stille kämpften sie auf der frostigen grauen Steppe. Nur gelegentlich durchbrach ein Pistolenschuß oder ein Schrei das Schweigen. Wellenförmig strömten die Formationen vor und zurück, unzählige Male. Bald reagierten die Sinne nicht mehr auf die Gefahr, nahmen das Stöhnen der Sterbenden und Verwundeten nicht wahr, die von den Hufen zertrampelt wurden. Halb benommen schwangen die Soldaten ihre Säbel, feuerten hin und wieder die Pistolen ab.

Zu Mittag konnten Pavlovs Kavalleristen ihre Erschöpfung kaum noch bezwingen. Und am Nachmittag entschied die Überzahl der Roten den Kampf. Budennys Konarmia trug den Sieg davon. Und die Weißen verloren nicht nur die Schlacht, sondern auch den Krieg.

Nichts konnte die Roten daran hindern, die Weißen zu überrollen – und alles, wofür sie eintraten. Denikin befahl den Offizieren und ihren Familien sich nach Novorossiisk zurückzuziehen, während die Donkosaken unter General Kutepov die Nachhut bildeten.

Knie an Knie kämpften Apollo und Peotr, von einem Eifer getrieben, der beinahe an Wahnsinn grenzte. Irgendwie überlebten sie Pavlovs Niederlage am 26. Februar. Am späten Nachmittag bahnten sie sich mit ihren Säbeln einen Weg in die Freiheit, durch die Phalanx von Kotovskys Brigade. Über die Hälfte ihrer Einheit fand in der tragischen Schlacht den Tod. Entweder erfroren die Männer, starben im Kampf, oder sie wurden gefangengenommen und hingerichtet.

Peotr und Apollo blieben bei Kutepovs Kosakenbrigade und schützten den Rückzug der Weißen Armee bis zum 17. März, als Ekaterinodar fiel. An jenem Tag gab es keine südrussische Regierung mehr. Der Krieg war beendet, Denikin bereits an Bord eines Evakuierungsschiffs in Novorossiisk. Und es gab nicht die geringste Hoffnung, das Schicksal könnte doch noch einen anderen Lauf nehmen.

Müde auf die Sattelknäufe gestützt, hielten Apollo und Peotr auf einem Hang oberhalb von Ekaterinodar an, der ersten und jetzt letzten Hauptstadt der südrussischen Regierung. Bisher war ihr kleiner Trupp den Spähern Budennys entronnen. Aber es war an der Zeit, getrennte Wege zu gehen. Etwas abseits von den anderen blickten die beiden Freunde über die trostlose Landschaft hinweg.

Es war Peotr, der das Schweigen brach. »Es ist vorbei. Keine Hilfe von Seiten der Alliierten, keine Regierung. O Gott, ich habe nur mehr ein paar Patronen. Hoffentlich werden sie bis nach Baku reichen.«

Baku? Apollo warf ihm einen kühlen Blick zu.

»Ja, ich weiß«, seufzte Peotr, »du findest, ich würde Kitty grausam behandeln. Aber – um Himmels willen, mir fehlt die Zeit, um nach Aladino *und* Baku zu reisen. Und ich muß an meine Kinder denken, Apollo. Soll ich sie diesen blutrünstigen Bestien überlassen?« Nervös schlug er mit seiner *nagaiky* auf seinen Schenkel. In den letzten beiden Jahren hatte er zu viele Massaker mit angesehen, um von der siegreichen Roten Armee auch nur ein kleines bißchen Milde zu erwarten.

Bedrückt strich Apollo über seine blonden Bartstoppeln. Er verstand das Dilemma. Doch das änderte nichts an seiner Empörung. Wie konnte Peotr seine Frau den Roten Soldaten ausliefern?

»Wenn diese Schurken nicht so schnell nach Baku vorrücken würden, zu den verdammten Ölfeldern«, fügte Peotr hinzu, »hätte ich vielleicht Zeit, Kitty auf dem Weg zu Suata nach Novorossiisk zu bringen. Aber unter diesen Umständen ist das unmöglich. Gestern erklärte Kutepov, die Achte Armee habe bereits Derbent erreicht. Wenn ich nicht sofort aufbreche, komme ich zu spät. Verstehst du denn nicht, Apollo? Suata und die Kinder bedeuten mir sehr viel – und sie sind auf mich angewiesen.« Fast verzweifelt bat er seinen besten Freund um Zustimmung.

»Natürlich, das verstehe ich«, erwiderte Apollo. Wie konnte er Peotr verurteilen? Unermüdlich hatte der Oberst für die Sache der Weißen gekämpft, bereitwillig sein Leben riskiert, stets seine Pflicht erfüllt, um sein Land, seine Frau und seine Geliebte zu retten. Nun war die Zeit knapp, er mußte eine Entscheidung treffen – und für ihn zählte Kitty am wenigsten.

»Apollo?« unterbrach Peotr die unerfreulichen Gedanken seines Gefährten. Flehend schaute er in die goldbraunen Augen.

Und Apollo, der in den chaotischen letzten Wochen mehrmals beschlossen hatte, Kitty nicht wiederzusehen, besann sich anders. »Darum mußt du mich nicht bitten – ich würde es so oder so tun.« Seine leise Stimme klang völlig leidenschaftslos. Ein Freund, der einem Freund half.

Erleichtert atmete Peotr auf und ergriff Apollos Hand. »Du ahnst nicht, welchen Trost du mir spendest. Tausend Dank. Hoffentlich findest du mich nicht herzlos. Letzte Nacht habe ich zum erstenmal seit Jahren wieder gebetet, um eine Lösung meines Problems. Aber ich fand keine, die mein Gefühl und meinen Verstand gleichermaßen befriedigt hätte.«

»Sorg dich nicht, Peotr. Suata und die Kinder brauchen dich. Ich kümmere mich um Kitty.« Bei diesen schlichten Worten erwärmte sich sein Herz. Inmitten einer katastrophalen, blutigen Niederlage stieg eine wilde Freude in ihm auf. Bald würde er Kitty wiedersehen. Nun brachte Peotr ein schwaches Lächeln zustande, eine vage Erinnerung an seine einst so überschäumende Lebenslust. »Vielleicht ist es gar nicht so schlimm, wie es aussieht, und Kitty ist schon emigriert. Ich habe sie angewiesen, unverzüglich abzureisen, sobald sich die Situation zuspitzt. Wir haben keinen Kontakt zur Ostfront, und ich weiß nicht, wie weit die Roten bereits vorgerückt sind.«

»Kitty – abgereist?« fragte Apollo bestürzt. Dann schämte er sich seiner Selbstsucht. Für Kitty wäre es natürlich am besten, wenn sie nach Konstantinopel fahren würde.

»Mag sein ...«

»Keine Bange, das werde ich herausfinden. Wenn sie sich immer noch in Aladino aufhält, werde ich sie sofort zum Hafen Novorossiisk bringen.«

»Wie kann ich dir's jemals vergelten?« In Peotrs Augen schimmerten Tränen.

»Nicht nötig.« Apollo schluckte krampfhaft. In all den Jahren der tiefen Freundschaft hatte er Peotr niemals weinen sehen. »Und nun verschwinden wir von hier«, fügte er in forschem Ton hinzu. »Sonst erwischen uns die feindlichen Späher. Ich habe eine Patrouille beobachtet, die Ekaterinodar in südlicher Richtung verlassen hat. Wird Tolia dich begleiten?« Peotrs Bursche stammte aus Petrograd, und viele Soldaten versuchten heimzukehren.

»Ja. Er hat seine ganze Familie verloren – an die Tscheka oder die Hungersnot. Jetzt ist er allein.«

Apollo legte eine Hand auf Peotrs Schulter. »Beeil dich – kümmere dich um Suata und die Kinder und überlaß Kitty nur mir. *Bonne chance.*«

»*Au revoir*«, entgegnete Peotr. »Dir muß ich kein Glück wünschen. Das brauchst du nicht, und ich bemitleide jeden Feind, der deinen Weg kreuzen wird.«

Apollo salutierte lässig. »Diesen Sommer sehen wir uns in Paris.«

»Abgemacht.« Peotrs Gesicht verzog sich zu einem breiten Grinsen. »Paß bloß auf, daß das Glück dir auch wirklich treu bleibt, Apollo Alexandrovich«, fügte er nach alter russischer Sitte hinzu, schwenkte sein Pferd herum und trabte nach Südosten, gefolgt von Tolia.

Apollo, Karaim und Sahin verschwendeten keine Zeit. Inzwischen hatte der Rote Spähtrupp die kleine Kavalleristengruppe durch die Ferngläser entdeckt und sprengte auf den Hang zu. Die Dagestan-Vollblüter fielen in jenen lockeren Trab, den sie stundenlang durchhalten konnten. Am späten Nachmittag waren die drei Männer weit genug nach Osten vorgedrungen, um dem Operationsgebiet der Roten Armee zu entrinnen. Sie wickelten sich in ihre Burkas und banden die Pferde im Schutz eines Heuschobers fest. Dann vergruben sie sich im duftenden Heu. Zwei Tage bis Aladino, dachte Apollo, bevor er einschlief. Bald entführte ihn die Hoffnung, Kitty wiederzusehen, in ein Reich voll angenehmer Träume.

7

Inzwischen war General[9] Beriozovs Sechste Division ostwärts vorgerückt. Vor drei Wochen hatte sie den Feind bei einem unerwarteten Angriff seitlich umgangen und Astrachan erreicht. General Erdelis unzulängliche Verteidigungstruppen wurden übel zugerichtet. Völlig ungeordnet traten die Weißen den Rückzug nach Süden an. Mehrere Fliegerstaffeln bildeten die Angriffsspitze des Roten Vormarsches. Täglich legten die Bolschewisten zwanzig Meilen zurück, brandschatzten, plünderten und mordeten.

Nach Weihnachten und Kolchaks Niederlage an der Ostfront zogen immer mehr Flüchtlinge durch Astrachan. Kitty unterstützte sie mit Lebensmittel und Kleidung. Im Februar nahm der Flüchtlingsstrom solche Ausmaße an, daß große Ställe und das Pförtnerhaus von Aladino in eine Küche, eine Krankenstation und Schlafbaracken umfunktioniert wurden. Jede Woche trafen einige Hundert Emigranten ein, um zu rasten, zu essen und ihre durchfrorenen Körper für kurze Zeit zu wärmen. Sie blieben ein paar Stunden, über Nacht oder einen Tag. Aber niemand wagte sich länger zu erholen, da die Rote Armee unaufhaltsam näher rückte. Die Flüchtlinge steuerten die Hafenstädte am Schwarzen Meer an.

Auch Kitty würde bald aufbrechen müssen. Doch sie schob diese Entscheidung vor sich her. Wann immer sie einen Kavallerieoffizier heranreiten sah, schlug ihr Herz schneller, und wenn es nicht Apollo war, seufzte sie leise. Vielleicht morgen. Und so wartete sie.

Gelegentlich erhielt sie Nachrichten, die neue Hoffnungen weckten. Erdeli hatte eine größere Schlacht gewonnen, schlug die Roten zurück, und man munkelte sogar von einem Gegenangriff. Eines Abends, nach einem langen, ermüdenden Tag in der Krankenstation, aß sie ein paar Bissen und mußte sofort nach oben laufen, um zu erbrechen. Sie hatte sich am Morgen seltsam schwach gefühlt, nicht gefrühstückt und zu Mittag nur wenig gegessen. Diese sonderbaren Symptome führte sie auf ihre anstrengende Tätigkeit in den Flüchtlingsbaracken zurück.

Aber als sie dann erschöpft auf ihrem Bett lag, erkannte sie – teils glücklich, teils angstvoll – die Wahrheit. Sie erwartete ein Baby. Vergeblich versuchte sie, Scham und Reue zu empfinden. Apollos Kind ... Sie legte eine Hand auf ihren Bauch und stellte sich das neue Leben vor, das in ihr wuchs. In jenen drei wunderbaren Dezembertagen war es entstanden.

»Ich werde dich genauso lieben wie deinen Vater«, flüsterte sie. Natürlich ist der Zeitpunkt höchst ungünstig für eine Schwangerschaft, sagte sie sich – und freute sich trotzdem unbändig über dieses Kind der Liebe.

Zwei Tage später verringerte sich der Flüchtlingsstrom, dann versiegte er abrupt. Kitty schickte Pavel mit einer Nachricht für ihren Getreidehändler in die nächste Stadt. Ohne Antwort kam er zurück und erklärte, die Firma Eschlov und Söhne sei geschlossen worden, die Inhaber würden nach Konstantinopel reisen.

Obwohl Kitty wußte, daß auch sie ihr Heim verlassen und vor den Roten Truppen fliehen mußte, ließ sie sich von ihrem Herzen leiten, nicht von ihrem Verstand. Wenn sie jetzt aufbrach, würde sie Apollo vermutlich nie wiedersehen. Inständig betete sie, er möge zu ihr zurückkehren – und zu seinem ungeborenen Kind. Nur noch ein paar Tage, entschied sie und klammerte sich an ihre romantische Illusion. Nachdem sie jahrelang vernünftig und pflichtbewußt gewesen war, hatte sie den denkbar schlechtesten Zeitpunkt gewählt, um törichten Träumen nachzuhängen.

Mitten in der Nacht wurde sie von ihrer hysterischen Zofe geweckt. »Die Bolotokov- und Nikitin-Ländereien brennen!« rief Anna.

Entsetzt lief Kitty zum Fenster und hoffte, das Mädchen würde sich irren. Doch es gab keinen Zweifel. Blutrot leuchteten die Flammen am Horizont.

»Was sollen wir tun, Herrin? Alle sind geflohen!«

Hastig schätzte Kitty die Entfernung zum näher gelegenen Bolotokov-Gut ab, schlüpfte aus ihrem Nachthemd und zog ein Wollkleid über den Kopf.

»Nur keine Panik, Anna, wir haben noch fünfzehn Minuten Zeit. Zieh deinen Mantel und Stiefel an und lauf nach Hause zu deiner Großmutter. Die Bolschewisten sind die Freunde der Bauern. Also werden sie euch nichts tun.« Wenn sie auch wußte, daß die Roten niemanden verschonen würden, der ihnen im Weg stand – sie wollte die Zofe beruhigen. »Beeil dich! Gott mit dir!«

Als das Mädchen zögerte, fügte sie eindringlich hinzu: »Mir zuliebe darfst du dein Leben nicht aufs Spiel setzen, Anna. Denk an deine Großmutter. Sie braucht dich.«

Schluchzend preßte die Zofe eine Hand auf den Mund und rannte aus dem Zimmer. Kitty nahm sich nur noch Zeit, um ihre Juwelen in den ledernen Kosmetikkoffer zu packen und einen Pelzmantel aus dem Schrank zu nehmen. Dann stürmte sie die Treppe hinab, in Peotrs Arbeitszimmer. Mit bebenden Fingern öffnete sie den Safe. Während sie die schriftlichen Instruktionen ihres Mannes ergriff, hörte sie Gewehrschüsse krachen – beängstigend nahe. Atemlos floh sie aus dem unheimlich stillen Haus und zum Stall.

Die ersten Panzerwagen fuhren dröhnend die lange Zufahrt herauf, als Kitty mit der Hilfe eines jungen Reitknechts auf ihre bereits gesattelte Lieblingsstute stieg und durch das breite Tor sprengte. In halsbrecherischem Tempo galoppierte das Pferd über die gefrorenen Felder hinter den Stallungen. Wenig später brachen die ersten Mitglieder der Roten Patrouille die Vordertür von Aladino auf.

Tief über den Pferdehals gebeugt, spürte Kitty die beißende Kälte im Gesicht. Sie zitterte am ganzen Körper. Nur mit knapper Not war sie der Gefahr entronnen. Mühsam zwang sie sich zur Ruhe und versuchte, klar zu denken. In weitem Umkreis wimmelte es von marodierenden Bolschewisten. Wo würde sie den sichersten Weg in den Süden finden, nach Batum, Sochi, Novorossiisk?

Am Westrand der Felder erreichte sie den schützenden Schatten der Weiden, die den Fluß säumten. Einige Meilen folgte sie dem Ufer, südwestlich in die Richtung von Stavropol. Wenn sie die Stadt erreichte, konnte sie vielleicht eine Bahnfahrkarte kaufen. Schließlich kam sie zu einer Nebenstraße, die nach Stavropol führte. Im Osten, wo Aladino lag, loderten die ersten Flammen in den dunklen Himmel.

Während sie der verlassenen Straße folgte, straffte sie die Schultern, sog die kalte Nachtluft tief in ihre Lungen und sprach aufmunternd mit ihrer Stute. Wenn ihr das Glück treu blieb, würde sie bei Tagesanbruch in Stavropol eintreffen.

Aber das Glück ließ sie im Stich. Plötzlich wurde die Finsternis von zwei hellgelben Scheinwerfern durchbrochen. Ein großer Tourenwagen brauste der Reiterin entgegen. Erschrocken über das unerwartete Licht und den Lärm, bäumte sich die Stute auf. Kitty verlor ihren Halt in den Steigbügeln, rutschte aus dem Sattel, und ihr Kopf schlug am Boden auf.

Nur wenige Schritte von ihr entfernt, hielt das baltische Automobil. Ein kräftig gebauter Offizier stieg aus dem Fond, einen Mantel, den der beste Petrograder Schneider angefertigt hatte, um die Schultern. Langsam ging er zu der verkrümmten Gestalt, die mitten auf der schneebedeckten Straße lag. Mit der Spitze eines eleganten Reitstiefels stieß er die bewußtlose Frau an, dann rief er: »Eine Taschenlampe!« Sofort fiel ein greller Lichtstrahl auf Kittys Gestalt, und das gebräunte, wettergegerbte Gesicht des Generals verzog sich zu einem Lächeln. »Legen Sie die, eh …«, sein Blick streifte Kittys kostbaren Zobelmantel, »… die Dame auf den Rücksitz.«

Aristokratinnen entsprachen genau seinem Geschmack. Und dieses hübsche kleine Ding müßte ihn eine Zeitlang amüsieren. Glücklicherweise hatte die Revolution den Kreis der Frauen, die dem Sohn eines armen russischen Bauern zur Verfügung standen, beträchtlich erweitert. Die Inspektion der neuesten Beute, die seine Plündertruppe errungen hatte, konnte warten. Und so befahl General Beriozov seinem Chauffeur, nach Stavropol zurückzukehren. Während der Fahrt schaltete er mehrmals die Innenbeleuchtung des Automobils ein. Erwartungsvoll betrachtete er seine schöne Gefangene.

Am nächsten Morgen erwachte Kitty in einem fremden Federbett – in einem luxuriös ausgestatteten Raum. Ihr Blick wanderten über die Brokattapeten, den vergoldeten Stuck an der Zimmerdecke, die üppigen Fenstervorhänge, die Möbel aus dem Zweiten französischen Kaiserreich.

Zu ihrer Verwirrung entdeckte sie eine alte Frau, die neben dem Bett saß. »Wo bin ich?« fragte sie und stöhnte leise. Ihr Hinterkopf schmerzte, und als sie sich aufrichtete, spürte sie ihren steifen Hals.

»In Stavropol, Exzellenz.« Offenbar hatte sich Kittys Bewacherin noch nicht an die neue Gesellschaftsordnung gewöhnt, in der es keine Klassenunterschiede, sondern nur ›Genossen‹ und ›Genossinnen‹ gab.

»Und wo in Stavropol?«

»Im Hotel Russia, Exzellenz.«

»Wer hat mich hierhergebracht?«

»General Beriozov, Herrin.«

»Wie nett von ihm …« Soviel Kitty wußte, befand sich Stavropol immer noch in den Händen der Weißen, und sie dankte ihrem Schicksal, das ihre Begegnung mit einem Offizier der Weißen Armee herbeigeführt hatte.

Die alte Frau wich ihrem Blick aus. »Ja, Exzellenz.

Möchten Sie eine Tasse Tee trinken und ein Pulver nehmen, das Ihr Kopfweh lindern würde?«

»O ja, bitte.«

Beflissen ging die Dienerin zu einem Samowar, der in einer Ecke auf einem Intarsientisch blubberte, füllte eine Tasse und brachte sie Kitty ans Bett. Dazu servierte sie ihr einen Teller mit kleinen Kuchen und das Medikament.

Kitty spülte das Pulver mit Tee hinunter. Als sie an einem Stück Kuchen knabberte, öffnete sich die Tür, und ein hochgewachsener Mann in der Uniform eines Roten Generals trat ein. Nachdem er der alten Frau zugenickt hatte, eilte sie aus dem Zimmer. Er rückte einen bequemen Lehnstuhl neben das Bett, sank in die Polsterung und schlug die Beine übereinander. Trotz seiner harten Züge, die auf eine gewisse Skrupellosigkeit hinwiesen, wirkte er attraktiv. Seine unergründlichen Augen glichen hellen Kieselsteinen.

Seit seiner Ankunft schlug Kittys Herz wie rasend. Entsetzt starrte sie die blutroten Epauletten an. Sie wagte kaum zu atmen. Was sollte sie tun? Zunächst mußte sie ihre Panik bekämpfen. Der General beabsichtigte offenbar nicht, sie sofort zu töten. Sonst hätte er sie wohl kaum in diesem opulenten Raum untergebracht. Doch sobald ihr bewußt wurde, was er damit bezweckte, verfluchte sie sich selbst, weil sie die Flucht aus Aladino so lange hinausgezögert und sinnlose, romantische Hoffnungen auf Apollos Rückkehr gehegt hatte. Für diesen Leichtsinn mußte sie nun bitter bezahlen.

Würde er jemals von seiner Vaterschaft erfahren? Aber wenn die zahlreichen Geschichten über die Brutalität der Roten Armee der Wahrheit entsprachen, würde das Kind vielleicht gar nicht zur Welt kommen. Bei diesem schrecklichen Gedanken beschloß sie zu überleben – um jeden Preis.

Die Finger unter dem Kinn aneinandergelegt, musterte der General die schönste Frau, die er je gesehen hatte – schlank und anmutig, mit einer zarten hellen Haut, die wie Perlen im Mondlicht schimmerte, üppigen honigblonden Locken und feingezeichneten aristokratischen Zügen. Die klassische Nase würde ihr jede Göttin des Olymps neiden. Die Augen, von dichten Wimpern umrahmt, erinnerten an einen Frühlingswald im Morgennebel, die sinnlichen, vollen Lippen an reife Kirschen. Welch ein Unterschied zu den Bäuerinnen, die sein Lager auf dem letzten Stützpunkt geteilt hatten ...

Wortlos genoß er das zauberhafte Bild, das seine Gefangene bot – und die Angst in ihren wundervollen Augen. Was für einen Triumph würde er erleben, wenn diese faszinierende Frau kapitulierte ...

Kittys Nerven waren zum Zerreißen gespannt. Schließlich ertrug sie den prüfenden Blick und das drückende Schweigen nicht länger. »Was wollen Sie von mir, General Beriozov?« fragte sie in möglichst ruhigem Ton.

Jetzt las er keine Furcht mehr in ihren Augen. Womit hatte sie das Grauen bezwungen? Mit aristokratischem Rückgrat? Mit jenem unerschütterlichen Selbstvertrauen, das Jahrhunderte voller Reichtum und Macht genährt hatten? Offenbar besaß sie nicht nur Schönheit, sondern auch einen starken Charakter. Es könnte amüsant werden, mit einer eigenwilligen Frau zu spielen, dachte er.

»Was immer Sie mir bieten, Gräfin Radachek.« Nachdem er den kleinen Lederkoffer inspiziert hatte, ihr einziges Gepäckstück, kannte er ihren Namen.

»Und wenn ich Ihnen gar nichts biete, General?«

»Zweifellos werden Sie sich anders besinnen, Madame«, erwiderte er trocken, stand auf, erstaunlich geschmeidig für einen so großen, kräftigen Mann, und umfaßte ihre schmale Hand. Behutsam strich er darüber. »Ich möchte Ihnen nicht weh tun, meine Liebe. Ganz im Gegenteil.«

Vergeblich versuchte sie, sich loszureißen. Er hielt ihre Hand unbarmherzig fest. »Heute abend werden Sie als meine Gastgeberin fungieren.«

Aus seinen hellgrauen Augen strahlte keine Wärme – nur jene eisige Entschlossenheit, die zu seinem raschen Aufstieg in der Roten Armee geführt hatte. »Es wäre besser, Sie würden ja sagen.«

Wenn er wollte, konnte er ihre Finger zerquetschen. Das wußte Kitty. »Ja«, wisperte sie.

»Braves Mädchen.« Er schenkte ihr ein dünnes Lächeln. Dann ging er zur Tür, wo er sich noch einmal zu Kitty wandte. »Agrafena wird Ihnen einige Kleider bringen. Treffen Sie Ihre Wahl. Ich würde roten oder schwarzen Samt bevorzugen – falls Sie einverstanden sind.« Ohne eine Antwort abzuwarten, verließ er den Raum.

Als Kitty an diesem Abend den Salon betrat, hob der General fast unmerklich die Brauen. Ansonsten blieb seine Miene ausdruckslos. Er kam ihr entgegen und verneigte sich höflich. Daß sie seine Wünsche ignoriert hatte, schien ihn nicht im mindesten zu stören. »Blaue Seide steht Ihnen ausgezeichnet, Madame.«

Schweigend nickte sie ihm zu. Solange es noch möglich war – angesichts seiner Pläne, die er ihr deutlich genug mitgeteilt hatte – wollte sie kühle Distanz wahren.

Einen Arm um ihre nackten Schultern gelegt, führte er sie zu einem Torbogen, hinter dem das Speisezimmer lag. »Hoffentlich sind Sie heute nacht eher bereit, mein Wohlgefallen zu erregen. So sehr ich dieses exquisite Blau auch bewundere – in meinem Bett dulde ich keinen Eigensinn. Verstanden?« Da er keine Antwort erhielt, blieb er stehen und drehte die schöne Gräfin zu sich herum. »Haben Sie mich verstanden?« Aus den kalten grauen Augen sprach eine unmißverständliche Drohung. Der Kommandant der Sechsten Division war nicht an Ungehorsam gewöhnt. Seit den ersten Tagen der Revolution hatte er keinen Widerspruch toleriert, und Kitty spürte, was seine Skrupellosigkeit bewirken mochte. Ein Protest käme einem Selbstmord gleich. Widerstrebend nickte sie. Er lachte leise. »Offenbar wißt ihr hochwohlgeborenen Damen, wie man einen Mann erfreut. Was hattet ihr auch anderes zu tun? Ihr mußtet eure zarten Hände nicht mit harter Arbeit beschmutzen. Statt dessen konntet ihr eure Zeit nutzen, um euch herauszuputzen, zu parfümieren und die Männer zu betören.«

Erbost über die ungerechte Beschuldigung, runzelte sie die Stirn. Was wußte er schon von ihrem Leben, das sie seit ihrer Heirat ausschließlich der Verwaltung von zwei Landgütern gewidmet hatte?

»Darf ich Sie auf einen Irrtum hinweisen, General? Sie haben einen völlig falschen Eindruck vom Zeitvertreib ›hochwohlgeborener Damen‹ gewonnen.«

»Inwiefern, Madame? Verstehen sie's etwa nicht, die Männer zu beglücken?«

»So gut oder so schlecht wie die Frauen aus anderen Gesellschaftsschichten.«

»Da Sie vermutlich keine Vergleichsmöglichkeiten haben, lassen Sie sich belehren. Aristokratinnen sind viel besser im Bett als sibirische Bäuerinnen oder Moskauer Fabrikarbeiterinnen.«

»Jedenfalls sitzen wir nicht den ganzen Tag vor dem Spiegel«, fauchte sie, »und wir wissen sehr wohl, was Arbeit ist.«

»Davon hatten die vornehmen Damen, die mir bisher begegnet sind, keine Ahnung.«

»Oh – haben Sie so viele Erfahrungen gesammelt?« fragte sie sarkastisch.

»Genug – vor allem in den letzten zwei Jahren«, betonte er.

Nur zu gut verstand sie, was er meinte und was ihm die siegreichen Schlachten der Roten Armee ermöglicht hatten. Schweren Herzens überlegte sie, wie er die Frauen behandeln mochte, wenn er ihrer müde war. Welche Zukunft stand ihr bevor? Aber was immer sie erwartete – sie würde ihm nicht angstvoll zu Füßen sinken. Mit kühler

Gelassenheit, die sie keineswegs empfand, erwiderte sie den spöttischen Blick seiner stahlgrauen Augen. »Gewiß, General, die letzten beiden Jahre haben unser aller Leben verändert.«

»Allerdings. Nur der Revolution verdanke ich Ihre Bekanntschaft, Gräfin.«

»Und ich verdanke ihr die Gelegenheit, dieses herrlich pompöse Hotel von innen zu sehen.«

Mit dieser ironischen Bemerkung traf sie einen wunden Punkt des Generals. So erfolgreich er auch auf dem Schlachtfeld war – in Stil- und Geschmacksfragen fühlte er sich ziemlich unsicher. Er beschäftigte die besten Schneider und einen französischen Koch und imitierte eifrig die Manieren seiner einstigen adeligen Kommandanten. Doch er konnte seine mangelnde Kultur nicht bemänteln. Was sich die Aristokratie jahrhundertelang angeeignet hatte, vermochte der Arbeiter- und Bauernstand nicht innerhalb weniger Jahre nachzuholen. Im Gegensatz zu den feinen Herren verstand er nichts von Musik und Kunst, wußte nicht über die Gemälde an den Wänden der Adelspaläste oder über Ballettaufführungen zu diskutieren. Wahrscheinlich würde er Jahrzehnte brauchen, um die lässigen Manieren und den gepflegten Umgangston der einstigen herrschenden Klasse zu erlernen.

Doch er hatte sich zu gut im Griff, um seinen Ärger zu zeigen. Statt dessen würde er die impertinente Gräfin später im Bett bestrafen. Ein gewisses Temperament wußte er bei einer Frau zu schätzen. Aber Spott war unerträglich. Bald würde diese blonde Schönheit erkennen, was sie riskierte, wenn sie ihre Grenzen überschritt. Sie hatte in seinem Haushalt nichts weiter zu tun, als seinen Launen nachzugeben und ihn zu amüsieren. Das würde er ihr heute nacht beibringen. »Verzeihen Sie mir, daß ich Sie in einer so unpassenden Umgebung untergebracht habe, Madame«, erwiderte er tonlos. »Bedauerlicherweise ist der Palast des Vizekönigs außer Reichweite, bevor wir

Tiflis erreichen.« Voller Genugtuung sah er Kitty erblassen und fuhr mit einem grausamen Lächeln fort: »Gedulden Sie sich nur noch einen Monat, Gräfin. Dann werden Sie den eleganten Luxus genießen, den Sie gewöhnt sind.«

Unwillkürlich erschauerte Kitty bei der Erkenntnis, daß die Rote Armee in absehbarer Zeit ganz Südrußland erobern würde. Peotr – verwundet oder tot, irgendwo begraben ... Und Apollo? Mühsam kämpfte sie mit den Tränen, was dem General nicht entging.

»Reden wir nicht mehr von der Zukunft, Gräfin. So erfreulich die Aussichten auch sind – wir dürfen die prosaische Gegenwart nicht aus den Augen verlieren. Heute abend sind Sie meine Gastgeberin, Madame. Und ich brauche in gewissen Dingen Ihren fachkundigen Rat. Soll ein Oberst an meiner rechten Seite sitzen? Oder muß ich einem Generalmajor den Vorzug geben?« In fast ehrerbietiger Haltung führte er die blasse Kitty um den üppig gedeckten Tisch herum, auf dem edles Silber, Kristall und Porzellan funkelten.

Kaum hörbar gab sie ihm ihre Anweisungen, und die Platzkarten wurden ausgetauscht.

»Und was die Suppe betrifft ... Darf ich Sie Katharina nennen?« fragte der General in täuschend freundlichem Ton. »Immerhin werden wir bald – eh – eine sehr intime Freundschaft schließen.«

Sein Sarkasmus trieb ihr das Blut in die Wangen. Verzweifelt überlegte sie, wie sie fliehen konnte – aus ihrem Schlafzimmer, aus dem Hotel, aus Stavropol. Aber sie wußte, wie sinnlos solche Gedanken waren. »Ja«, antwortete sie resignierend.

»In diesem Fall müssen Sie mich Dmitri nennen.«

Daran würde ich ersticken, dachte sie.

»Also – es gibt zwei Möglichkeiten, die Suppe zu servieren. Soll sie, nach französischem Stil, zuerst aufgetragen werden oder im russischen Stil als dritter Gang? Und der Salat? Separat, nach französischer Art?«

»Die Suppe an dritter Stelle und – nein, der Salat nicht separat.«

»Sind Sie sicher?«

»So haben wir's immer gehalten.«

Der General legte zwei Finger an die Stirn und schloß sekundenlang die Augen. »Natürlich, das hätte ich wissen müssen.« *So haben wir's immer gehalten.* Seine Geduld wurde von der angeborenen Selbstsicherheit der schönen Gräfin auf eine harte Probe gestellt. Wenn er wollte, könnte er dieses zarte Geschöpf mit bloßen Händen zerbrechen ...

An diesem Abend würde er sich um eiserne Disziplin bemühen müssen. Katharina war keine unterwürfige Sklavin. Zum erstenmal in seinem Leben begegnete er einer Frau, die ihren Verstand bewies. Eine interessante Herausforderung, dachte er. Wer diesen kleinen Machtkampf letzten Endes gewinnen würde, stand natürlich fest. »Und die Blumen?« fragte er lächelnd.

»Weiß wäre besser. Diese roten Rosen beißen sich ganz schrecklich mit der Tapete. Außerdem sollte man die Samtdecke vom Kaminsims entfernen. Die wirkt furchtbar spießig.« Dann warf sie einen kurzen Blick auf das Sideboard. »Hoffentlich ist die Schokolade von Ballet.«

Die Augen des Generals verengten sich. Prüfend schaute er Kitty an. Versuchte sie absichtlich, ihn zu ärgern? Doch sie zuckte nur die schönen weißen Schultern. Gleichmütig erwiderte sie seinen Blick. »Sie haben mich doch um Rat gebeten, nicht wahr?«

In diesem Tonfall hätte Königin Tamara von Georgien einen lästigen Liebhaber abkanzeln können. Sogar die Schokolade mußte aus dem richtigen Laden stammen! Bei Gott, dafür wird sie heute nacht büßen, gelobte er sich. »Ivan!« schrie er mit einer Stimme, die zweifellos schon oft den Lärm diverser Schlachtfelder übertönt hatte. Wenige Sekunden später rannte ein Diener ins Zimmer. »Entfernen Sie die roten Rosen. Bringen Sie weiße. Und lassen Sie das Samtdeckchen da drüben verschwinden. Schnell!« rief er dem Mann nach, der bereits zwei Vasen mit roten Rosen zur Tür trug.

Nun ging der General zum Sideboard, wo man mehrere Champagnerflaschen in einem großen Silberkühler bereitgestellt hatte. Geschickt öffnete er eine Flasche und füllte zwei Gläser.

Unterdessen stand Kitty neben der langen Tafel und fragte sich, ob es unter diesen Umständen besser wäre, zu sterben als am Leben zu bleiben. Wenn der General eingeschlafen war (was nach der Dinnerparty geschehen würde, wollte sie sich gar nicht vorstellen), wäre es ein leichtes, das Morphium aus ihrem kleinen Koffer zu holen und zu schlucken. Dann würde sie einschlummern – und nie mehr aufwachen. Wäre das nicht am einfachsten? Nur der Gedanke an Apollos Kind, das unter ihrem Herzen wuchs, besiegte den Wunsch, ins Jenseits zu flüchten. Selbst wenn er den Krieg nicht überlebte – sein Kind würde sie an die glücklichsten Tage ihres Lebens erinnern. Und sie wäre nicht allein in ihrem Elend. In ganz Rußland taten Millionen Menschen, was immer nötig war, um zu überleben. Moralische Bedenken wurden von der brutalen Welle der Revolution davongespült. Um Apollos Kind zu retten, würde auch Kitty an die Seite der Überlebenden treten. Vor ihrem geistigen Auge erschien Apollos lächelndes Gesicht, und sie glaubte, seine tiefe Stimme zu hören. »Halt das Leben mit beiden Händen fest, süße *dushka,* halt es fest, um mich noch einen Tag lang zu lieben. Klammere dich ans Leben, was immer kommen mag, mit mir oder ohne mich. Denn der Tod führt nur ins leere Nichts.«

Abrupt wurde sie in die Wirklichkeit zurückgeholt, als ihr der General ein Glas Champagner reichte. »Nein, danke.«

»Aber es wäre mir ein Vergnügen, mit Ihnen zu trinken.« Obwohl die Worte höflich klangen, schwang in der kalten Stimme ein gefährlicher Unterton mit. Deshalb nahm Kitty den Kelch entgegen. Die erste Lektion in der Schule des Überlebens, dachte sie. »Auf uns, Katharina!«

Der General prostete ihr zu, und sie zögerte. Mußte sie diesen Trinkspruch erwidern? Noch nie in ihrem Leben war sie zu irgend etwas genötigt worden. Wie sollte sie all die Demütigungen ertragen? Doch ihr blieb nichts anderes übrig. »Auf uns«, wisperte sie, hob das Glas an die Lippen und absolvierte die zweite Lektion.

Ehe sie trinken konnte, wurde der Kelch von starken Fingern festgehalten. »Auf uns?« wiederholte der General leise. »Auf – wen?« Volle fünf Sekunden lang hielt sie seinem beklemmenden Blick stand. Dann kapitulierte sie. »Auf uns – Dmitri.« Die dritte Lektion war überstanden.

So nahm der Abend seinen Lauf.

Widerstrebend erfüllte Kitty alle Wünsche des Generals. Für ihn war sie eine amüsante Sparringspartnerin – und sie mußte sich im harten Überlebenskampf einem unerbittlichen Lehrer unterordnen.

Viel zu früh wurde der letzte Gang serviert, der letzte Scherz zum besten gegeben, das letzte Kompliment ausgesprochen, die letzte Strategie erörtert. An beiden Enden der Tafel hatten der General und seine neue Gastgeberin eine perfekte Dinnerparty überwacht. Die Gästeschar – Militärs und ihre Begleiterinnen – stammte aus verschiedenen Gesellschaftsschichten. Exoffiziere des russischen Heeres, die sich aus irgendwelchen Gründen der Roten Armee angeschlossen hatten[10], saßen zwischen grobschlächtigen Bauern. Hin und wieder fing Kitty melancholische Blicke von den einstigen Soldaten des alten Regimes auf. Aber nach einigen Flaschen Champagner gerieten alle in fröhliche Stimmung. Kitty konnte ihnen nicht verübeln, daß sie die Seiten gewechselt hatten. Tat sie denn etwas anderes? Kapitulierte sie nicht auch, um am Leben zu bleiben?

Im Lauf des Abends trank sie mehr Champagner, als es

ihrer Gewohnheit entsprach. Bei jedem Toast bedeutete der General einem Lakaien, ihr Glas nachzufüllen. Das störte sie nicht, weil der Alkohol ihre Sinne benebeln und ihr helfen würde, die Nacht leichter zu ertragen. Allein schon der Gedanke an Beriozovs intime Berührungen, die ihr unweigerlich drohten, bewog sie, immer öfter nach dem Kelch zu greifen.

Um zwei Uhr morgens hatte der General lange genug gewartet, ehe er die Qualitäten seiner neuen Geliebten erproben würde. Höflich verabschiedete er sich von seinen Gästen. Innerhalb weniger Minuten hatten sie die Hotelsuite verlassen. Auch die Dienstboten wurden hinausgeschickt.

»Nun sollten Sie sich entkleiden, meine Liebe.« Erwartungsvoll sank der General auf ein großes, mit Brokat bezogenes Sofa.

Kitty stand reglos da und hielt sich mit einer Hand an einem Teetischchen fest. »Lieber nicht.«

»Aber es ist mein Wunsch.«

»Würden Sie mir wenigstens – eine gewisse Privatsphäre gönnen?«

»Wir sind ganz allein.«

»Muß ich das – wirklich tun?« wisperte sie.

»Seien Sie nicht albern. Es gibt nur zwei Möglichkeiten. Entweder ziehen Sie sich aus, oder ich nehme Ihnen die Mühe ab. Es wäre mir angenehmer, Sie würden meine Anordnungen befolgen. Bisher haben Sie die Sammlung meiner seidenen Peitschen noch nicht gesehen. Sehr elegant – und sie hinterlassen kaum Spuren.«

Krampfhaft schluckte sie und tastete nach den winzigen Saphirknöpfen, die am Oberteil ihres Kleids eine diagonale Reihe bildeten. Beriozov lehnte sich zurück und öffnete den Kragen seiner Uniform. »Langsam, Katharina. Ganz langsam.«

Da ihre Finger heftig zitterten, fiel es ihr nicht schwer, den Befehl zu befolgen. Bis das Kleid aufgeknöpft war, dauerte es mehrere Minuten. In der drückenden Stille klang das Ticken der Uhr auf dem Kaminsims ungewöhnlich laut. Kitty beschloß, einfach an andere Dinge zu denken und sich in die Tiefen ihrer Seele zurückzuziehen. Dann konnte sie ihre Würde vielleicht bewahren. Die blaue Seide glitt über ihre Hüften hinab und fiel leise raschelnd auf den Täbris-Teppich.

Unwillkürlich hielt Beriozov den Atem an. Aus Kittys honigblondem Haarknoten fielen einzelne Locken wie Arabesken auf die elfenbeinweißen makellosen Schultern. Zögernd streifte sie die Träger ihres dünnen Spitzenhemds nach unten und schob den Ausschnitt über die sanft gewölbten Brüste bis zu den Knospen hinab. Ihr Kopf war hoch erhoben. Aber in ihren Augen lag eine traurige Resignation, die den General noch mehr reizte als alle raffinierten Verführungskünste. Fasziniert von ihrer Anmut und ihrem Stolz beobachtete er ihre zaudernden Bewegungen. Noch nie hatte er eine solche Frau besessen.

Mit einer Hand hielt sie das Hemd fest, und ihr Blick bat ihn um Gnade. Doch er wies sie mit einer knappen Geste an, sich vollends zu entkleiden.

Notgedrungen ließ sie das Hemd los, das zu ihrer Taille hinabrutschte und volle, wohlgeformte Brüste mit rosigen Spitzen enthüllte.

Die unverhohlene Lust in der Miene des Generals jagte ihr einen Schauer über den Rücken. Abrupt stand er auf, ging zu ihr und umfaßte ihre Brüste. Als seine Daumen über die Knospen strichen, schloß sie die Augen. Die Berührung war widerwärtig. Genüßlich knetete er mit seinen großen, rauhen Händen ihren Busen. Eine Zeitlang erduldete sie die Qual. Aber dann wanderten seine Finger zu ihrer Taille hinab, und sie flehte verzweifelt: »Bitte – erlauben Sie mir, mich anzuziehen ... «

»Sei nicht so dumm, meine Kleine.« Das Hemd landete am Boden, gefolgt von der Unterhose, deren Verschluß er blitzschnell geöffnet hatte. Über den Strümpfen, mit

Strumpfbändern befestigt, zeigten sich schlanke weiße Schenkel. Keuchend kniete er nieder und vergrub das Gesicht zwischen ihren Beinen.

»Nein!« rief sie in panischem Entsetzen und stemmte sich gegen seine Schultern. Unbarmherzig hielt er sie fest. Einen Mann, der ganze Dörfer massakriert und sich dann seelenruhig zum Abendessen an den Tisch gesetzt hatte, konnte Kittys Protest nicht beeindrucken. »Nicht, bitte!« stieß sie hervor.

Da verlor er die Geduld und schlug ihr ins Gesicht. Hastig zerrte er den Strumpfgürtel nach unten, warf Kitty auf den Teppich und fiel über sie her, ohne ihr Schluchzen zu beachten. Nachdem er seine Hose geöffnet hatte, drang er rücksichtslos in sie ein, so tief wie möglich, und sie schrie gellend. Die Orden an seiner Uniform scheuerten ihre zarte Haut wund. Glücklicherweise brauchte er nicht lange, um seine Begierde zu stillen. Danach streckte er sich neben ihr aus und schlummerte ein, in zufriedener Trunkenheit.

Zusammengekrümmt lag sie am Boden. Tränen rollten über ihre Wangen. Einige Minuten später stand sie auf. Bevor sie sich ins Schlafzimmer schleppte, vermied sie es, den Mann anzuschauen, der sie so grausam erniedrigt hatte. Erschöpft sank sie aufs Bett und suchte ihre Schmach im Schlaf zu vergessen.

Am nächsten Morgen erwachte sie schreiend, als sie die Hände des Generals auf ihrem Körper spürte. Zweimal schlug er ihr ins Gesicht, und in Zukunft bemühte sie sich, schweigend zu erwachen. Nur die wundervollen Träume von Apollo halfen ihr über das Grauen der Realität hinweg.

Wenn Beriozov nüchtern war, behandelte er seine Gefangene mit schlichter bäurischer Höflichkeit, sogar mit naiver Ehrerbietung, und bewunderte ihre exquisite Schönheit. Aber sobald er zuviel getrunken hatte, verwandelte er sich in ein bösartiges Tier. Das geschah regelmäßig. Um seine sadistischen Gelüste zu befriedigen, mißhandelte er Kitty skrupellos und rächte sich für alles Unrecht, das er nach seiner Meinung unter dem Zarenregime erlitten hatte.

Eines Tages verkündete er brüsk: »Sämtliche Aristokratinnen wurden zum Eigentum der Allgemeinheit erklärt. Und der Sinn des Bolschewismus liegt in der Erkenntnis des eigenen Willens.« In solchen Augenblick bekam Kitty das ganze Ausmaß seines Hasses zu spüren, und wenn die seidenen Peitschen auch nur geringe Spuren hinterließen, bereiteten sie ihr höllische Schmerzen.

Als Beriozovs kostbarster Besitz wurde sie streng bewacht. An eine Flucht war nicht zu denken. Manchmal durfte sie in einer Kutsche ausfahren, von zwei Soldaten begleitet. Nur nachts entließ der General das Personal, weil er sich zutraute, seine Geliebte selbst zu hüten, und weil niemand das Geschrei im Schlafzimmer hören sollte. Noch hatte er die aristokratische Gleichgültigkeit gegenüber der öffentlichen Meinung nicht erzielt. In den dunklen Stunden vor dem Morgengrauen nahm Kitty oft das Morphiumfläschchen aus ihrem Kosmetikkoffer, wenn sie verzweifelt und beschämt den tiefen Atemzügen ihres schlafenden Peinigers lauschte. Nur der Gedanke an Apollos Kind hinderte sie nach wie vor daran, ihr Leben zu beenden. Aber hin und wieder fragte sie sich, ob der Tod nicht die beste Lösung für sie beide wäre. Sollte sie ein Kind in diese schreckliche Welt setzen – eine Welt, die vom Blut so vieler Unschuldiger grellrot gefärbt war, eine Welt voller Hunger und Seuchen?

Doch dann dachte sie an jene drei Wintertage in einem warmen Schlafzimmer, an Apollos Lächeln, seine zärtlichen Hände auf ihrer Haut. Die Erinnerung gab ihr Kraft. Lebte er noch? Würde sie ihn wiedersehen? Diese schwache Hoffnung besiegte den Wunsch zu sterben. Sobald sie von seinem Tod erfuhr, würde sie ihm ins Jenseits folgen.

8

Drei Tage nach der Abreise aus Ekaterinodar traf Apollo mit Karaim und Sahin in Aladino ein. Auf den Straßen drängten sich unzählige Menschen, die nach Süden flohen, zu den Hafenstädten am Schwarzen Meer. Der Prinz und seine Gefährten hatten in manchen Gebieten den Patrouillen der Roten Armee ausweichen müssen. Kurz vor der Ankunft in Astrachan waren die bolschewistischen Aktivitäten so intensiv gewesen, daß die drei Männer beschlossen hatten, tagsüber zu schlafen und nachts zu reiten.

Bestürzt schaute sich Apollo um. Das Land befand sich in den Händen der Roten, die überall patrouillierten und in vielen Dörfern kampierten. War Kitty geflüchtet? Oder wohnte sie immer noch unbehelligt in Aladino? Das fand er angesichts der beklemmenden Situation unwahrscheinlich, doch er wollte die Hoffnung noch nicht aufgeben.

Bisher hatte er die Konsequenzen des Krieges, alle Gefahren und den Verlust guter Freunde fatalistisch hingenommen. Aber seit jenen paradiesischen drei Dezembertagen, und nachdem ihm das Schicksal – in Peotrs Gestalt – ermöglicht hatte, Kitty wiederzusehen, konnte er das Grauen des Krieges nicht mehr so leidenschaftslos betrachten wie früher. Im rosigen Schleier eines Märzmorgens ritt er die vertraute Lindenallee hinauf, das Herz von tiefer Verzweiflung erfüllt. Auf der schneebedeckten Zufahrt und am Straßenrand lagen verstreute Kleider, zertrümmerte Möbel, zerrissene Wandteppiche, zerfetzte Bücher. Beim Anblick dieses Chaos, das die Plünderer hinterlassen hatten, hoffte er inständig, Kitty wäre rechtzeitig geflohen und hätte die Verwüstung ihres Heims nicht miterlebt. Als er über den Kies des Hofs ritt, sah er die verkohlten Ruinen der Ställe und anderer Nebengebäude. Nur der Kalkstein des zweistöckigen Hauses hatte den Flammen standgehalten. Die Eindringlinge hatten sich damit begnügen müssen, das Innere zu zerstören und alle Wertsachen zu rauben. An der Außenmauer des Erdgeschosses, zwischen zerbrochenen Fensterscheiben und der Vordertür, die schief in den Angeln hing, prangten Hämmer und Sicheln, mit Blut gemalt.

Die drei Reiter stiegen ab und betraten die Halle. Entsetzt schauten sie sich um. Maschinenpistolenkugeln hatten die schöne Täfelung durchlöchert. Im Salon waren alle Vorhänge von Säbeln zerschnitten, die venezianischen Spiegel als Schießscheiben benutzt worden. Für einen kurzen Moment schloß Apollo die Augen, traurig und angewidert, obwohl er in den letzten Jahren viele ähnliche Szenerien gesehen hatte.

Bevor er die Treppe zum ersten Stock hinaufstieg, zögerte er kurz, voller Angst vor den blutigen Spuren, die er in Kittys Schlafzimmer finden mochte.

Die Tür existierte nicht mehr. Während er auf der Schwelle stand, ließ er seine goldbraunen Augen durch den Raum wandern, in dem er mit Kitty so glücklich gewesen war. Wie oft hatte er sich an das große weiche Bett erinnert, den glühenden Porzellanofen, den kleinen Tisch vor dem paladianischen Bogenfenster, den Duft der Gartenwicken, ihrer Lieblingsblumen ... Von dieser Idylle war nichts übriggeblieben. Die Plünderer hatten alle Möbel davongeschleppt, die Vorhänge entfernt und sogar den Teppichboden herausgerissen. Nur ein paar Fetzen vom hellgrünen Kerman häuften sich in einer Ecke, ein Zeugnis der Hast, mit der man die Schätze einer Familie, in Jahrhunderten zusammengetragen, vernichtet oder geraubt hatte.

Neben der Tür des Ankleidezimmers entdeckte Apollo eine von Kittys goldenen Haarnadeln. Er hob sie auf, preßte sie an die Lippen und steckte sie in eine Tasche seiner Uniform. Wenigstens sah er keine Blutspuren. Ob Kitty noch lebte oder nicht – sie war nicht in ihrem Bett überrascht und getötet worden. Was mochte ihr jetzt drohen?

Würde er sie in dieser apokalyptischen Welt aufspüren, bevor ihr das Allerschlimmste zustieß? Würde er sie überhaupt jemals finden? War er zu spät gekommen? Lag sie bereits in einem namenlosen Grab?

Während des restlichen Tages suchten Apollo und seine Leibwächter die Umgebung nach Anhaltspunkten ab, die auf Kittys Schicksal hinweisen würden. Alle Bauernhäuser blieben verschlossen. Erst vor einer Woche war die Rote Armee über das Gebiet hergefallen, und niemand wollte einem Offizier die Tür öffnen.

Drangsaliert von beiden Heeren, die Lebensmittel, Pferde und Futter requiriert hatten, mißtrauten die Bauern zu Recht jedem Soldaten.

Aber Apollo hämmerte unbeirrt an alle Türen und Fenster, bis sich endlich einige Leute bereitfanden, seine Fragen zu beantworten. Am späten Nachmittag war er in allen Einzelheiten über die Greueltaten der Sechsten Division informiert, aber nicht über den Verbleib der Gräfin Radachek.

Er besuchte Kittys Zofe im Haus ihrer Großmutter. Bedauerlicherweise wußte auch Anna nicht, was ihre Herrin unternommen hatte, meinte jedoch, vielleicht würde ihm der Reitknecht Boris weiterhelfen, den sie bei ihrer Flucht aus dem Herrschaftshaus im Stall gesehen habe. Falls er noch lebe, würde er Seiner Gnaden möglicherweise etwas Wichtiges erzählen können.

Deprimiert lauschte Apollo diesen Berichten. In ihrer Angst vor den Roten hatten alle nur daran gedacht, die eigene Haut zu retten, und sich nicht um ihre Herrin gekümmert. So verständlich das auch sein mochte, es irritierte ihn gewaltig.

Nicht allzu optimistisch, ritt er mit seinen Begleitern zu einer einsamen Hütte am Fluß. In einem Gehege sah er zwei von Peotrs Pferden stehen, und sein Herz schlug schneller. Nur keine übertriebenen Hoffnungen, ermahnte er sich und stieg ab. Daß der Reitknecht einige Pferde aus dem Aladino-Stall mitgenommen hatte, bedeutete keineswegs, er müßte wissen, ob und wohin Kitty geflohen war.

Boris beantwortete die ersten Fragen mit jener instinktiven, für die Bauern üblichen Zurückhaltung. Argwöhnisch musterte er die beiden kräftigen, bis an die Zähne bewaffneten Leibwächter in den schwarzen Burkas, deren Anwesenheit nicht dazu angetan war, seine Zunge zu lösen.

»Also weißt du nicht, wohin Gräfin Radachek geritten ist?«

»Nein, Exzellenz.« Diese Antwort hatte Apollo an diesem Tag schon viel zu oft vernommen. Boris' Augen blieben ausdruckslos – die Maske der Ignoranz, die den Bauernstand seit Jahrhunderten vor der Autorität jeglicher politischen *couleur* schützte.

»Hast du sie in jener Nacht gesehen?«

»Nein, Exzellenz.«

»Oder Anna? Sie sagt, sie sei dir begegnet.«

»Nein, Exzellenz.«

»Diese Pferde stammen aus Aladino.«

»Ja, Exzellenz. Für die Roten sind sie viel zu kostbar.«

»Also sollen die Bolschewisten die Pferde des Grafen nicht reiten?«

»Natürlich nicht, Exzellenz. Das würde er niemals erlauben.«

Apollo lächelte über Boris' beharrliche Loyalität. Obwohl Rußland einer ungewissen Zukunft entgegenging, bemühte sich der Mann immer noch, die Wünsche seines Herrn zu erfüllen. »Sicher wird sich der Graf freuen, weil du seine Pferde gerettet hast.«

»Danke, Exzellenz. Kommt er zurück?«

»Wohl kaum ...« Seufzend schwang sich der Prinz auf Ledas Rücken. Wo sollte er Kitty suchen? In Südrußland, im Nahen Osten oder in Europa? Plötzlich mußte er mit den Tränen kämpfen. Großer Gott, seit seinem achten Lebensjahr hatte er nicht mehr geweint. Verstohlen wischte er über seine Lider. Die bittere Niederlage, die fast schlaflosen Wochen, der anstrengende Ritt – das alles forderte seinen Tribut. Und nun brachte ihn der Verlust Kittys um den letzten Rest seiner Selbstkontrolle.

Diskret schauten Karaim und Sahin in die andere Richtung, um den Jungen Falken nicht in seinem Kummer zu stören. Für ihn würden sie ihr Leben opfern. Und sie waren fest entschlossen, die Dame zu finden, die ihm so viel bedeutete. Auch Boris sah den verräterischen Glanz in den Augen des Offiziers und faßte einen Entschluß. Vermutlich würde der Graf nicht heimkehren. Und alle Dienstboten hatten die Affäre der Gräfin mit dem blonden Prinzen beobachtet, der sie aufrichtig zu lieben schien.

Als Apollo seine Stute herumschwang, hörte er eine leise Stimme. »Sie ist nach Stavropol geritten.«

Sofort schwenkte er Leda wieder herum. »*Was?*«

»Nach Stavropol. Bevor die ersten Panzerwagen die Allee herauffuhren.«

»Wieso verrätst du mir das erst jetzt?«

»Weil ich vorher nicht wußte, *warum* Sie die Herrin suchen.«

»Ich habe Peotr versprochen, seine Frau in Sicherheit zu bringen.«

»Vielleicht ist's schon zu spät. Die Roten haben Stavropol eingenommen.«

»Wenn sie noch dort ist, werde ich sie finden.«

Apollo schaute Karaim und Sahin an, die sein zuversichtliches Lächeln erwiderten, neigte sich aus dem Sattel herab und reichte dem Reitknecht die Hand. »Vielen Dank.«

Diese Nacht verbrachten sie im geplünderten Haus. Apollo breitete seine Burka in Kittys Schlafzimmer am Boden aus. Morgen geht's nach Stavropol, dachte er. Zum erstemal seit drei Wochen schöpfte er neue Hoffnung.

Bevor er mit seinen kaukasischen Kriegern in die Stadt reiten konnte, brauchte er Ausweispapiere und zumindest einzelne Teile einer Roten Uniform. Der Roten Armee mangelte es größtenteils an Uniformen. Also würden drei Waffenröcke genügen. Am nächsten Morgen hüllten sie sich in ihre schwarzen Burkas, packten die *papakhas* mit den grünen Halbmond-Emblemen der Wilden Division ein und brachen auf, um Rote Soldaten zu suchen, deren Jacken sie gebrauchen könnten.

Zu Mittag trafen sie einen kleinen Trupp, der einen Offizier nach Stavropol eskortierte. Vor einem Café am Straßenrand waren sechs müde Pferde festgebunden, eines mit der Pistolentasche eines Offiziers versehen, und aus dem Lokal drang lautes Gelächter. Offenbar tranken die Männer schon seit einiger Zeit.

»Wenn uns die Uniformen passen, bleiben wir da und trinken mit ihnen«, entschied Apollo. »Und falls sie unsere Papiere sehen wollen – schießt. Nur sechs gegen drei. So gute Chancen hatten wir schon lange nicht mehr.«

Karaim und Sahin, die niemals lange Erklärungen brauchten, nickten nur. Sie stiegen ab und banden die Pferde an einem wackligen Holzzaun fest. Dann betraten sie barhäuptig das dunkle Café. Die Soldaten saßen an einem Tisch, ein paar Bauern auf einer Bank an der Wand. Lässig schlenderte Apollo zum Tisch, dicht gefolgt von Karaim und Sahin. »Dürfen wir uns zu Ihnen setzen?« Mißtrauisch schaute der Offizier auf und fragte, wer sie seien. »Wir wurden von der Achten Armee zur Sechsten Division versetzt. Jetzt sind wir auf dem Weg nach Stavropol.«

»Papiere«, verlangte der Offizier. Der schroffe Befehl bewog die anderen Soldaten, ihre Kartenpartie zu unterbrechen und die drei Neuankömmlinge zu mustern.

»Die ließen wir vor zwei Wochen im Manytsch zurück, wo wir von Mamontov überrascht wurden. Als uns die Weißen angriffen, schliefen wir in einem Dorf und mußten in unserer Unterwäsche den Rückzug antreten. Später stahlen wir diese Sachen.« Apollo zeigte auf die Burkas und kaukasischen Hosen.

»Was sagt Genosse Lenin über das Recht des Volkes auf Selbstbestimmung?« fragte der Offizier, dessen Uniform Apollo bereits für seinen eigenen Bedarf ausgesucht hatte.

»Selbstbestimmung bis zur Unabhängigkeit.«

»Wohin führt der Kommunismus in wirtschaftlicher Hinsicht?«

»Von der gegenwärtigen ökonomischen Anarchie zur Planwirtschaft.« Glücklicherweise hatte Apollo die Informationsblätter gelesen, die aus den wenigen Flugzeugen der Roten Armee abgeworfen wurden, und das bolschewistische Dogma danach benutzt, um Lagerfeuer zu entzünden.

Offenbar bestand er die Prüfung. Der Offizier grinste zufrieden und schenkte ihm Wodka ein. »Trinken Sie mit uns, Genosse.«

Apollo ergriff das Glas, setzte sich und bedeutete seinen Leibwächtern, ebenfalls am Tisch Platz zu nehmen.

»Sind das auch Bolschewisten, so wie Sie?« fragte der Offizier. Soviel er wußte, kämpften in beiden Heeren Kaukasier – nicht aus politischen Prinzipien, sondern um das jeweilige feindliche Gebiet zu plündern.

»Die beiden sprechen kaum Russisch, Genosse«, erwiderte Apollo. »Selbst wenn sie Lenins Ideologie verstünden, würden sie sich nicht dafür interessieren. Sie kämpfen, weil's ihnen Spaß macht, und denken nur an ihr persönliches Wohl.«[11]

Der Offizier, ein ehemaliger Bauer aus der Donregion und einer der *inogorodnie*[12], hatte sein bisheriges Leben unter der Kosakenherrschaft verbracht. Nur zu gut kannte er die wilden Krieger aus dem Kaukasus, die ihm großen Respekt einflößten. Er neigte sich vor und flüsterte aus dem Mundwinkel heraus: »Werden sie Ihnen gehorchen?«

»O ja, selbstverständlich«, versicherte Apollo ernsthaft. »Wir sind Blutsbrüder.«

Erschrocken riß der Rote Offizier die Augen auf. Er hatte von dieser Zeremonie gehört, bei der die Krieger ihre Unterarme aufschnitten und ihr Blut vermischten. Auf einen schlichten Donbauern mußte eine so exotische Barbarei ebenso bedrohlich wirken wie die Geschichten, die man von den Volksstämmen im Gebirge hörte. Dort praktizierte man angeblich verschiedene Methoden tödlicher Folterqualen. Nicht, daß es ihm widerstrebte, jemanden ins Jenseits zu befördern. Aber er zog es vor, seine Feinde zu erschießen oder zu erschlagen. Unbehaglich musterte er die beiden dunklen Gesichter mit den Hakennasen, die gekreuzten Patronengurte über den schwarzen Burkas, die *kinjals* in den Gürteln und die Lebel-Gewehre am Rükken. Dann entschied er, daß es höchste Zeit wäre, das Café zu verlassen.

Als er aufstand, fragte Apollo freundlich: »Wollen Sie schon gehen?«

»Auch wir sind auf dem Weg nach Stavropol«, erklärte der Offizier nervös, »und spät dran.«

»Darf ich Sie zu einem Glas einladen?« Apollo schob die Wodkaflasche zu ihm hinüber. »Sicher können Sie noch eine Weile hierbleiben.«

»Nein, nein, wir müssen weiterreiten.« Von zwei Soldaten gefolgt, eilte der Offizier zur Tür.

Aber die drei anderen starrten die Wodkaflasche sehnsüchtig an, und Apollo füllte ihre Gläser. »Ein schneller Schluck, Genossen.« Aufmunternd zwinkerte er ihnen zu, und sie leerten die Gläser. »Noch eine Wegzehrung«, schlug er vor und stellte ihnen die Flasche hin. Dabei warf er einen kurzen Blick zur Tür. Der Offizier und seine Begleiter hatten das Lokal bereits verlassen. Fast unmerklich nickte er seinen Leibwächtern zu. Ehe die Soldaten zu reagieren vermochten, sprangen Karaim und Sahin auf, die *kinjals* funkelten, und die betrunkenen Männer starben auf ihren Stühlen. »Zur Tür!« befahl der Prinz. »Gleich werden die anderen zurückkommen.«

Bevor einer der Soldaten erschien, konnte sich Karaim gerade noch an die Wand neben dem Ausgang pressen. Der Genosse schaute sich um, erfaßte die Situation und öffnete den Mund, um zu schreien. Doch er brachte keinen Laut hervor. Blitzschnell bewegten sich braune Hände, und er sank zu Boden. Nur mehr zwei Gegner, dachte Apollo und lächelte grimmig.

Inzwischen hatten die beiden restlichen Roten gemerkt, daß da irgendwas nicht stimmte. Donnernde Hufschläge verrieten ihre hastige Flucht.

»Verdammt!« fluchte Apollo. »Zieht zwei Tote aus und nehmt euch ihre Sachen. Ich schnappe mir den Offizier.« Während er zur Tür rannte, begannen seine Leibwächter den Befehl auszuführen. »Kommt mir nach!« rief er über die Schulter und warf drei Goldrubel auf die Theke. Beim ersten Anzeichen eines Gewaltakts waren der Wirt und die Bauern wortlos verschwunden. Aber Apollo wußte, daß sie bald zurückkehren würden, um die übrigen Leichen zu fleddern. Er sprang auf Ledas Rücken und spornte sie zum Galopp an.

Nach einer halben Meile erspähte er die Flüchtlinge, die seine Stute mühelos einholen würde. Die Mitglieder der Roten Armee waren nicht gerade berühmt für ihre Reitkunst.

Zum Glück folgte der Soldat seinem Kommandanten in gewissem Abstand. Apollo sprengte bis auf zwanzig Meter an den Mann heran, zog sein Messer aus der Scheide am Gürtel und richtete sich in den Steigbügeln auf. Einen Augenblick später flog die Dagestan-Klinge durch die Luft und bohrte sich in den Rücken des Soldaten. Nach einem kurzen Schrei sank der Mann vornüber auf den Pferdehals. Flüchtig dachte Apollo an eine Maxime der kaukasischen Bergvölker – ein Gewehr kann sein Ziel verfehlen, eine Pistole kann klemmen, aber ein Dolch trifft immer.

Er beugte sich zu der Leiche hinüber, um sein Messer herauszuziehen, worauf sie vom Pferd fiel. Lässig wischte er die Klinge an seiner Burka ab und galoppierte hinter dem Anführer her. Diesmal durfte kein Blut fließen, weil er die Uniform brauchte.

Während sich der Vorsprung des Offiziers verringerte, zog der seine Pistole und drückte ab. Da Apollo das Feuer nicht erwidern wollte, zählte er die Explosionen und blieb außerhalb der Schußweite. Sobald die Pistolenkammer leer war, trieb er Leda wieder an, erhob sich in den Steigbügeln und zückte seinen Säbel. Die stumpfe Seite der Klinge mit dem Goldgriff traf den Roten Offizier zwischen dem Ohr und dem Schlüsselbein und brach ihm den Hals. Noch bevor der Mann auf den festgestampften Schnee der Straße fiel, starb er. Apollo zügelte seine Stute und sprang aus dem Sattel.

Innerhalb weniger Sekunden hatte er dem Offizier den Waffenrock ausgezogen. Ein Bolschewist weniger, sagte er sich. Dieser Genosse würde nie wieder unschuldige Menschen foltern und töten.

Nach ein paar Minuten ritten Karaim und Sahin die Straße entlang, die Satteltaschen voller Uniformen und Waffen. Auch die Pferde der Roten hatten sie mitgenommen und führten sie an langen Zügeln hinter sich her. Zu dritt wälzten sie die Leichen von der Straße, bedeckten sie mit Schnee (die Wölfe würden sie bald aufspüren) und brachen nach Stavropol auf.

»Wie ich sehe, haben wir ein paar Pferde erbeutet«, bemerkte Apollo.

»Es wäre schade gewesen, die Tiere zurückzulassen«, erwiderte Sahin.

»Sicher können wir sie in Stavropol verkaufen«, meinte Karaim. Da er zu den Junggesellen in seinem Bergdorf zählte, nutzte er jede Gelegenheit, um sich Geld zu beschaffen. Die heiratsfähigen Mädchen wollten mit teuren Geschenken verwöhnt werden.

»Bald müssen wir anhalten«, entschied Apollo. »Die Sättel und das Zaumzeug von der Roten Armee werfen wir weg. Wir ziehen die Uniformen an und überprüfen unsere neuen Ausweispapiere. Um dem Reglement der Roten zu entsprechen, sollten wir unsere Haare abschneiden. Wir dürfen kein Risiko eingehen.«

Als der Rote Offizier mit dem kurzgeschnittenen Haar und seiner kaukasischen Eskorte am Nachmittag in der Stadt eintraf, begegnete er zahlreichen Soldaten von General Beriozovs Sechster Division. Die meisten eilten geschäftig umher und bereiteten den Marsch zum Schwarzen Meer vor.

Langsam folgten die drei Reiter mit ihren zusätzlichen Pferden den schlammigen Straßen. Überall sahen sie Rote Soldaten, die an Hausmauern lehnten, umherwanderten oder Panzerwagen mit Waffen beluden.

Während Apollo den feindlichen Stützpunkt durchquerte, wurde ihm wieder einmal bewußt, warum er dieses Wagnis auf sich nahm – keineswegs, um seinem Freund Peotr einen Gefallen zu tun, sondern weil er sich so verzweifelt nach Kitty sehnte. Seit jenen Dezembertagen verfolgte ihn die Erinnerung an ihr Lächeln, ihre sinnlichen Lippen, ihren schönen Körper, der sich lustvoll an ihn geschmiegt hatte.

Bei ein paar Gläsern Schnaps in einem Café erörterten sie die Frage, wo, zum Teufel, sie ihre Suche in dieser großen Stadt beginnen sollten. Vielleicht war Kitty in einem Hotel abgestiegen.

Während Apollo Nachforschungen anstellte, blieben die beiden Kaukasier im georgianischen Café und tranken zufrieden ihren geliebten Arrak, den stärksten Schnaps der Welt. Wenn sie auch Moslems waren und wußten, daß der Prophet den Genuß von Alkohol verboten hatte, so glaubten sie doch an seine Gnade. Zweifellos brachte er ein gewisses Verständnis für menschliche Schwächen auf. Außerdem mußten sie sich bis zu Apollos Rückkehr irgendwie die Zeit vertreiben. Da sie nicht besonders gut Russisch sprachen, konnten sie ihm nicht helfen, wenn er seine Erkundigungen einzog.

Ohne zu ahnen, wie nahe er seinem Ziel war, begann Apollo seine Suche im Hotel Russia – im exklusivsten Etablissement von Stavropol. Lächelnd drückte er einem kleinen Pagen einen goldenen Rubel in die schmutzige Hand. »Ich suche eine junge blonde Dame mit grünen Augen, etwa so groß«, erklärte er und zeigte auf seine Schulter. »Vielleicht nennt sie sich Radachek. Hast du sie gesehen?«

Für einen goldenen Rubel hätte der Junge diese Dame in der ganzen Stadt gesucht. Doch das war überflüssig. Jeden Tag wurde er nach ihr gefragt, weil sich *alle* Offiziere für die schöne Gräfin interessierten, die in General Beriozovs Suite wohnte. Wann würde sie in ihrer Kutsche ausfahren? War sie gerade im Hotel? Allein oder in Gesellschaft des Generals? Indem er solche Fragen beantwortete, besserte er sein armseliges Gehalt auf und konnte seine Mutter und seine jüngeren Geschwister ernähren.

Bereitwillig teilte der Page dem freundlichen Besucher mit, die Dame sei gerade oben, in Nummer siebzehn – in Generals Beriozovs Suite. »Und – Genosse …« Seit das Hotel von einer neuen Klientel frequentiert wurde, achtete der Junge gewissenhaft auf die richtige Anrede. »Für einen zweiten goldenen Rubel finde ich alles raus, was Sie wissen wollen«, fügte er hinzu und zwinkerte verschwörerisch.

Apollos Gedanken überschlugen sich, und er nickte geistesabwesend. »Vielleicht später.« Er eilte zum Ausgang und versuchte die schockierende Information zu verkraften. *In General Beriozovs Suite?*

Von widersprüchlichen Emotionen erfaßt, drängte er sich zwischen den Hotelgästen hindurch. Einerseits wollte er Kitty ermorden, andererseits retten. Rücksichtslos rempelte er die Leute an, die ihn empört musterten. Aber der Anblick des hochgewachsenen, breitschultrigen, sichtlich wütenden Offiziers legte die Vermutung nahe, ein Protest wäre nicht ratsam.

Welch ein Narr bin ich gewesen, dachte er grimmig. Für eine schöne Illusion hatte er sein Leben riskiert, Karaim und Sahin gefährdet. Für sinnliche Erinnerungen an eine blonde Zauberin – für ein Gefühl, das er beinahe mit Liebe verwechselt hätte ...

Wie, zum Teufel, konnte sie sich mit Beriozov einlassen? Minutenlang war er unfähig, einen klaren Gedanken zu fassen. Doch dann kühlte der frische Märzwind seinen Zorn auf wankelmütige Frauen, und seine Vernunft besiegte die wilde, im Grunde unberechtigte Eifersucht. Es gab keinen Grund, das Schlimmste anzunehmen. Vielleicht wurde Kitty gefangengehalten. Aber der Page kannte sie. Also mußte sie die Hotelsuite hin und wieder verlassen. Obwohl sie eine Gefangene war?

»Merde«, fluchte Apollo. Verdammtes Biest – wie schnell sie die Seiten gewechselt hatte ... Wie auch immer, er mußte sich Gewißheit verschaffen. Und so schmiedete er einen Plan. Er würde sich in die Höhle des Löwen wagen.

9

An diesem Abend gaben der General und die Gräfin eine Dinnerparty. »Oberst Zveguintzev möchte General Beriozov sprechen«, meldete ein Hoteldiener, und achtzehn Augenpaare wandten sich zur offenen Tür des Speisezimmers.

Mit den geschmeidigen Schritten eines Pumas trat der Besucher auf die Schwelle und blieb stehen. Im vergoldeten Türrahmen zeigte sich eine hochgewachsene, kraftvoll gebaute Gestalt mit kurzgeschnittenem hellblondem Haar. »Guten Abend, General – meine Damen und Herren.«

Kittys Atem stockte. Ungläubig starrte sie ihn an. Trotz der fremden Uniform und der veränderten Frisur war Apollo unverwechselbar. Das Schweigen, das dem vertrauten Klang der tiefen Stimme folgte, wurde abrupt durchbrochen, als Kittys Gabel klirrend auf ihren Sèvres-Teller fiel. Während die Gäste zu tuscheln begannen, warf der General, der zu wilder Eifersucht neigte, einen drohenden Blick auf seine Gefangene.

Ohne eine Miene zu verziehen, ging Apollo zur Tafel. »Tut mir leid. Zweifellos hat Gräfin Radachek eine maßlos übertriebene Geschichte von meinem Tod an der Westfront gehört. Seien Sie versichert, Madame, ich bin kein Geist. Sie wurden falsch informiert. Verzeihen Sie, wenn ich Sie erschreckt habe.«

Kittys Kleid aus weißer moirierter Seide unterstrich ihre Blässe. Nur sekundenlang musterte Apollo die funkelnden Rubine an ihrem Hals und an den Ohren. Wie Blutstropfen auf Elfenbein …

Auch Beriozov bemerkte die bleichen Wangen – und die unverhohlene Sehnsucht in den Smaragdaugen. Dieser Ausdruck verschwand, sobald sie sich faßte und ihre Gefühle verbarg.

»Kennen Sie die Gräfin?« wandte er sich ärgerlich an den Neuankömmling.

»Vor Jahren hatten wir gemeinsame Freunde in Petrograd, General. Dort lernte ich auch den Ehemann der Gräfin kennen.«

»Nun, das erklärt ihre seltsame Reaktion.«

»Gewiß, General. Und nun sehen wir uns unter völlig veränderten Umständen wieder.« Mit einem entwaffnenden Lächeln fügte Apollo hinzu: »Ich glaube, manche Leute gewöhnen sich sehr schnell an die neue Situation.«

»Das ist der Gräfin nicht schwergefallen – nicht wahr,

meine Liebe?« Beriozov tätschelte Kittys Finger. Mühsam widerstand sie dem Impuls, ihre Hand wegzuziehen.

»Warum sollte man nicht vernünftig sein?« erwiderte sie tonlos und nahm einen Schluck Champagner.

Apollo vermied es, sie anzuschauen, weil er nicht wußte, was seine Miene verraten würde.

»Die Vergangenheit ist tot. Endlich wurde das korrupte zaristische Regime gestürzt, und die glorreiche Revolution bestimmt die Zukunft.« Formvollendet salutierte er und konnte sich gerade noch rechtzeitig zurückhalten, bevor er nach der Tradition früherer Kavallerieregimenter die Hacken zusammengeschlagen hätte. »Oberst Zveguintzev von der Kiew-Front. General Bogdan hat mich mit dem Auftrag hierhergeschickt, den Piloten beizubringen, wie sie die erbeuteten Camel-Flugzeuge steuern müssen.«

»Ach ja.« Entspannt lehnte sich der General zurück. Nun wurde sein Lieblingsthema angeschnitten. Und der Oberst war offenbar nur ein Bekannter der Gräfin, kein ehemaliger Liebhaber. Bei diesen verdammten Aristokratinnen und ihrem lockeren Lebenswandel konnte man nie wissen ... Glücklicherweise hatte die Revolution das alles geändert und dem Proletariat die Gelegenheit verschafft, ein bißchen in der Dekadenz des alten Regimes zu schwelgen. »Setzen Sie sich« Oberst. Haben Sie schon gegessen?« Als Apollo nickte, schnippte Beriozov mit den Fingern. »Champagner für meinen Gast! Also – die Camels ...« Er zündete sich eine kubanische Zigarre aus dem Humidor eines russischen Adeligen an, der das Land in aller Eile verlassen hatte. »Können Sie damit umgehen, Oberst?«

»O ja«, antwortete Apollo und sank in einen Plüschsessel. »Sie sind etwas schwierig zu handhaben. Aber sie lassen sich großartig manövrieren und können in der Luft jedes andere Flugzeug übertrumpfen. Meinen Sie nicht auch?«

Bei der lebhaften Diskussion, die nun entbrannte, begannen sich die übrigen Gäste bald zu langweilen. Zunächst unterdrückten sie höflich ihr Gähnen, dann verabschiedete sich einer nach dem anderen. Über alle Flugzeuge, die im Weltkrieg zum Einsatz gekommen waren, wurde gesprochen – die Nieuports, die DH-9 Bomber, die Spads, die Fokkers, Camels, Albatrosses, Sopwiths.

Enthusiastisch erinnerte sich Beriozov an die Zeiten seiner ersten Luftaufklärungsflüge über der nördlichen Mandschurei. Jetzt näherte sich der Bürgerkrieg dem Ende, und die Weißen sollten zum Meer getrieben werden. Die Kampagne würde in vierzehn Tagen beginnen. Bis dahin wollte Beriozov die Freuden des Lebens genießen – eine luxuriöse Hotelsuite, Alkohol im Überfluß und die Reize einer russischen Gräfin.

»Was halten Sie von der Dame, Oberst?« fragte er grinsend. »Ein würdiger Lohn für den Sieger, was?«

Mittlerweile saßen sie zu dritt im Salon, der General und Kitty auf einem goldenen Brokatsofa, Apollo den beiden gegenüber, in einem Lehnstuhl aus imitiertem Bambus. Beriozov war schon betrunken. Einen Arm um Kittys Schultern geschlungen, streichelte er lässig das weiße Fleisch ihres Oberarms. Nur mühsam widerstand Apollo dem Impuls, seine Pistole zu ziehen. »In der Tat«, bestätigte er mit heiserer Stimme.

Beschämt senkte Kitty den Blick. Es war unerträglich, vor Apollos Augen erniedrigt zu werden. Aber sie wagte es nicht, den General abzuwehren und zu erzürnen.

Ist sie eine fügsame Gefangene, überlegte Apollo und starrte die rauhen Finger an, die ihre zarte Haut liebkosten. Jedenfalls wirkte sie ziemlich passiv. Hatte er seine Zeit verschwendet und unnötig sein Leben riskiert, als er an diesem Abend hierhergekommen war? Wollte die schöne Gräfin überhaupt gerettet werden? Wieviel Bereitschaft mußte man zeigen, ehe man so kostbare Rubine tragen durfte? Der Wodka, dem er ebenso reichlich zusprach wie sein Gastgeber, drohte sein Urteilsvermögen zu benebeln.

Der General streifte den Träger von Kittys Schulter, und eine runde Brust glitt aus der weißen Seide. Langsam strich er über das weiche Fleisch, sein Finger glitt in die Vertiefung zwischen den Brüsten. Auf Apollos Stirn trat kalter Schweiß, und seine Hand, die Wodka in Beriozovs Glas goß, zitterte ein wenig. Vielleicht sollte er den Bastard hier und jetzt töten. Wie kann dieser Hund es wagen, den nackte Busen meiner Kitty zu berühren, fragte er sich. Er bemerkte, daß ihre Brüste voller geworden waren. Doch jetzt fand er keine Zeit, um über diese subtile Veränderung nachzudenken. Ganz egal, ob sie's will oder nicht – ich werde sie hier rausholen, beschloß er, schaute auf seine Uhr und schenkte dem General noch einmal Wodka ein. Irgendwann mußte der Schurke die Besinnung verlieren. »Auf die offensichtlichen Vorzüge der Dame!« Lächelnd hob er sein Glas.

Beriozov grub seine Finger in Kittys Busen und warf Apollo einen Blick zu, der zu besagen schien: Vergessen Sie nicht – sie gehört mir! Dann lachte er. »Eine wunderbare Frau, nicht wahr? Wollen Sie meine Kriegsbeute mal anfassen und feststellen, wie sich echtes aristokratisches Fleisch anfühlt? Dazu hatte ich vor der Revolution keine Gelegenheit. Jetzt dürfen wir alles tun, was uns gefällt.«

Brennend stieg das Blut in Kittys Wangen. Wie lange würde sie die Schmach noch ertragen? Am liebsten hätte sie Apollo zugerufen: ›Töte ihn! Töte ihn!‹ Doch die Suite wurde von mehreren Soldaten bewacht, und die Flucht nach einer solchen Tat wäre unmöglich.

Auch Apollo entschied sich gegen einen Mord. Wenn der Bursche den General am nächsten Morgen nicht tot, sondern in alkoholisiertem Tiefschlaf auffand, würde es eine Weile dauern, bis man das Verschwinden der Gräfin bemerkte. Inzwischen wären Kitty und ihr Retter schon über alle Berge. So lächelte er nur höflich und ignorierte die Aufforderung des Generals.

»Kommen Sie, greifen Sie nur zu, Oberst!« Beriozov

schwenkte sein Glas und verschüttete ein paar Tropfen. »Betasten Sie diesen herrlichen Busen, mit meiner Erlaubnis.«

»Nein, danke!«

»Ziehen Sie etwa schöne Knaben vor?« Der General hob grinsend die Brauen. »Sind Sie deshalb so schüchtern?«

»Nein.«

»Oder mißfällt Ihnen die Gräfin?« fragte Beriozov kampflustig und richtete sich auf. »Ist sie Ihnen nicht gut genug?« Argwöhnisch musterte er die Züge des jungen Oberst, die eine adelige Herkunft vermuten ließen, und die ganze Bitterkeit des Revolutionärs stieg wieder in ihm auf. »Los, fassen Sie die Gräfin an.«

Krampfhaft umklammerte Apollo die Armstützen des Lehnstuhls, als er den gefährlichen Zorn seines Gastgebers spürte. Dann beugte er sich vor und strecke eine Hand aus. »Verzeihen Sie, General, Ihr Vorschlag ist natürlich sehr verlockend. Ich wollte nur Rücksicht auf Ihr Eigentum nehmen. Sonst hätte ich Ihre freundliche Einladung sofort befolgt. Die Schönheit der Gräfin ist über jeden Zweifel erhaben.« Ganz behutsam streichelte er Kittys nackte Schultern, und Beriozov lächelte zufrieden. Innerhalb weniger Sekunden war sein Unmut verflogen.

»Nicht so zaghaft, Oberst, sie ist nicht aus Porzellan. Das wissen wir beide, nicht wahr, meine Liebe?« Schaudernd dachte Kitty an die Seidenpeitschen. Apollo spürte das Zittern und schaute forschend in ihr Gesicht. Doch sie verbarg hinter gesenkten Wimpern, was sie empfand. Nur der General erkannte ihr Grauen, das er ebenso genoß wie ihre Scham.

Entschlossen packte er die Hände seines Gastes und legte sie auf Kittys Brüste. Als er das Kleid bis zur Taille hinabzerrte, sah Apollo feine gelbe Streifen auf der hellen Haut. Aber Beriozov beachtete die Spuren seiner Brutalität nicht. »So, jetzt können Sie das vornehme Fleisch richtig spüren. Wie feine Seide, was?«

Der Prinz fühlte, daß sich die Brustwarzen unter seinen Händen erhärteten, und schluckte.

»Streichen Sie darüber!« befahl der General. »So weich und warm, nicht wahr?«

Apollo gehorchte und betrachtete Kittys Wangen, die sich dunkler färbten. Trotz seiner wachsenden Erregung zwang er sich, einen klaren Kopf zu bewahren. Jetzt durfte die Situation nicht außer Kontrolle geraten. »Gewiß General – wundervoll.«

»Küssen Sie die Gräfin!« Amüsiert schwelgte Beriozov in seinem Voyeurismus und weidete sich am Unbehagen der beiden.

»Bitte, General ...« Apollo zögerte. Würde er bei einem Kuß die Beherrschung verlieren?

»Tun Sie's!«

»Großer Gott, General!«

Da brach Beriozov in schallendes Gelächter aus, und Apollo nutzte die Gelegenheit, um Kittys Busen loszulassen und in den Lehnstuhl zurückzusinken. »Was für untadelige Manieren, mein Junge! War Ihre Mama eine Schullehrerin? Jetzt können Sie Ihre gute Erziehung vergessen. Also gefällt Ihnen meine kleine Gräfin?« fügte der General jovial hinzu und füllte erneut Apollos Glas. »Auf den Triumph der Revolution!« Bevor er seinen Wodka trank, zwinkerte er seinem Gast zu. Inzwischen versuchte Kitty, das Kleid über ihre Brüste zu ziehen. Sobald er das bemerkte, fauchte er: »Laß das, Katharina! Ich liebe den Anblick spärlich bekleideter Frauen. Und es ist deine einzige Pflicht, uns zu unterhalten. Wozu wärst du denn sonst nütze?« fragte er höhnisch.

Inständig hoffte sie, die Demütigung würde bald ein Ende finden. Wann würde der Alkohol seinen Tribut fordern? Sie mußte noch eine Weile durchhalten. Vielleicht konnte sie mit Apollo fliehen, wenn ihr Peiniger einschlief. Aber wie sie sich schweren Herzens entsann, blieb er manchmal stundenlang wach, trotz seiner Trunkenheit.

Beriozov beschloß, den jungen Oberst gnadenlos herauszufordern. Zu seiner Belustigung wagte Zveguintzev nicht einmal, die Gräfin anzuschauen. Vielleicht interessierte er sich tatsächlich nur für Männer. Das wäre in diesem Teil der Welt, die jahrhundertelang unter persischer, turkmenischer und osmanischer Herrschaft gestanden hatte, nicht verwunderlich. Oder er wurde von zu vielen Skrupeln geplagt. Nun, das würde sich herausstellen. »Setz dich auf den Schoß des Oberst, Katharina. Mal sehen, ob er Frauen mag.«

Tiefe Stille folgte dieser perversen Aufforderung. Entsetzt hielt Apollo den Atem an, und Kitty schien zu erstarren. Aber das Widerstreben der beiden spornte die Grausamkeit des Generals noch an. Etwas mühsam erhob er sich, zerrte Kitty vom Sofa und stieß sie auf Apollos Knie.

»So! Nun wollen wir sehen, ob der Oberst sich lieber mit Jungs amüsiert. Eigentlich müßte die schöne Gräfin sogar einen Eunuchen verführen. Also, Oberst?« Schwerfällig sank er in die Polsterung des Sofas zurück. »Was empfindet Ihre Männlichkeit in Katharinas betörender Nähe?«

»Das Offensichtliche«, erwiderte Apollo trocken, »allerdings nicht, wenn Sie dabei zuschauen.«

»Seien Sie nicht so zimperlich! Wir sind doch Freunde, nicht wahr?« In den hellgrauen Augen lag keine Spur von freundschaftlichen Gefühlen, nur spöttischer Sadismus. »Küssen Sie Katharina, liebkosen Sie diese großen nackten Brüste.«

Zögernd strich Apollo über Kittys Schultern.

»Die Brüste, Oberst, die Brüste. Um Himmels willen! Muß ich Ihnen denn *alles* sagen?«

Da dem Prinzen nichts anderes übrigblieb, gehorchte er, und als seine Finger eine rosige Knospe berührten, erlebte der General die erhoffte Reaktion. Obwohl Apollo die Zähne zusammenbiß, konnte er ein Stöhnen nicht unterdrücken.

»Ah, meine kleine Taube gefällt Ihnen, nicht wahr?«

»Gewiß, sie ist bezaubernd.« Immer fester preßte sich Apollos Erektion an Kittys weichen Schenkel.

»Warum küssen Sie Katharina nicht? Das will ich endlich sehen. Küssen Sie ihre Brüste!«

Zögernd erfüllte Apollo den Wunsch seines Gastgebers, und seine Lippen, die eine verlockende Knospe berührten, jagten das Blut schneller durch Kittys Adern. Wie immer in seiner Nähe, wurde sie von ihrem Körper verraten.

»Das können Sie sicher noch besser, Oberst. Los, beglücken Sie die Gräfin! Nehmen Sie eine Brustwarze in den Mund!«

Apollo befolgte den Befehl. Wie aus eigenem Antrieb glitt seine Zunge über die harte Spitze.

Nein, dachte Kitty verzweifelt, ich muß ihm widerstehen! Das darf ich nicht zulassen ... Aber sie war machtlos gegen die Hitze, die sich in ihr ausbreitete. Tiefe Scham trieb ihr Tränen in die Augen.

Erst das Gelächter des Generals erinnerte beide an die beklemmende Realität. »Oh, Sie machen Fortschritte, Oberst. Wie ich sehe, ist die Gräfin völlig hingerissen. Was für harte Brustwarzen, Katharina – ein faszinierender Anblick! Ausgerechnet du, wo du doch ansonsten kalt wie Eis bist! Liebst du ein dankbares Publikum? Daran muß ich in Zukunft denken. Und jetzt küssen Sie ihre süßen Lippen, mein Junge!«

Apollo warf ihm einen kurzen Blick zu. Mit beiden Händen umfaßte er Kittys Schultern und zog sie langsam zu sich heran. »Wenn ihn der Wodka um die Besinnung gebracht hat, fliehen wir«, flüsterte er an ihren Lippen.

Angstvoll schloß sie die Augen. Sie konnte nichts anderes tun, als alle seine Anweisungen zu befolgen und auf die Freiheit zu hoffen.

»Was war das?« stieß der General hervor.

»Oh, ich sagte nur – die Gräfin hat einen sehr schönen Mund.«

»Ja, nicht wahr?« stimmte Beriozov gedehnt zu. »Und da bringen Sie mich auf eine Idee. Vergessen Sie den Kuß. Ziehen Sie ihre Röcke hoch.«

Sekundenlang erwiderte Apollo den kompromißlosen Blick des Generals, bevor er den Seidenrock und die Unterröcke hochschob. Sein Atem stockte. Unter voluminösen Taftröcken trug sie einen goldenen Keuschheitsgürtel, ein barbarisches Requisit aus dem Mittelalter. Mühsam bezwang er seinen Zorn. »Sehr interessant ...«

»Das finde ich auch«, stimmte der General selbstgefällig zu.

»Ist das wirklich nötig?« fragte Apollo und sah Kitty erröten.

»Dieses Ding trägt sie nur, wenn sie die Suite verläßt, oder wenn wir Gäste empfangen«, erklärte Beriozov und lächelte dünn. »Auf diese Weise sichert man sich die Treue leichtfertiger Geschöpfe.«

Die ganze Zeit saß Kitty da und versuchte die spöttische Stimme zu ignorieren. In den letzten Wochen hatte sie gelernt, ihr Herz mit einem undurchdringlichen Panzer zu umgeben – und diese Fähigkeit rettete ihren klaren Verstand. Aber Apollos Gegenwart, seine Berührung, seine Stimme durchbrachen den Panzer. Und so sehr sie sich auch dagegen sträubte – ihr Herz schlug wie rasend.

»Verstehen Sie, Oberst?« fuhr Beriozov im Konversationston fort. »Dieser Gürtel schränkt die Verfügbarkeit der Dame ein. Was keineswegs bedeutet, daß sie Ihnen nicht auf andere Weise dienen kann. So ein hübscher Mund! Was für eine hervorragende Idee, mein Junge!« Mit bebenden Fingern schenkte er sich noch etwas Wodka ein. »Heute bin ich in großzügiger Stimmung. Deshalb erlaube ich der Gräfin, Ihnen für Ihre charmante Gesellschaft zu danken. Ihr Aristokratinnen seid doch so gut erzogen, nicht wahr, Katharina? Sicher hat man euch auch beigebracht, einen hochgeschätzten Gast zu erfreuen. Knie nieder, schnell! Beglücke unseren Gast mit deinen süßen Lippen.«

»Nein«, wisperte sie.

Auch Apollo wollte protestieren, aber seine Stimme erstarb, als er die Pistole mit dem Perlmuttgriff in Beriozovs Hand sah.

»Würdest du endlich gehorchen, Katharina?«

»Bitte, General, die Gräfin war schon großmütig genug ...«, begann Apollo. Die Pistolenmündung schwankte hin und her. Auf so kurze Distanz könnte er Kitty nicht retten, wenn der General auf sie zielte.

»Ihre Bescheidenheit ehrt Sie, Oberst. Aber hier geht es um *mein* Vergnügen. Die Gräfin ist zu widerspenstig. Und deshalb muß man ihr eine Lektion erteilen.« Plötzlich nahmen die hellgrauen Augen, eben noch vom Alkohol verschleiert, einen mörderischen Ausdruck an. »Auf die Knie, Katharina – wenn dir dein Leben lieb ist!«

Schweigend glitt sie von Apollos Schoß zu Boden, bezähmte den Impuls, laut zu schluchzen, zu schreien, zusammenzubrechen. Diese Qual übertraf alles, was sie in den letzten Wochen erlitten hatte. Aber die Flucht, die Freiheit – diesmal so nahe ... Sie kniete zwischen Apollos Beinen.

Mit beiden Händen umfaßte er die Armstützen des Lehnstuhls. Schmerzhaft hämmerte sein Herz gegen die Rippen. Er spürte, wie Kitty seinen Gürtel öffnete, die Hose aufknöpfte, seinen erigierten Penis mit zarten Fingern berührte. Warm und weich schmiegten sich ihre nackten Brüste an die Innenseiten seiner Schenkel. Ihre Locken hatten sich aus den juwelenbesetzten Nadeln gelöst und lagen auf den elfenbeinweißen Schultern. Von brennender Scham erfüllt, wich sie seinem Blick aus.

»Nun mußt du seine Männlichkeit entblößen, Katharina«, befahl Beriozov. Nach kurzem Zögern gehorchte sie, und der General betrachtete das pulsierende Organ.

»Zweifellos wissen Sie die Damen zu beglücken, Oberst«, meinte er und hob anerkennend die Brauen. »Ich fürchte, Katharina wird's nicht schaffen, Ihre ganze Männlichkeit in den Mund zu nehmen. Tu dein Bestes, meine Liebe. Inzwischen weiß ich, wozu die aristokratischen *belles* imstande sind.« Sein zynisches Gelächter gellte in Kittys Ohren. Reglos kniete sie zwischen Apollos Beinen. »So schüchtern, Gräfin? Beinahe könnte man glauben, du wüßtest nicht, was du tun sollst. Aber du hast mich oft genug eines Besseren belehrt. Fang endlich an!« Bedrohlich glänzte die Pistole im Lampenlicht.

Verzweifelt ballte Apollo die Hände. Jeden Augenblick konnte die Pistole in der Hand des betrunkenen Bastards explodieren.

»Deine falsche Prüderie langweilt mich allmählich, Katharina«, mahnte der General. An seinem dicken Hals schwollen die Adern an. »Was zu tun ist, weißt du sehr gut. Also tu's!«

Während Apollo den Atem anhielt und sich selbst haßte, weil er Kitty sogar in dieser Situation begehrte, umfaßte sie sein Glied und näherte ihre Lippen der bebenden Spitze. Obwohl er sich entschlossen um seine Selbstkontrolle bemühte, konnte er ein Stöhnen nicht unterdrücken. Kittys Mund umschloß seinen Penis, und er tat alles, um sich von seiner unerwünschten Lust abzulenken – zählte die Kristalle am Kronleuchter, versuchte sich auf den kalten Wind zu konzentrieren, der vor den Fenstern heulte, sagte in Gedanken das deutsche Alphabet rückwärts auf. Alles, um diesen verführerischen Lippen zu widerstehen ... Aber wie sollte er die warme, flakkernde Zunge ignorieren, den honigblonden Scheitel zwischen seinen Schenkeln, der sich langsam auf- und abbewegte, die drängende Qual in seinem Körper? Schließlich gab er den Kampf auf, hielt Kittys Kopf mit beiden Händen fest, paßte seine Hüften dem Rhythmus ihrer Zunge an und verfluchte seine Schwäche.

Als es vorbei war, seufzte er reumütig, legte einen Finger unter Kittys Kinn und hob ihr Gesicht hoch. Doch sie weigerte sich, seinen Blick zu erwidern. Bedrückt bot er ihr eine halbleere Weinflasche an, die sie schweigend ergriff und an die Lippen setzte.

»Bravo, Gräfin! Was für eine superbe Darbietung! Finden Sie nicht auch, Oberst?« Der General warf die Pistole beiseite und applaudierte höhnisch.

»In der Tat«, bestätigte Apollo gedehnt. Doch der Sarkasmus, den er sonst so mühelos auszudrücken wußte, ließ ihn diesmal im Stich. Hastig schloß er seine Hose, leerte sein Wodkaglas, um den bitteren Geschmack hinunterzuspülen. Er verabscheute sich selbst, weil er Kittys Reizen erlegen war. Und er haßte das verräterische Geschick, mit dem sie ihn befriedigt hatte.

Der General zog sie auf das Sofa zurück und musterte ihren nackten Oberkörper mit der zufriedenen Miene eines Besitzers, der sein Eigentum kurzfristig einem Freund geliehen hatte. »Warum lächelst du nicht, Katharina? Du darfst stolz auf dich sein. Und deshalb solltest du lächeln.«

Aber sie konnte nur an Apollos Verachtung denken, die sie viel zu deutlich spürte. Warum hatte Beriozov sie ausgerechnet dem Mann angeboten, den sie liebte? Diesen Gefallen hatte er bisher noch keinem seiner Gäste erwiesen. Oh, verdammt, welche Rolle spielten solche Unterschiede in der Hölle, zu der sich Rußland entwickelt hatte? An diesem Abend hatte Kitty die schlimmste aller Demütigungen ertragen – außerstande, sich in ihr Schneckenhaus zurückzuziehen, so wie in den vergangenen Wochen. »Das kann ich nicht«, wisperte sie.

Aufmerksam betrachtete Beriozov ihr Gesicht. Sollte er seinen Ohren trauen? Er hatte gedacht, er hätte ihren Widerstand längst gebrochen.

Plötzlich starrte sie ihn herausfordernd an. »Und ich will es nicht.« Halb nackt saß sie da, das Haar zerzaust, entehrt und erniedrigt. Aber ihr Stolz und ihre Würde waren unbesiegbar.

»Ah, die Gräfin schmollt!« Lachend wandte sich Beriozov zu Apollo. »Nun, hin und wieder muß man den Launen einer Frau nachgeben, nicht wahr?« Mit unsicheren Fingern hob er sein Glas. »Auf das schöne Geschlecht! Mögen die Tore des Paradieses immer offenstehen.«

»Auf die Frauen«, erwiderte Apollo tonlos und goß sich noch einen Wodka ein.

10

Er hatte geplant, den General unter den Tisch zu trinken und dann mit Kitty zu fliehen, aber nicht mit dem harten Schädel eines sibirischen Bauern gerechnet. In einem Klima beheimatet, das die Menschen zwang, neun Monate pro Jahr fast ausschließlich in ihren vier Wänden zu verbringen, hatte Beriozov nur einen einzigen Trost gekannt – die Wodkaflasche. Nun, was den Alkoholkonsum betraf, vermochte ein Kuzan die gleiche Ausdauer zu beweisen.

Endlich rutschte der Gastgeber lautlos vom Sofa, inmitten einer Diskussion über die Manövrierfähigkeit der Fokkers und Camels.

Apollo sprang so schnell auf, daß Kitty verwirrt zusammenzuckte. »Wo ist sein Bursche?« zischte er. Weder in der Roten noch in der Weißen Armee gab es einen General, der sein Bett selbst machte.

»Im Ankleidezimmer«, wisperte sie.

»Ruf ihn!« befahl er und zog das Oberteil ihres Kleid hinauf. »Sobald sein Herr im Bett liegt, will ich versuchen, den Mann wegzuschicken. Glaubst du, er wird verschwinden?« Er half ihr, die Träger über die Schultern zu streifen. Angesichts einer bekleideten Frau konnte er etwas klarer denken, obwohl der Wodka sein Gehirn erheblich geschwächt hatte.

»Das hoffe ich.«

»Notfalls schneide ich ihm die Kehle durch.«

Erschrocken starrte sie ihn an.

»O nein ...«

»Um dich zu retten, habe ich bereits sechs Männer getötet.«

»Sechs?« hauchte sie und preßte eine Hand auf den Mund.

»Großer Gott, willst du etwa hierbleiben?«

»Natürlich nicht«, versicherte sie hastig und verdrängte ihre moralischen Bedenken.

»Dann ruf den Mann.«

Nachdem Apollo den General mit der Hilfe des Burschen ins Bett gebracht hatte, zog er drei Goldrubel aus der Tasche und gab sie ihm.

»Gräfin Radachek und ich würden gern noch einen Schlummertrunk nehmen. Heute nacht wird der General Ihre Dienste sicher nicht mehr brauchen. Könnten Sie die nächsten Stunden vielleicht woanders verbringen?« Vielsagend hob er die Brauen. »Nur bis morgen früh – Sie verstehen?«

Natürlich verstand der Bursche (nicht zuletzt wegen der drei Goldmünzen), warum der Oberst mit der Gräfin allein sein wollte. Und außerdem dachte er voller Sehnsucht an das hübsche Zimmermädchen, das weiter unten am Flur wohnte. Er zögerte nur kurz. »Und wenn der General mich ruft ...?«

»Dann wird sich die Gräfin um ihn kümmern.«

Wenige Sekunden später schloß sich die Tür hinter dem Burschen. Zitternd sank Kitty in Apollos Arme. Die Anspannung dieses Abends, die Angst, die schreckliche Demütigung, das Grauen der letzten Wochen – das alles löste einen plötzlichen Tränenstrom aus. »O Apollo«, schluchzte sie, »Gott sei Dank, daß du da bist ...«

»Jetzt wird alles wieder gut«, versuchte er sie zu trösten. Doch die Worte klangen kühl. Er konnte seine Zweifel nicht zerstreuen. Wie war Kitty in diese Situation geraten? Hatte sie sich bereitwillig in ihr Schicksal gefügt? Der Gedanke an ihre Sinnlichkeit, die er während jener Dezembertage kennengelernt hatte, schürte seine Skepsis. Ohne Zögern hatte sie ihn als Gast in ihrem Schlafzimmer aufgenommen. Wie viele Männer waren ihr vorher und nachher willkommen gewesen? Wie verlockend mochte ihr das Angebot des Generals erschienen sein – einer schutzlosen Frau, einem Flüchtling ohne Ziel? Erfüllte sie seine erotischen Wünsche nur widerstrebend – oder voller Eifer, eine Sklavin ihrer Leidenschaft? Ihr Verhalten an diesem Abend legte die zweite Vermutung nahe. Nur zu gut erinnerte er sich an ihre harten Brustwarzen, die begierige Zunge.

Wie oft hatten Kitty und Beriozov ...? Hastig verdrängte er diese bedrückende Frage. Doch die Bitterkeit und Eifersucht ließen sich nicht bezwingen. »Warum bist du hiergeblieben?«

Erstaunt schaute sie zu ihm auf. ›Um dein Kind zu retten‹, wollte sie erwidern, aber sein anklagender Blick hinderte sie daran. »Weil ich nicht weggehen konnte.«

»Sicher hätte sich eine Gelegenheit ergeben. Er ist jede Nacht betrunken. Und wenn ich richtig informiert wurde, durftest du in einer Kutsche ausfahren.«

Sie ließ ihn los, und seine Arme sanken hinab. Plötzlich war sie todmüde. »Ich bin keine Selbstmörderin.«

»Oder du *wolltest* hierbleiben.«

»Nein!« fauchte sie. Dann zuckte sie resignierend die Achseln. Hatte sie deshalb von ihrer Befreiung geträumt? Damit sie nach all den Qualen von einem anderen selbstherrlichen Mann schikaniert wurde?

»Verdammt, fällt dir keine bessere Erklärung ein?« stieß er bitter hervor.

»Du bist betrunken. Und du hast dir ohnehin schon eine Meinung gebildet. Lassen wir's dabei bewenden.«

»Aber ich will ...«

»Ja, ich weiß, was du willst«, unterbrach sie ihn. »Ich soll mich entschuldigen, weil ich zu feige war, mein Leben zu riskieren. Und du möchtest eine plausible Rechtfertigung hören, die deine verletzte männliche Ehre retten würde. Mir ist völlig klar, was ich in diesen letzten Wochen getan habe und wie ich der tödlichen Gefahr entronnen bin. Offenbar beurteile ich den Selbsterhaltungstrieb anders als du.«

»Leben um jeden Preis?«

»Mehr oder weniger.«

»Nur eine Frau kann so reden«, erwiderte er verächtlich.

Eine Frau, die ein Kind unter dem Herzen trägt, dachte Kitty. Doch der Stolz gebot ihr zu schweigen. »Auch Frauen dürfen ihre eigenen Entscheidungen zu treffen ...« Sie fühlte sich zu erschöpft, um die Diskussion fortzusetzen. Sollte er doch glauben, was ihm beliebte – wenn er sie nur endlich aus diesem Gefängnis bringen würde. »Gehen wir? Ich bin gleich fertig.« Ohne eine Antwort abzuwarten, wandte sie sich zum Schlafzimmer des Generals.

Bevor sie die Tür erreichte, packte Apollo ihren Arm und zog sie an sich. »Was hast du da drin zu suchen?«

»Ich brauche den Schlüssel, den er an seinem Handgelenk trägt. Laß mich los, du tust mir weh.«

Wie Eisenklammern umspannten seine Finger ihr Handgelenk. »*Ich* hole den Schlüssel.« Gehörte diese kalte, fremde Stimme dem zärtlichen, heiteren Apollo, den sie vor Monaten gekannt hatte?

»Also gut.«

Abrupt schob er sie beiseite.

Sie mußte sich seinem Willen unterordnen. Sicher war es unrealistisch gewesen, zu erwarten, ihre Beziehung zu Apollo würde sich niemals ändern. Drei Tage lang hatte er die fast erloschene Asche ihrer Illusionen zu neuer Glut entfacht. Aber während ihrer Gefangenschaft hatte sie wieder einmal erkannt, welche Rolle eine Frau in dieser Welt spielte, auch in der revolutionären Gesellschaft. Wenn sie das gelegentlich vergessen hatte, war ihre Erinnerung von Beriozovs seidenen Peitschen aufgefrischt worden. Jetzt pochte Apollo auf jene männliche Autorität, die sie verabscheute. Vor einigen Wochen hatte sie beschlossen, das Grauen zu überleben, ihrem Kind und sich selbst zuliebe. Falls Prinz Kuzan ihre Handlungsweise mißbilligte, würde sie's zweifellos verkraften.

Ein paar Minuten später kam er aus dem Schlafzimmer, einen kleinen goldenen Schlüssel in der Hand, das Gesicht eine grimmige Maske. Wortlos hob sie ihre Röcke. Als er den goldenen Keuschheitsgürtel wiedersah, der ihre Hüften umgab, stieß er einen sarkastischen Fluch hervor. Kitty zwang sich zur Ruhe. Sollte er seinen Zorn getrost an ihr auslassen, solange er sie von der verhaßten Fessel befreite, diesem Zeichen einer typisch männlichen Monopolisierung. Und dann stockte ihr Atem, denn Apollo traf keine Anstalten, das Schloß zu öffnen.

Warum soll sie den Gürtel nicht weiterhin tragen, fragte er sich und betrachtete das kunstvolle mittelalterliche Gerät. Niemand würde Kitty anrühren. Weil er den Schlüssel besaß. Jetzt gehörte sie ihm – seine Kriegsbeute.

O nein, flehte sie stumm. Wieso mußte die sexuelle Eifersucht eines Mannes zu so widerwärtigen Zwangsmaßnahmen führen? Aber sie wollte nicht betteln. So tief würde sie niemals sinken. »Mit diesem Ding kann ich nicht reiten.«

Diese schlichte Erklärung brachte ihn zur Vernunft. Rasch drehte er den Schlüssel im Schloß herum, und das kostbare Metall landete am Boden. Kitty stieg darüber hinweg, ging zu ihrem Schlafzimmer und bekämpfte die Hysterie, die in ihr aufstieg. »Gedulde dich noch einen Augenblick. In diesem Kleid würde ich erfrieren.«

Doch er schien ihr nicht zuzuhören. Er hob den Keuschheitsgürtel auf und betrachtete das weiche, wattierte Seidenfutter. Was für ein rücksichtsvoller Bastard … Bei dem Gedanken, daß der General diese Fessel für nötig gehalten hatte, wurde ihm übel. Mit kraftvollen Fingern zerquetschte er die dünnen Goldbänder. Während Kitty sich hastig auszog, hörte sie den Gürtel zu Boden fallen. Sie wühlte in ihrem Schrank und griff nach einem roten Kleid.

Hinter ihr erklang eine leise, heisere Stimme. »Das grüne finde ich schöner.« Verwirrt drehte sie sich um. Apollo stand auf der Schwelle und musterte ihren nackten Körper – die sanften Rundungen, die weiße Haut, die schlanken Beine.

»Was für ein reizender Anblick … Wie oft bist du in diesen letzten Wochen so herumgelaufen? Soll das eine Einladung sein?«

»Verschwinde!« zischte sie. »Wage es bloß nicht, mich anzurühren!«

»Würdest du mich besser kennen, wüßtest du, daß ich solche Herausforderungen stets annehme«, erwiderte er gedehnt.« Entschlossen ging er zu ihr und umfaßte ihr Handgelenk. »*Alles* wage ich, Katharina.« Die Art und Weise, wie er den Namen aussprach, wie er den Tonfall des Generals imitierte, verriet den ungeheuren Zorn, den er an diesem Abend stundenlang bezähmt hatte.

Erbost riß sie sich los, ergriff den schweren Silberspiegel, der auf dem Toilettentisch lag, und schwang ihn hoch, um ihn in Apollos Gesicht zu schmettern. Obwohl er blitzschnell zur Seite wich und ihren anderen Arm packte, traf die harte Kante seine Schläfe. Kitty hatte sich in eine wilde Furie verwandelt. Verbissen bekämpfte sie ihn, zerkratzte seine Hände, und es dauerte eine Weile, bis er ihr den Spiegel entwand.

Eher wütend als erfolgreich, schleuderte sie alle Kristallgegenstände, die auf dem Toilettentisch standen, in Apollos Richtung, bevor er die Marmorplatte mit seiner freien Hand leerfegte. Kitty tastete blindlings nach einem

Krokodilledergürtel, der über einer Sessellehne hing – in ihrer Hand eine formidable Waffe. Schmerzhaft prallte die Schnalle gegen Apollos Schulter, dann schlug der Riemen seine Wange blutig.

»Jetzt reicht's!« fauchte er, entriß ihr den Gürtel und schleuderte ihn quer durchs Zimmer. »Hör auf! Oder muß ich dir weh tun?«

Kitty rang zitternd nach Luft. »Noch schlimmer als in diesen letzten Stunden kannst du mich gar nicht verletzen!«

Sekundenlang raubte ihm ihr unverhohlener Haß die Sprache. Doch er faßte sich sehr schnell.

»Im Augenblick bin *ich* verwundet. Welches Leid habe ich dir denn zugefügt?«

»Typisch Mann!« Herausfordernd hob sie das Kinn und versuchte, sich loszureißen. Aber seine starken Finger hielten ihre Handgelenke eisern fest. In mildem Spott zog er die Brauen hoch. Während sie nackt vor ihm stand, fühlte sie sich erheblich benachteiligt. Er war vollständig bekleidet, ruhig und gelassen, und seine unerschütterliche Arroganz brachte sie noch mehr in Wut. »Verdammt, du stürmst hier herein wie der Heilige Georg, erfüllst deine ritterliche Pflicht und errettest die arme, gequälte Maid aus höchster Not. Nur ein kleines Abenteuer für den großen Krieger aus dem Kaukasus! Und warum solltest du die Dame nicht verführen? Dieser Lohn steht dir zu, nicht wahr? So wie alle Kuzans weißt du die Frauen zu betören, und es fällt dir nicht schwer, die Familientradition fortzusetzen.«

»Besten Dank.«

»Das war kein Kompliment.«

Belustigt erwiderte er ihren flammenden Blick.

»Und jetzt soll dir die Maid hingerissen in die Arme sinken, nicht wahr? Erwartest du nach deinen niederträchtigen Beschuldigungen wirklich, ich würde vor deinem berühmten Charme kapitulieren?« Noch während sie sprach, haßte sie sich selbst – denn genau das hätte sie am liebsten getan.

»Was für ein verlockender Gedanke ...« Das sinnliche Lächeln in seinen goldbraunen Augen erinnerte sie viel zu lebhaft an ein zerwühltes Bett in einem Zimmer voller Blumenduft.

Nein, sie würde nicht nachgeben. Zum Teufel mit seinem Selbstvertrauen, mit der fast unwiderstehlichen Macht, die er auf sie ausübte! »Vergewaltige mich doch!« zischte sie. »Nach diesen letzten Wochen weiß ich genau, wie das ist.« In bitterem Ton fügte sie hinzu: »Möchtest du nicht in die Fußstapfen des Generals treten?«

Einige Sekunden lang starrten sie sich schweigend an, beide von selbstgerechtem Zorn erfüllt. Dann ließ er ihre Handgelenke los und wischte das Blut von seinen Wangen. »Tut mir leid. Wenn du vergewaltigt werden willst, mußt du noch warten. Heute ist Montag, und ich pflege nur am Dienstag Frauen zu vergewaltigen. Der Montag ist für Morde reserviert. Diesmal waren's sechs – erinnerst du dich? Und die Stunden danach haben mich ziemlich ermüdet, erst die Sauferei, und dann – gewisse andere Dinge. Auch für morgen kann ich dir nichts versprechen. Übrigens bevorzuge ich stumme Vergewaltigungsopfer. Ich verabscheue schrilles Geschrei. Daran solltest du denken.« Ohne ein weiteres Wort wandte er sich ab und verließ das Zimmer.

Während sie sich ankleidete, sank er in einen Plüschsessel, genoß die Gesellschaft einer Wodkaflasche und dachte – nicht besonders objektiv – über die Launen der Frauen nach.

Einige Minuten später betrat Kitty den Salon, und Apollo musterte sie mit schmalen Augen.

»Sehr schick.«

»Vor allem warm.«

»Zobel und Kaschmir wirken immer *très élégant*. Leider kann ich dir keine Veilchen anbieten. Ein Zobelmantel verlangt geradezu nach Veilchen. Nun, im Krieg muß man auf so manches verzichten.«

Nervös beobachtete sie, wie er sich noch einen Wodka einschenkte. »Ich habe mir noch nie Veilchen angesteckt.«

»Ach ja, die schlichte Unschuld vom Lande …« Bei dem Wort ›Unschuld‹ schaute er sie wieder an und wartete gespannt auf ihre Reaktion. Aber ihre Miene blieb unbewegt. Lächelnd prostete er ihr zu, leerte das Glas und stellte es ab. Dann stand er auf und schlenderte zur Tür.

Durch den Alkohol gestärkt, gewann er seinen Gleichmut zurück. Als er sich im Sessel des Generals gerekelt, den Wodka des Generals getrunken und auf die Geliebte des Generals gewartet hatte, war ein Entschluß in ihm gereift. Er würde Beriozov töten. Nicht in dieser Nacht. Irgendwann. Schon bald. Dieser tröstliche Gedanke versetzte ihn in jene ironische Stimmung, der Kitty ebensowenig entgegensetzen konnte wie seinem kalten Zorn. Schweigend folgte sie ihm und hoffte inständig, er würde sie möglichst bald in Sicherheit bringen. Sie verließen die Suite des Generals und stiegen die Dienstbotentreppe hinab.

Drei Häuserblocks entfernt warteten Karaim und Sahin mit gesattelten Pferden.

»Warum hat's so lange gedauert?« fragte Karaim und stampfte im Schnee umher, um seinen Blutkreislauf in Gang zu halten. Kommentarlos musterte er die Wunde an Apollos Wange, die Kratzer an den Händen. Da diese Spuren eindeutig vom Kampf gegen eine Frau stammten, war es klüger, nicht darauf hinzuweisen.

»Die Gastfreundschaft des Generals kannte keine Grenzen«, erwiderte Apollo leichthin. »Offenbar trinkt er nicht gern allein.«

Wie die funkelnden goldbraunen Augen verrieten, hatte Apollo die Wünsche des Generals in reichlichem Maß erfüllt. Karaim fragte sich, wie schnell sie reiten mußten, um etwaigen Verfolgern zu entrinnen. Auf einen nüchternen Prinzen konnte man sich verlassen, ein betrunkener beschwor mutwillig Gefahren herauf und liebte es, mit dem Tod zu spielen. »Haben Sie ihn umgebracht?« Wenn ja, würden die Jäger keine Gnade kennen.

»Sehe ich so besoffen aus?« Erstaunt hob Apollo die Brauen. »Wenn ich's nicht einmal schaffe, einen sibirischen Bauern unter den Tisch zu trinken ...«

Da die Zeit drängte, wollte Karaim nicht die ganze Geschichte hören und wiederholte seine Frage. »Haben Sie ihn umgebracht?«

»Als ich ihn verließ, war er bei bester Gesundheit. Ich brachte ihn sogar selbst ins Bett. Morgen wird er genauso erwachen, wie er's gewohnt ist, mit heftigen Kopfschmerzen – allerdings ohne Bettgenossin.«

Bei dieser rüden Bemerkung warf Karaim einen kurzen Blick auf die Gräfin. Entrüstet starrte sie Apollo an. »Könnten wir das Thema fallenlassen?«

»Meinst du die Bettgenossin des Generals?«

»Ja – und alles andere, was mit ihm zusammenhängt.«

»Nun, wenn du nicht darüber reden willst ...«

Hastig mischte sich Karaim ein. »Je früher wir aufbrechen ...«

»Eine gute Idee, Karaim«, fiel Apollo ihm ins Wort und unterdrückte den Impuls, sie noch länger herauszufordern. »Den ganzen Abend war ich unglaublich vernünftig. Aber in meinem derzeitigen Zustand wird es wohl nicht mehr allzulange dauern, bis ich meine Selbstkontrolle verliere. Inzwischen muß der Dienstag schon begonnen haben«, fügte er boshaft hinzu. Unwillkommene Fantasiebilder von Kitty in Beriozovs Armen stellten seine Geduld auf eine neue Probe. Doch er bezwang den Zorn, ging zu Leda und tröstete sich mit seinem Entschluß, den General zu töten.

Karaim half Kitty in ihren Sattel, und das Trio folgte Apollo aus dem Stallhof.

In mörderischer Stimmung ritt er den anderen weit voraus. Er trug keine Pelzmütze, und im unheimlichen Grau des frühen Morgens schimmerte sein Haar heller denn je. Unverwandt starrte Kitty seine gestrafften Schultern an. Als das erste rosige Licht am Horizont erschien, hatten sie sich zwanzig Meilen von Stavropol entfernt.

Am Vormittag erreichten sie das Territorium der Weißen Armee und hielten an, um in einer verlassenen Scheune zu rasten. Karaim und Sahin bewachten den Eingang und behielten die Straße im Auge, die das Tal eines Flusses durchquerte. In einiger Entfernung stieg eine dünne Rauchsäule empor, und man konnte nicht wissen, ob eine Patrouille der Roten die Weißen Linien durchbrochen hatte.

Erschöpft lehnte Kitty an einer leeren Getreidetonne und schaute blicklos auf die Winterlandschaft. Fast sieben Stunden lang waren sie geritten, und jetzt legten sie nur eine Pause ein, weil sich die Pferde erholen mußten.

Nach einem kurzen Gespräch mit den beiden Leibwächtern kam Apollo in die Scheune und zog die Uniformjacke der Roten Armee aus. Dann wühlte er in seinen Satteltaschen, schlüpfte in eine enganliegende, mit Leder gesäumte Tscherkeßka und legte die schwarze Burka um seine Schultern, die als Mantel und warme Decke diente. Nach dem unmäßigen Alkoholgenuß dröhnte es schmerzhaft in seinen Schläfen. Trotz seiner leicht getrübten Augen erschien ihm Kitty viel zu begehrenswert. Unter ihrer Pelzmütze ringelten sich goldene Löckchen. Die Kälte hatte ihre Wangen reizvoll gerötet. Im Schatten der Scheune wirkten ihre Augen unnatürlich groß und dunkel. Müde setzte er sich zu ihr. »Ist dir warm genug?« Die fürsorgliche Frage klang kühl, fast unhöflich.

»Ja«, antwortete sie, obwohl sie bis auf die Knochen fror.

Natürlich, ein bodenlanger Zobelmantel muß einen warm halten, dachte er ironisch. Wo mag der General das kostbare Stück gestohlen haben?

»Das freut mich«, erwiderte er brüsk. »Übrigens, ich habe Peotr versprochen, dich nach Novorossiisk zu bringen.«

»Peotr! Ist er ...?« Erschrocken hielt sie den Atem an.

»Als ich ihn zuletzt sah, ging es ihm gut.«

»Und wo ist er?«

Mühsam ordnete er seine Gedanken. »Wir trennten uns in Ekaterinodar und ritten beide nach Osten, in der Hoffnung, einer von uns würde durchkommen.« Aber Peotr hatte Baku angesteuert – nicht Aladino.

»Glaubst du, er wurde verwundet oder gefangengenommen?« fragte Kitty angstvoll.

»Nein«, entgegnete er etwas zu schnell.

»Oh ...« Warum sorge ich mich immer wieder um meinen gleichgültigen Ehemann, überlegte sie wehmütig. Nun, jedenfalls hatte er sie aufgefordert, Aladino beim ersten Anzeichen einer Gefahr zu verlassen. Daß sie ihm nicht gehorcht hatte, war ihre eigene Schuld. »Sind wir auf dem Weg nach Novorossiisk?«

»Das habe ich mit Peotr vereinbart«, erklärte Apollo zögernd.

Also hatte er sie nur aus der Gefangenschaft befreit, um einem alten Freund einen Gefallen zu erweisen. In ihrer Dummheit hatte sie gehofft, er wäre *ihretwegen* nach Stavropol gekommen. Nun mußte sie der traurigen Wahrheit ins Auge blicken. Für Apollo zählte nur der Erfolg seines riskanten Abenteuers – an *ihr* war er nicht interessiert. Von jetzt an werde ich meine Neigung bekämpfen, in schönen Träumen zu versinken, entschied sie, den Tränen nahe, und meine albernen romantischen Illusionen in den Ruinen von Aladino begraben.

Unglücklich schaute sie in Apollos goldene Katzenaugen, die sie abschätzend musterten. ›Ich habe dich vermißt‹, hätte sie am liebsten gestanden. Aber sein kalter Blick verschloß ihre Lippen.

»Sicher ist die Flucht zum Schwarzen Meer die einzige

Möglichkeit«, fügte er hinzu. »In wenigen Wochen werden die Roten ganz Südrußland einnehmen. Du solltest mit einem Schiff nach Konstantinopel fahren.«

»Und was hast du vor?« Trotz ihres verletzten Stolzes und ihrer bitteren Enttäuschung mußte sie diese Frage stellen, denn der Gedanke, ihn nie wiederzusehen, lastete bleischwer auf ihrer Seele. Wenn in diesen goldbraunen Augen ein etwas wärmerer Glanz erschien, würde sie sich an seine Brust werfen und flehen: ›Nimm mich mit, überallhin ...‹

»Ich werde in mein Bergdorf zurückkehren – das heißt, wenn Karaim, Sahin und ich einen Weg durch die Roten Linien finden.«

»O Gott, das ist Selbstmord!« flüsterte sie. Wie konnte er sein junges Leben so leichtfertig aufs Spiel setzen?

»Was immer man heutzutage unternimmt, ist reiner Selbstmord. Ich kann dir nicht einmal garantieren, ob du an Bord eines Schiffes sicher bist. Die Typhusepidemie breitet sich unaufhaltsam aus.«

Diesen Worten folgte ein langes Schweigen. Dann vergaß Kitty den letzten Rest ihres Stolzes. »Laß mich bei dir bleiben ...« Im nächsten Augenblick hätte sie sich am liebsten die Zunge abgebissen.

Allein schon sein Zaudern war eine Beleidigung. Seine Miene verriet nicht, was er dachte und fühlte. Schließlich seufzte er. »Das geht nicht.«

Von einem Ehemann ignoriert, von einem Liebhaber zurückgewiesen ... Nicht weinen, ermahnte sie sich und rang krampfhaft nach Atem. Mit diesen knappen Worten hatte er sie endgültig daran gehindert, seine künftige Vaterschaft zu erwähnen. Sie stand auf und ging zu ihrem Pferd. »Haben wir lange genug gerastet?«

»Ich denke schon«, erwiderte Apollo, folgte ihr und hob sie in den Sattel. »Morgen früh kommen wir in Novorossiisk an.«

Morgen früh? Dazwischen lagen noch viele Stunden.

Sie schwankte ein wenig, und Apollo hielt ihren Arm fest.

»Alles in Ordnung?« Prüfend musterte er ihr bleiches Gesicht. Wie klein und zart sie plötzlich wirkte, trotz des langen Zobelmantels und der hohen Pelzmütze ...

Nein, dachte sie, gar nichts ist in Ordnung. Ich friere, ich bin müde und hungrig. Nach dem langen Ritt tun mir alle Knochen und Muskeln weh. Mein Mann hat mich verlassen. Meinem Liebhaber bedeute ich nichts. In der qualvollen Gefangenschaft wurden mein Körper und meine Seele beschmutzt. All meine Hoffnungen habe ich verloren. Ich erwarte das Kind meines Liebhabers. Und nun soll ich auf einem Schiff nach Konstantinopel fahren, in ein fremdes Land, ganz allein.

Glücklicherweise hatten die Jahre nach dem Tod ihrer Eltern und die freudlose Ehe ihre Widerstandskraft gestärkt. Deshalb war es ihr gelungen, die gräßlichen Wochen in General Beriozovs Hotelsuite zu überleben. Nun forderte die Zukunft neue Kräfte, und Kitty würde sie aufbieten, weil sie keine Wahl hatte.

»Danke, es geht mir gut«, erwiderte sie tonlos und ergriff die Zügel.

»Würdest du ...« Zu spät. Sie schüttelte seine Hand ab und ritt zur Straße. Verdammt, dachte er ärgerlich, eilte zu Leda und stieg auf. Gut? Sie sah gar nicht gut aus. Aber was, zum Teufel, sollte er tun? In diesem Land, vom Krieg gepeinigt, ging es niemandem gut. Alles Glück und alle Freude waren im Blutbad der Revolution zerstört worden. Denk nicht nach, ermahnte er sich. Tu einfach, was du tun mußt.

Novorossiisk. Das war sein Ziel. Vielleicht konnte er Kitty retten.

11

Trübes Wintersonnenlicht schien auf Novorossiisk herab und spiegelte sich im schmutzigen, mit Blut vermischten Eis der Gossen. Ein kalter Nordostwind wirbelte Abfall vor sich her und zerrte an den Kleidern des kleinen Reitertrupps, der am nächsten Morgen durch die Straßen ritt. Viel zu schnell erfolgte der Rückzug des Weißen Heeres. Vor drei Wochen hatte sich die Stadt in ein Tollhaus verwandelt. Unzählige Flüchtlinge drängten in den letzten freien Hafen, bevor ihn die tödliche bolschewistische Sichel erreichte.

Überall lagen Leichen, nackte Opfer der Typhusepidemie – von frierenden Menschen entkleidet, die sogar die Ansteckungsgefahr in Kauf nahmen, um sich vor der arktischen Kälte zu schützen.

Nervös scheuten die Pferde vor dem Geruch des Todes, als Apollo, Kitty und die beiden Leibwächter langsam durch das Getümmel ritten.

Alle Restaurants und die meisten Geschäfte waren geschlossen. Vor den wenigen geöffneten Läden standen lange Warteschlangen. In der Nähe des Kais, wo die Büros der Schiffahrtslinien lagen, türmten sich Gepäckstücke und Möbel, die verladen werden sollten oder zurückbleiben mußten, wenn ihre Besitzer die Frachtkosten nicht aufbrachten. Waffen und Munitionskisten wurden ins graue Wasser der Bucht gestoßen, damit sie nicht in bolschewistische Hände fielen.

Kitty vermied den Anblick der Toten und starrte unverwandt geradeaus. Aber als sie im Hafen ankamen, schaute sie unwillkürlich in die Richtung dreier kläffender, halbverhungerter Hunde, die um eine gefrorene Kinderleiche kämpften. Ihr wurde schwarz vor Augen. Hätte Apollo sein Pferd nicht blitzschnell zu ihrem gelenkt und ihren Arm festgehalten, wäre sie aus dem Sattel gestürzt.

»O Gott, wie grauenhaft ...«, flüsterte er. Dann hob er

Kitty zu sich herüber und befahl Karaim, die Zügel ihres Pferdes zu übernehmen. Dankbar lehnte sie an Apollos Brust, in seine warme Burka gehüllt.

Am Wasserrand, zwischen Zypressen und Olivenbäumen, stiegen sie ab. Kitty konnte sich kaum auf den Beinen halten, und Apollo mußte sie stützen. »Bist du krank?« fragte er besorgt und berührte ihre Stirn.

»Das glaube ich nicht. Aber die vielen Leichen ... Es war unerträglich.«

Zum Glück fühlte sich ihre Stirn nicht heiß an. Hohes Fieber hätte unweigerlich auf Typhus hingewiesen. »Du kannst nicht abreisen. An Bord eines Schiffes, zusammen mit Passagieren, die sich womöglich angesteckt haben – das wäre zu gefährlich.«

»Was soll ich denn sonst tun?« Müde lehnte sie den Kopf an seine Schulter. »Da Peotr meine Abreise wünscht, muß ich gehorchen. Wir werden uns in Paris treffen.«

Natürlich ... Wieder einmal bekämpfte er das Verlangen, das er nicht empfinden durfte. Wenn sie auch einige Wochen lang Beriozovs Bett gewärmt hatte, sie war immer noch die Frau seines besten Freundes. »Versuchen wir's in Tuapse. Vielleicht ist der Typhus dort noch nicht so weit verbreitet, und wir müßten auch in diesem Hafen ein Schiff finden.«

Nachdem sie kurz gerastet und Tee getrunken hatten, ritten sie weiter. Mit letzter Kraft hielt sich Kitty im Sattel, und die Männer drosselten ihr zuliebe das Tempo. Seit zwei Tagen fror sie erbärmlich, und sie hatte kaum einen Bissen zu sich genommen. Während die sinkende Sonne die niedrigen Gebirgsausläufer am Schwarzen Meer rot färbte, legte Apollos kleine Truppe wieder eine Ruhepause ein. Kitty stieg ab. Unfähig, sich auf den Beinen zu halten, fiel sie in Ohnmacht.

Wie aus weiter Ferne hörte sie Stimmen. Nur undeutlich drangen die Worte in den dunklen, eisigen Abgrund ihres Elends. Irgendwann verstand sie ›Feuer‹ und ›Essen‹

– und ihren Namen. Ihr Name? Sie versuchte sich aus der lähmenden Finsternis zu befreien. Doch sie war zu schwach. Erst als die schmerzhafte Kälte allmählich nachließ, kam sie vollends zu sich. Sie lag in Apollos Armen, von ihrem Zobel und seiner Burka umhüllt, an einem Lagerfeuer, das Karaim und Sahin eifrig schürten.

»Was ist los mit dir, *dushka?*« fragte Apollo leise. »Bist du so erschöpft? Oder hungrig? Strengt dich der Ritt zu sehr an?«

Zum erstenmal, seit er sie aus der Gefangenschaft befreit hatte, klang seine Stimme sanft, und sie las sogar zärtliche Gefühle in seinen Augen. Da beschloß sie die Wahrheit zu gestehen, die sich ohnehin nicht länger verheimlichen ließ. Denn sie würde den Ritt nach Tuapse kaum durchstehen und eine Erklärung abgeben müssen. »Ich erwarte ein Baby.«

Ausdruckslos schaute er sie an. Nun wußte er, warum ihre Brüste voller geworden waren. Bisher das einzige Anzeichen. Also konnte die Schwangerschaft noch nicht allzuweit fortgeschritten sein. »Wird Peotr sich freuen?«

»Das bezweifle ich.«

»Der General?«

»Nein«, wisperte sie.

»Von wem ist das Kind?« fragte er mit einer Gelassenheit, die er keineswegs empfand.

»Von dir.« Noch nie hatte sie ihn erblassen sehen. Sein kalter Blick und sein langes Schweigen erschreckten sie.

Schließlich holte er tief Atem. »Bist du sicher?« Von neuer Eifersucht gepeinigt, fragte er sich, wie viele Männer sie vor jenen Dezembertagen und danach beglückt hatte.

»Ja.«

Obwohl er sich um Selbstkontrolle bemühte, zitterten seine Hände, als er Kittys Gesicht umfaßte. »Würdest du das wiederholen?«

Mit dieser Reaktion hatte sie nicht einmal in ihren

schlimmsten Träumen gerechnet. »Ja, ich bin völlig sicher«, würgte sie hervor.

Er ließ seine Hände sinken. »Vermutlich ist der Kampf um die Vaterschaft deines Kindes in diesen letzten Monaten sehr lebhaft verlaufen, und ich weiß es zu schätzen, daß du mich zum Sieger erklärt hast.« Sein ironisches Lächeln erstarb schon nach wenigen Sekunden. »O Gott, was für eine gräßliche Situation!«

Da verlor sie die Beherrschung und brach in Tränen aus. Nach allem, was sie durchgemacht hatte, bekam sie die furchtbarsten Worte zu hören, die man einer schwangeren Frau zumuten konnte. *Was für eine gräßliche Situation …*

Nachdenklich musterte er ihre bleichen Wangen. Warum hatte sie nicht abgetrieben? Er erinnerte sich an eine Privatklinik in Petersburg, wo sich Damen vor dem Krieg von unerwünschten Schwangerschaften befreit hatten. Bei seinem letzten Aufenthalt war das Haus in ein Lazarett für verwundete Soldaten umgewandelt worden. Wohin mochten die Frauen jetzt gehen? In Kriegszeiten, während so viele Männer unterwegs waren und ihr Vergnügen suchten, würde ein dringender Bedarf an solchen Kliniken bestehen. Vielleicht hatte Kitty in den Wirren des Weißen Rückzugs nicht gewußt, wohin sie sich wenden sollte. Auf den Gedanken, sie hätte das Baby behalten wollen, kam er gar nicht. Jedenfalls würde sie das Kind gebären, und das Problem mußte gelöst werden.

Er betrachtete ihr Gesicht, die dunklen Schatten des Schlafmangels unter den Augen. Obwohl man ihr die Spuren der Strapazen anmerkte, war sie immer noch schön. Sie dürfte nicht weinen, dachte er. An seinem heißen Verlangen trug sie keine Schuld. Er war nicht besser als der General, wollte sie genauso besitzen, und jetzt konnte er sich nehmen, was er begehrte. War es sein Stolz, der ihn zurückhielt? Die Frage quälte ihn etwa dreißig Sekunden lang. Dann stand sein Entschluß fest. Zum Teufel mit seinem Stolz. Er würde nach Hause zurückkehren und Kitty mitnehmen. Was sollte ihn daran hindern? Kein Ehemann, dem sie etwas bedeutete, kein Aladino, kein Rußland, das einmal seine und ihre Heimat gewesen war. Jetzt gab es nur mehr das Dorf im Kaukasus. Er strich über Kittys Kopf, schlang die Finger in die honigblonden Locken und küßte die kalten Lippen, die sich langsam erwärmten und verheißungsvoll öffneten. Immer fester drückte er sie an seine Brust, flüsterte Koseworte, und sie klammerte sich an ihn, als wäre er ihre einzige Zuflucht in dieser Welt. Der Eispanzer, der ihr Herz umschlossen hatte, begann zu schmelzen.

Nach einem langen, atemlosen Augenblick hob er den Kopf und strich behutsam über ihre tränenfeuchte Wange. »Wir reisen nach Hause. Wirst du den Ritt in die Berge verkraften?«

Ihre großen Smaragdaugen spiegelten heiße Freude wider. Schweigend nickte sie.

»Gut.« Apollo hatte bereits beschlossen, ihrem Kind ein Vater zu sein – mochte es auch von einem anderen stammen.

In der nächsten Woche ritten sie nur nachts und ruhten sich tagsüber in verlassenen Bauernhütten aus, in Kellern und abgeschiedenen Karawansereien, sogar in Höhlen – überall, wo sie sich vor den Roten Patrouillen verstecken konnten. Da nur selten Neuigkeiten die steinigen Wege der kaukasischen Gebirgsausläufer erreichten, wußten sie nicht, daß Novorossiisk drei Tage nach ihrer Abreise von der Roten Armee eingenommen worden war. Und daß nur wenige Tagesreisen hinter ihnen sechzigtausend Don- und Terekkosaken marschierten. Vom letzten Schiff in der Bucht zurückgelassen, versuchten diese verstreuten Einheiten des Weißen Heeres nach Süden oder Osten zu gelangen, in die immer noch bestehende, wenn auch bedrohte Freiheit Georgiens. Von hochgelegenen Bergpfaden aus beobachteten Apollo, Kitty und die beiden Leibwächter die Roten Soldaten, die zu Tausenden westwärts zogen, die Nordküste des Schwarzen Meeres entlang. Die Gründe dieser massiven Truppenbewegung kannten sie nicht. Doch sie dachten ohnehin nur an ihr eigenes Schicksal. Da der Feind die westliche Richtung einschlug, war ihre Reise nach Osten gefährdet. Langsam durchquerten sie das gebirgige Terrain und lebten von Wildfleisch und nahrhaftem Kalmuk-Tee.

Apollo kümmerte sich fürsorglich um Kitty und half ihr über die gelegentliche Übelkeit hinweg. Meistens saß sie mit ihm auf Ledas Rücken. Wenn er das Tempo des Ritts bestimmte, berücksichtigte er ihren Zustand, mutete ihr nicht zuviel zu. Bei den Mahlzeiten bekam sie stets die besten Bissen, und wann immer sie rasteten, schlief sie in seinen Armen, dicht am Lagerfeuer.

In diesen hohen Regionen war es auch im März noch bitter kalt. Alle vier litten unter den arktischen Temperaturen. Aber mit jeder Nacht kamen sie dem Bergdorf näher, wo Apollos Urgroßvater regierte, Iskender-Khan.

Während der letzten Tage ihrer Reise wagten sich Karaim und Sahin in die Dörfer, um Vorräte zu beschaffen, da die Rote Armee noch nicht in dieses Kaukasus-Gebiet vorgedrungen war. Trotzdem mieden sie auch weiterhin die Hauptstraßen, und sie sahen hin und wieder einen Panzerwagen oder eine Kavallerie-Truppe. Unterwegs spürte Kitty immer wieder die kühlen, abschätzenden Blicke der Leibwächter. Als sie Apollo darauf hinwies, erklärte er: »Es mißfällt ihnen, daß ich dich mitnehme, weil du vom General entehrt wurdest. Natürlich glauben sie, du wärst nur eine meiner vorübergehenden Launen. Sobald du mich langweilst oder enttäuschst, werden sie dich genüßlich töten.« Belustigt erwiderte er ihren entsetzten Blick. »Keine Bange, meine Langeweile hält sich in Grenzen.«

Zwei Tage später erreichten sie Apollos Heimatdorf und wurden von den Wächtern, die rings um die Festung postiert waren, mit Gewehrsalven begrüßt. »Da drüben siehst du Pushkas Palast.« Der Prinz zeigte auf vierschrötige mittelalterliche Türme am Ende einer schmalen Straße, die sich einen Hang hinaufwand. »Und das ist unserer«, fügte er hinzu und wies zur anderen Seite eines breiten Tals. Vor zwanzig Jahren hatte Apollos Vater, Fürst Alex, eine Festung erbaut, die einen atemberaubenden Ausblick auf die Umgebung bot. Jetzt funkelten die vielen hundert Fenster in der Nachmittagssonne, und der weiße Marmor, mühsam von der Küste hierhertransportiert, schimmerte wie Schnee. Das Gebäude mit den zahlreichen Terrassen, Flügeln, Türmen und Säulenhallen war eine meisterhafte Kombination von Eleganz und Nützlichkeit – ein gemütliches Heim und zugleich ein uneinnehmbares Fort.

»Wundervoll!« flüsterte Kitty und zügelte ihr Pferd. Mit diesem Prachtbau konnte sich das prosaische Herrschaftshaus Aladino nicht messen.

»Papa wollte Maman beeindrucken«, erklärte Apollo lächelnd.

»Was ihm zweifellos gelungen ist.«

»O ja. Er hat seit jeher sein Bestes getan, um sie zu verwöhnen. Deshalb leben sie jetzt in Frankreich, obwohl er seine Festung nur widerstrebend verlassen hat. Wann immer es möglich ist, schicke ich ihm Telegramme, um ihm mitzuteilen, daß ich noch lebe. Das mußte ich Papa versprechen, damit Maman sich keine Sorgen macht. Er ist stets bestrebt, jeden Kummer von ihr fernzuhalten – angeblich, weil er sich vor ihrem wilden Temperament fürchtet, in Wirklichkeit aber aus reiner Liebe.«

»Wie glücklich müssen sie sein«, meinte Kitty melancholisch und dachte an ihre eigene unerfreuliche Ehe. Aber dieses Kapitel gehörte der Vergangenheit an. Sie liebte Apollo mit einer Intensität, die sie nie zuvor gekannt hatte. Würden sie trotz der schwierigen Zeiten ein ähnliches Glück finden wie seine Eltern? Rasch verdrängte sie die morbiden Gedanken an den Krieg und fragte: »Hat dein Vater den Palast vor deiner Geburt gebaut?«

»Nein, danach. Aber ich war noch zu klein, um mich daran zu erinnern.« Auch Apollo erkannte den Unterschied zwischen der Ehe seiner Eltern in friedlichen Zeiten und der ungewissen Zukunft, der er zusammen mit Kitty entgegenblickte. Er wollte sie bei sich behalten. Daran gab es keinen Zweifel. Aber wie würden ihr Ehemann, der Krieg und das Kind eines Fremden seine Pläne beeinflussen? Doch er verscheuchte diese pessimistischen Überlegungen ebenso energisch wie Kitty. »Kurz nach meinem zweiten Geburtstag wurde der Palast vollendet. Also kenne ich kein anderes Zuhause. Und jetzt, süße *dushka,* ist es auch dein Heim. Willkommen.« Er neigte sich zu ihr hinüber, legte einen Arm um ihre Schultern und küßte sie.

In ihren Augen brannten Tränen des Glücks und der Erleichterung, aber auch der Trauer um alles, was sie in ihrem jungen Leben schon verloren hatte. »Danke«, antwortete sie leise und erwiderte den Kuß. Sie hoffte inbrünstig auf einen sicheren Hafen. In dieser Hinsicht hegte Apollo keine Befürchtungen, denn das Dargo-Tal war nur über gefährliche Bergpfade zu erreichen, von einem schmalen Paß geschützt, den zwei Männer gegen eine ganze Armee verteidigen konnten.

Als Karaim diskret hüstelte, richtete sich Apollo grinsend in seinem Sattel auf. »Da siehst du, wie die Moral von der dekadenten Zivilisation untergraben wird, Kitty. In ihrer moralischen Zurückhaltung finden die kaukasischen Krieger, ein Mann dürfte seine Zuneigung zu einer Frau niemals öffentlich zeigen.«

Kokett hob sie die Brauen. »Werden sich deine Leibwächter an mir rächen, wenn ich noch öfter gegen diese Regel verstoße?«

»Beruhige dich. Da du mir gehörst, werden sie sich nicht an dir vergreifen – es sei denn, ich gestatte es.«

»Also muß ich stets dein Wohlgefallen erregen, wenn ich noch eine Weile am Leben bleiben will.«

»Allerdings – und ich freue mich schon sehr auf deine Bemühungen.«

»Weichen sie niemals von deiner Seite?«

»Nie.«

»Folgen sie dir auch ins Schlafzimmer?«

»Nicht immer.«

»Apollo!«

»Wenn du bei mir bist, schicke ich sie weg«, versprach er lächelnd. Da Karaims und Sahins Pferde rastlos umhertänzelten, fuhr er fort: »Jetzt müssen wir meinen Urgroßvater Iskender-Khan begrüßen. Die Späher haben ihn schon vor einigen Stunden über unsere Ankunft informiert. Sicher kann er's kaum erwarten, meine Begleiterin kennenzulernen. Keine Bange. Wenn er auch formidabel aussieht, mißbilligt er nur selten, was ich tue.«

»Das klingt beängstigend. Und was passiert, wenn ihm irgendwas mißfällt?«

»Darum mußt du dich nicht kümmern. Sobald er dich sieht, wird er sich in dich verlieben.«

»Und wenn nicht?«

»Würdest du bitte aufhören, vor Karaim und Sahin mit mir zu diskutieren?« In gespieltem Entsetzen verdrehte er die Augen. »Ich verliere zusehends mein Gesicht. Sei einfach nur nett zu Pushka, dann wird alles gut. Heute abend essen wir mit Iskender, dann ziehen wir in unser eigenes Heim. Komm, reiten wir weiter.« Als Kitty den Mund öffnete, hob er gebieterisch eine Hand. »Kein Wort mehr! Wenn du unbedingt willst, setzen wir die Debatte später fort, in der Privatsphäre meines Schlafzimmers. Eine verlockende Idee … Ich habe dich schon so lange nicht mehr in einem Bett gesehen.«

»Monate.«

»Und du hast mich schmerzlich vermißt.«

»Eigentlich nicht«, log sie.

»Du hast mir ganz schrecklich gefehlt«, entgegnete er leise. »Alles an dir.«

»Lüstling!« wisperte sie.

»Oh, das ist dir aufgefallen?«

Lachend folgten sie den beiden ungeduldigen Leibwächtern.

Während Apollo die steile Straße zur Zitadelle seines Urgroßvaters hinaufritt, hoffte er, seine neue Geliebte wäre tatsächlich willkommen. Eine andere Position würde sie in Iskender-Khans Augen nicht einnehmen, da sein Urenkel sie nicht heiraten konnte. Beunruhigt erinnerte sich Apollo an eine seiner Gespielinnen, die Pushka mißfallen hatte. Nach wenigen Tagen war sie – einfach verschwunden. Deshalb mußte er dem alten Mann klarmachen, die Gräfin Radachek dürfte unter keinen Umständen ein ähnliches Schicksal erleiden.

Iskender-Khan eilte die imposanten Granitstufen herab und begrüßte Apollo im Schloßhof. Trotz seiner über achtzig Jahre war er immer noch groß und kräftig und strahlte die Autorität eines Königs aus. Nachdem er seinen Urenkel umarmt und auf beide Wangen geküßt hatte, schob er ihn von sich und musterte ihn prüfend. »Wir haben uns Sorgen gemacht. Vor einer Woche hörten wir, ganz Rußland sei von diesen Bolschewisten erobert worden. Deshalb schickte ich Späher nach Ekaderinodar, die nach dir Ausschau halten sollten.«

»Wir kommen aus Stavropol, und wir sind nur nachts geritten.«

»Sehr vernünftig.« Liebevoll tätschelte der alte Stammesfürst Apollos Schulter. »Komm herein! Seit die Wächter am Paß von deiner Ankunft berichtet haben, tummeln sich die Frauen in der Küche und kochen ein Festmahl.«

Immer noch im Sattel, beobachtete Kitty den warmherzigen Empfang, der dem Prinzen bereitet wurde. Von allen Seiten drang der Ruf heran: »Der Falke ist wieder da! As-saqr As-saghir ist zurückgekehrt!« Auf dem Weg durch das Dorf hatte man ihr verstohlene Blicke zugeworfen. Offenbar fragte man sich, welche Rolle sie im Leben des Falken spielte.

Eine fröhliche Krieger- und Dienstbotenschar umringte Apollo und Iskender. Lachend schlug man auf die Schultern des Heimkehrers, griff nach Ledas Zügeln, schnallte die Satteltaschen los und gab scherzhafte Kommentare zu den Reitkünsten der Roten Armee ab. Nach ein paar Minuten drängte sich ein junges Mädchen durch die Menge, zupfte an Apollos Ärmel, stellte sich auf die Zehenspitzen und flüsterte etwas in sein Ohr. Iskender-Khan schob sie kurzerhand beiseite, und sie tauchte kichernd im Getümmel unter – aber nicht, bevor Apollo ihr zugezwinkert hatte.

»Irgend jemand muß Tamara heiraten, um sie vor ihrer eigenen Dummheit zu retten«, seufzte der alte Mann. »Noch nie habe ich ein so leichtfertiges Mädchen gesehen.«

»Dann solltest du möglichst bald einen Mann für sie finden.«

»Bist du interessiert?«

»Nein, danke«, erwiderte Apollo unter allgemeinem Gelächter. »Schon gar nicht, nachdem sie mir soeben einen unsittlichen Antrag gemacht hat. Zweifellos wird sie ihrem künftigen Ehemann erhebliche Schwierigkeiten bereiten.«

»Willst du denn niemals heiraten?« Der Patriarch warf einen kurzen Blick in Kittys Richtung und fragte sich, in welcher Beziehung sie zu seinem Urenkel stand.

»Im Augenblick nicht.« Nach kurzem Zögern fügte Apollo hinzu: »Ich würde dich gern unter vier Augen sprechen, Pushka. Aber zuerst mußt du eine junge Dame kennenlernen, die mir sehr viel bedeutet.« Er ergriff Iskenders Arm, führte ihn zu Kitty hinüber und hob sie aus dem Sattel, mit einer liebevollen Fürsorge, die dem alten Mann nicht entging. »Iskender-Khan, ich möchte dir Gräfin Kitty Radachek vorstellen. Kitty, das ist mein Urgroßvater, Pushka.«

Sobald Iskender den Namen Radachek hörte, verstand er die Situation. Peotr hatte die Festung oft besucht, seit Apollo ihm während seiner militärischen Ausbildung im Corps de Pages begegnet war. Ist Peotr gestorben, fragte sich der Patriarch. Doch die Höflichkeit verbot ihm, diese Frage zu stellen. Die junge Dame sah blaß und müde aus. »Willkommen in Dargo, Gräfin«, begrüßte er Kitty und verneigte sich. »Möchten Sie eintreten? Ich habe ein Zimmer für Sie vorbereiten lassen.«

»Vielen Dank für Ihre Gastfreundschaft. Es wäre wundervoll, wenn ich mich eine Weile hinlegen könnte ...«

»Natürlich«, fiel Apollo ihr ins Wort, »daran hätte ich früher denken müssen. Wie fühlst du dich? Soll ich dich ins Haus tragen?«

»Nicht nötig.« Kitty errötete verlegen.

»Bist du sicher?«

»O ja.«

Erstaunt beobachtete Iskender die Veränderung, die mit seinem lebenslustigen, etwas leichtfertigen Urenkel vorgegangen war. So aufmerksam hatte sich Apollo noch nie um eine Frau gekümmert. Offenbar spielte die Gräfin nicht nur eine vorübergehende Rolle in seinem Leben. »Tembot wird Sie zu Ihrem Gemach führen, Madame«, erklärte der alte Mann. »Nun will ich Karaim und Sahin danken, die dich so gut beschützt haben, mein Junge. Und danach treffen wir uns zum Tee.«

Kitty und Apollo folgten Tembot eine lange Treppenflucht hinauf und durch mehrere schmale Korridore zu einer Suite, deren Balkontüren zu einem ummauerten Garten hinausgingen. Nachdem sich der Diener entfernt hatte, um heißes Wasser für ein Bad zu bestellen, fragte Kitty unbehaglich: »Bleiben wir hier?« Sie schaute sich in dem luxuriös eingerichteten Raum mit den seidenen Wandteppichen um. Offensichtlich war das *ihr* Zimmer, denn man hatte Apollos Satteltaschen zu einer anderen Tür gebracht, weiter unten am Flur.

»Bis zum Abendessen. Danach verlassen wir die Festung.«

»Sehr gut«, seufzte sie erleichtert. Nur der Gedanke, mit Apollo allein zu sein, hatte sie am letzten Tag der anstrengenden Reise aufrechterhalten. »Ich wäre lieber bei dir.«

»Das wünsche ich mir auch.« Er nahm sie in die Arme und küßte ihre Nasenspitze. »Gedulde dich noch ein paar Stunden, dann bringe ich dich in unseren eigenen Palast. Es ist einfach wundervoll, wieder daheim zu sein – noch dazu mit dir. Ich fühle mich wie im Himmel.«

»Macht's dir nichts aus?« flüsterte sie unsicher.

»Was?«

»Daß ich mit dir hierhergekommen bin.«

»Darum habe ich dich doch gebeten«, entgegnete er verwirrt. »Erinnerst du dich nicht?«

»Also ist alles in Ordnung? Dein Urgroßvater ...«

»Sobald ich ihm die Situation erklärt habe, wird er Verständnis zeigen.« Hoffentlich, dachte er. Wenig später kehrte Tembot zurück, gefolgt von mehreren Dienern, die Eimer mit heißem Wasser ins Zimmer schleppten. Apollo entschuldigte sich. »Jetzt mache ich mich frisch, und dann treffen wir uns zum Tee mit Pushka.«

12

Er brauchte nur eine Viertelstunde, um zu baden und sich zu rasieren. Das Haar noch feucht, eilte er zu seinem Großvater.

Als Iskender seinem lange vermißten Lieblingsurenkel gegenüberstand, dankte er Allah. Groß und stark, zum Mann gereift, symbolisierte Apollo die Zukunftshoffnung des Patriarchen und weckte wehmütige Erinnerungen an die eigene Jugend. Wie es der Position des Prinzen gebührte, trug er nun feine Seide, kostbares Leder und Ringe an den Fingern statt verschwitzter Handschuhe. »Endlich bist du wieder da, mein Junge, und allem Anschein nach wohlbehalten – ein Wunder nach vier blutigen Kriegsjahren.«

»Ja, die Glücksgöttin ist stets an meiner Seite geritten.«

»Zweifellos hast du deinen Fähigkeiten genausoviel zu verdanken. Du hast uns sehr gefehlt, As-saqr As-saghir. Nimm doch Platz.«

Sie setzten sich mit gekreuzten Beinen auf seidene Kissen, tranken würzigen Arrak, und Iskender kam sofort zur Sache. »Wie ich höre, ist die Gräfin guter Hoffnung.«

Apollo wußte, daß seine Leibwächter ihrem Oberherrn Bericht erstattet hatten. Unter der Sonnenbräune stieg das Blut in seine Wangen. »Sie erwartet *mein* Kind, Pushka.«

Aufmerksam beobachtete der alte Mann seinen Urenkel. »Karaim sagt, sie sei in Stavropol gefunden worden – als Kurtisane eines Roten Generals, eines miesen Schweins. Vielleicht ist das Kind nicht von dir.« Er sprach mit jener leisen, tonlosen Stimme, die schon immer Apollos Unbehagen erregt hatte. »Das solltest du bedenken.«

»Trotz allem bin ich der Vater des Babys«, erwiderte Apollo, ohne seine eigene Skepsis zu erwähnen.

»Könnte das Baby nicht vom Ehemann der Gräfin stammen?«

»Nein.«

»Und Peotr? Offenbar lebt er noch. Wenn er die Rückkehr seiner Frau und – deines Kindes verlangt ...«

»Das ist unwahrscheinlich.« Verblüfft hob der Patriarch die eisgrauen Brauen, und Apollo erklärte: »Er hat in Baku eine Geliebte und zwei Kinder, und er pflegt sich mit allen Frauen zu vergnügen, die ihm gefallen.«

»Was in der russischen Aristokratie durchaus üblich ist«, bemerkte Iskender trocken.

»Gewiß. Er ist nur eine Vernunftehe mit Kitty eingegangen. Als die Roten Astrachan bedrohten, konnte er Baku und Aladino nicht gleichzeitig aufsuchen. Und so wählte er die Frau, die ihm wichtiger war. Natürlich dachte er auch an seine Kinder. Er bat mich, für Kitty zu sorgen, und wir vereinbarten, ich würde sie zum Hafen von Novorossiisk bringen. Keine Ahnung, was er vorhat ...« Apollos schlanke Finger strichen über den kostbaren Intarsientisch, auf dem Gläser standen. »Und wahrscheinlich will ich's auch gar nicht wissen.«

Kommentarlos beobachtete Iskender die Nervosität seines Urenkels. »Hast du den General getötet?«

»Nein.«

»Das hättest du tun sollen.«

»Es war unmöglich, weil wir Zeit brauchten, um in Weißes Territorium zu gelangen. Wenn sein Bursche ihn bei Tagesanbruch tot im Bett gefunden hätte, wären wir sofort verfolgt worden.«

»Schade ... Aber du hast sicher richtig gehandelt. Wie heißt er?«

»General Beriozov.«

»Morgen schicke ich vier Männer zu ihm.«

»O nein, das erledige ich selber«, stieß Apollo hervor. »Ich warte nur, bis Kitty sich hier eingewöhnt hat. Dann breche ich auf.«

»Wie du willst.« Die Ehre war in den Bergen heilig, und Iskender verstand Apollos Wunsch, persönlich Rache zu üben. Nur auf diese Weise würde er die Schande aus der Welt schaffen. In dieser abgeschiedenen Welt lebten mystische, heidnische Bräuche weiter so wie vor vielen hundert Jahren, verflochten mit der Flamme des Islams und dem Wesen des Rittertums. Hier hatte der Begriff Ehre eine ganz besondere Bedeutung.

»Deine Gräfin ist sehr schön.«

»Ja.«

»Ihr Ehestand stört mich nicht.«

»Das hatte ich gehofft.« In diesem Gebirge aufgewachsen, wußte Apollo, daß die Kaukasier die Entführung einer verheirateten Frau als eine Form der Umwerbung betrachteten.

»Aber ich mißbillige ihre Beziehung zu dem General – falls sie die Wahl hatte. Wenn du ihr nicht trauen kannst, wird sie dich unglücklich machen.«

»Sie wurde gefangengenommen, Pushka«, erwiderte Apollo bedrückt. Wieder einmal mußte er gegen seine eigenen Zweifel ankämpfen. »Beriozov behandelte sie sehr grausam, schlug sie mit seidenen Peitschen und legte ihr sogar einen Keuschheitsgürtel an.«

Nachdenklich starrte der alte Mann vor sich hin. Wozu ein Keuschheitsgürtel? Hatte der General seine sadistischen Neigungen befriedigt? Oder mußte man der Gräfin mißtrauen? Iskender beschloß, sie beobachten zu lassen. Wenn sie Apollo entehrte, mußte er's erfahren – und sie bestrafen. Da der Patriarch das Unbehagen seines Urenkels spürte, beendete er das Verhör. »Ich hoffe, du wirst mit deiner Kitty glücklich.«

Erleichtert lächelte Apollo ihn an, dann wechselten sie das Thema.

Eine Stunde später erschien Kitty zum Tee. Sie hatte gebadet und sich ausgeruht. Nun trug sie die Tracht der Kaukasierinnen – eine weite weiße Seidenhose, eine knielange waldgrüne Tunika, mit winzigen Bernsteinknöpfen geschlossen, und golden bestickte Samtpantoffeln voller Halbedelsteine.

Apollo ging ihr entgegen und begrüßte sie mit einem Kuß. »So gefällst du mir.« Als er sie in dieser Kleidung sah, gewann er den Eindruck, sie wäre bereits ein Teil seines Lebens. Keine Pariser Eleganz, keine kunstvolle Frisur. In schlichten Locken fiel das Haar auf ihre Schultern.

»In dieser Hose fühle ich mich irgendwie seltsam.«

»Ist sie unbequem?«

»Nein, ganz im Gegenteil.«

Er neigte sich hinab und flüsterte ihr etwas ins Ohr.

Errötend schaute sie zu Iskender-Khan hinüber. Das scharf gezeichnete Gesicht des gebieterischen alten Mannes, das sie an eine zerklüftete Mondlandschaft erinnerte, flößte ihr große Ehrfurcht ein. »Bitte, Apollo, dein Urgroßvater ...«

Apollo legte einen Arm um ihre Schultern und schenkte ihr jenes unwiderstehliche Lächeln, das ihren Puls immer wieder beschleunigte. »Sei ganz ruhig, Liebling. Pushka weiß, wie gern ich dich bei mir habe. Und er ist noch nicht zu alt, um deine Reize zu verkennen. Hoffentlich dauert das Abendessen nicht zu lange.« Nach all den Monaten wollte er endlich allein mit ihr sein – in seinem eigenen Heim, in seinem Bett. »Komm, Pushka möchte sich mit uns beiden unterhalten. Sicher wirst du ihn bezaubern.«

Während der Teestunde und des Abendessens zeigte sich der Anführer einer halben Million Gebirgsbewohner höflich und liebenswürdig. Er erkundigte sich nach Kittys bisherigem Leben, vermied es aber taktvoll, ihren Ehemann und den General zu erwähnen. Dafür war sie ihm sehr dankbar.

Zum Tee wurde ein Imbiß in großen chinesischen Schüsseln serviert. Abends deckten die Diener den Tisch mit goldenen Tellern, Elfenbeinbesteck und acht verschiedenen Weingläsern – eines für jeden Gang. Außer traditionellen europäischen Gerichten konnte Kitty auch regionale Speisen probieren, butterweiche eingelegte Lammzungen, Auberginen mit Lammfleisch und Reis gefüllt, frische Bergforellen und Ziegenkäse auf Holzkohle geröstet – innen weich und cremig, mit einer knusprigen Kruste, die ein wenig nach Rauch roch.

Obwohl sie nur wenig Wein getrunken hatte, konnte sie um zehn Uhr ihr Gähnen kaum noch unterdrücken.

»Apollo, die Gräfin ist müde«, bemerkte Iskender-Khan.

Sofort wandte sich Apollo besorgt zu Kitty und half ihr, von den niedrigen Seidenkissen aufzustehen. »Tut mir leid, *dushka,* ich habe nicht an deinen Zustand gedacht. Reiten wir nach Hause. Du mußt gut auf dich achten. Und auf unser Kind.«

»Wenn's dein Kind ist«, warf Iskender leise ein, in einer Sprache, die nur die beiden Männer kannten – nicht im heimischen Dagestan-Dialekt. Diese besondere Sprache erlernten nur die Herrscher, ihre Erben und Persönlichkeiten, die in der traditionellen kaukasischen Hierarchie privilegierte Positionen einnahmen.

Apollo reckte kampflustig das Kinn hoch, und Kitty hörte, wie seine Stimme einen scharfen Klang annahm. »Natürlich ist es mein Kind«, erwiderte er.

Liebevoll musterte Iskender seinen hellblonden Urenkel, der sich so deutlich von den dunkelhaarigen Männern seines Clans mit ihren kantigen Habichtsgesichtern unterschied – so wie der Ehemann seiner Lieblingstochter Shouanete. Vor vielen Jahren war der Baron aus einer anderen Welt in das abgeschiedene Dorf geritten und hatte sofort ihr Herz erobert.

»Wie du meinst«, sagte der Patriarch nachgiebig. »Da will ich mich nicht einmischen.«

»Sehr gut!« fauchte Apollo, nach wie vor erzürnt, weil Pushkas Skepsis ihn viel zu schmerzlich an die eigenen Zweifel erinnerte. »Und falls Kitty plötzlich verschwindet, wie damals Noenia, nehme ich das ganze Dorf auseinander, Stein für Stein.«

»Keine Bange, Apollo, ich gebe dir mein Wort.« Vorerst wollte Iskender seine Bedenken nicht mehr erwähnen. Wenn das Kind zur Welt kam und seinem Urenkel nicht glich, würde die Gräfin das Dargo-Tal vielleicht aus eigenem Antrieb verlassen. Und falls das geschah (Allahs Wege waren unergründlich), müßte Iskender sein Wort nicht brechen.

»Was hatte das zu bedeuten?« Beunruhigt schaute Kitty in der kalten Nachtluft des Schloßhofs zu Apollo auf.

»Nichts«, entgegnete er und hob sie auf ihr Pferd, das ein Diener bereithielt.

»Ich hörte meinen Namen.«

Geschmeidig schwang er sich in seinen Sattel.

»Du wurdest nur beiläufig erwähnt.«

»Willst du's mir nicht verraten?«

Statt zu antworten, spornte er Leda an, ergriff Kittys Zügel und führte sie die steile Straße hinab.

»Apollo ...«

»Da gibt's nichts zu erzählen. Nur eine lächerliche Diskussion, die mir unangenehm war ... Und das habe ich Pushka klargemacht. Bitte, Liebling, ich will nicht mehr darüber reden.« Seine Stimme klang müde und ein wenig traurig.

»Wenn ich irgend etwas gesagt oder getan habe ...«

»Nein, du hast nichts *gesagt* ...« Der Satz blieb unvollendet und wirkte seltsam bedrohlich.

Eine Zeitlang hingen beide bösen Erinnerungen nach und wünschten, die Ereignisse der letzten Monate hätten niemals stattgefunden. Dann zügelte Apollo beide Pferde. Der Nachtwind zerzauste sein flachsblondes Haar und wehte seidige Locken in Kittys Gesicht. Inzwischen lag das Bergdorf hinter ihnen, und sie blickten in das große, fruchtbare, vom Mond erhellte Tal hinab. Auf der anderen Seite erhob sich das weiße Marmorschloß der Familie Kuzan. Aus zahllosen Fenstern strahlte Licht.

»Kitty, ich liebe dich«, beteuerte Apollo, umfaßte ihr Kinn und zwang sie, ihn anzuschauen. »Nur darauf kommt es an.«

In ihren Smaragdaugen schimmerten Tränen. »Sag mir das immer wieder«, flehte sie, überwältigt von ihrer heißen Liebe zu diesem starken, attraktiven Mann, der seinen Schenkel so intim an ihren drückte. »Hör niemals auf, mich zu lieben.«

Da zog er sie zu sich herüber, auf Ledas Rücken, und sie spürte den rauhen Stoff seiner Burka an der Wange, hörte den kraftvollen Schlag seines Herzens. Ich wollte aufhören, dich zu lieben, dachte er und drückte sie fest an sich. Monatelang habe ich's versucht ... »Erst wenn der Fels unter der Sonne schmilzt, werde ich dich nicht mehr lieben«, flüsterte er und küßte ihre rosigen Lippen. Alle Zweifel, die Unsicherheit, das Grauen des Krieges, Schuldgefühle, Ehemänner, Generäle und boshafter Zynismus verschwanden im Nichts, verdrängt von einem hoffnungsfrohen Glückstraum.

Selbstvergessen genossen sie den Kuß, zärtlich spielten die Zungen miteinander. Auf dem restlichen Weg hielt Apollo immer wieder an, um den süßen Mund zu kosten. Und dann trug er sie durch den Hof seines Palasts und die riesige Eingangshalle, die Marmortreppe hinauf, zu seiner Suite, die einen atemberaubenden Ausblick auf das Gebirge bot.

Die Dienstboten, die den Heimkehrer erfreut begrüßten und hinter ihm hereilten, nahm er kaum wahr. Erst als sie die beiden Türflügel öffneten, wandte er sich zu ihnen, Kitty immer noch auf den starken Armen.

»Meine Frau, Gräfin Radachek«, verkündete er lächelnd. Alle jubelten ihm zu und verneigten sich vor der neuen Herrin. »Jetzt ist sie erschöpft von der Reise«, fuhr er fort. »Also könnt ihr mir erst morgen erzählen, was in den Jahren meiner Abwesenheit geschehen ist. Und wenn jemand morgen früh an diese Tür klopft, hacke ich ihm den Kopf ab!« Ein fröhliches Grinsen strafte die wilde Drohung Lügen. Dann warf er die Tür mit einem Fußtritt zu und trug Kitty über den pfirsichrosa und grün gemusterten Orientteppich. Sanft legte er sie auf das breite Schildpattbett, setzte sich zu ihr und neigte sich hinab. »Für immer bist du meine Frau, *dushka.*«

»Für immer«, wiederholte sie glücklich und schlang die Arme um seinen Hals.

»Endlich in meinem Haus, in meinem Bett«, flüsterte er, während er die winzigen Bernsteinknöpfe öffnete. »Das Baby ...«

Plötzlich hielt er inne. »Wird's ihm nicht weh tun?«

»O nein. Liebe mich – liebe mich ...«

»Bis zum Ende meiner Tage!« versprach der junge Prinz, der Erbe des immensen Kuzan-Vermögens und des Fürstentitels, der Krieger, Pilot, Sprengstoffexperte – und einstige Liebhaber zahlloser schöner Frauen.

Behutsam streifte er die seidene Tunika von ihren Schultern.

»Ist es Wirklichkeit?« wisperte sie. »Sind wir gerettet – und für alle Zeiten vereint? Sag mir, daß es kein Traum ist – daß ich nicht erwachen werde – in diesem schrecklichen Hotel ...«

Liebevoll streichelte er ihr zarte Wange. »Glaub mir, *dushka*, es ist Wirklichkeit. Du gehörst mir, ich gehöre dir, und nichts und niemand wird uns jemals wieder trennen.«

Welch ein wunderbarer Trost, über die eisenharten Muskeln seiner Brust zu streichen, die warme Haut zu spüren ... »Danke, Apollo, daß du mir mein Leben zurückgegeben hast.«

»Das gab ich dir nur zurück, weil ich's für mich haben will.« Entzückt genoß er den Anblick ihrer Schönheit, von der er monatelang verzweifelt geträumt hatte. »Willst du mich heiraten?«

»Nichts würde ich lieber tun«, flüsterte sie, von einem heißen Glücksgefühl erfaßt.

»Prinzessin Kuzan ...« Langsam ließ er die Worte auf seiner Zunge zergehen – ein Mann, der den Gedanken an eine Ehe in ferne Zukunft verbannt hatte.

Atemlos lauschte sie dem Klang seiner Stimme nach. In seinen Armen, in der Gewißheit seiner Liebe fand sie den lange ersehnten inneren Frieden. Und ihr Herz wußte, daß er ihr einzig wahrer Ehemann war.

»Prinzessin Kuzan – das gefällt mir. Also heiratest du mich?«

Weil ein Schluchzen in ihrer Kehle aufstieg, konnte sie nur nicken.

»Mal sehen, Kitty, das müssen wir richtig machen. Etwas Altes ...« Suchend schaute er sich um.

Meinte er's tatsächlich ernst? »Apollo, es ist unmöglich«, würgte sie hervor.

»Keineswegs«, erwiderte er und zog einen Ring von seinem Finger. »Die chinesische Ming-Periode müßte lange genug zurückliegen, nicht wahr, Liebling?«

»Apollo!«

Ungerührt steckte er den Ring an ihren Finger.

»Wenn du lieber einen Diamanten willst – den sollst du auch noch bekommen. Und jetzt etwas Neues. Hm ...« Ein paar Sekunden lang dachte er nach, dann berührte er Kittys sanft gewölbten Bauch. »Ein neuer Erdenbürger – ist das nicht wundervoll?« Lächelnd betrachtete er ihre geröteten Wangen. »Bald sind wir eine Familie. Sag mir, daß du glücklich bist – und mich liebst!«

»Ja! Ja! Ja!«

»Gut. Nun brauchen wir noch etwas Geborgtes«, erklärte er, an ihrer Seite auf einen Ellbogen gestützt. Ohne zu zögern, ergriff er eines der vielen Kissen, riß eine Spitzenborte ab und drapierte sie um Kittys Schultern. »Nein, das genügt nicht – eine Frau braucht Spitzen und Rüschen im Überfluß.«

Als er nach einem weiteren Kissen griff, hielt sie lachend seine Hand fest. »Natürlich wäre ich gern eine wunderschöne Braut, in einem traumhaften Kleid. Aber unter diesen Umständen gebe ich mich mit dieser Borte zufrieden.«

»Wirklich?«

»O ja.«

»Nun, wenn du meinst ... Dann fehlt uns nur mehr was Blaues. Ah ...« voller Genugtuung griff er nach dem Blumenstrauß, der den Nachttisch schmückte, und zog ein paar blaue Irisblüten heraus. »Blumen für meine Braut.« Sorgfältig steckte er die Blüten in das goldene Haar, das sich auf dem Kissen ausgebreitet hatte. »Tut mir leid, daß ich dir keine Gartenwicken anbieten kann, *dushka*. Morgen lasse ich welche in unserem Treibhaus anbauen.« Er musterte sie prüfend. »So, jetzt bist du eine wunderschöne Braut.«

»O Apollo«, seufzte sie und lächelte unter Tränen. Sie liebten einander über alles, und in ihrer privaten Welt waren sie ein Ehepaar – genauso, als hätte ein Priester oder ein Standesbeamter die Trauung vorgenommen.

Mit sanften Fingern wischte er die Tränen von ihren Wangen. »Weine nicht mehr, mein Engel, jetzt wird alles gut. Du bist meine Frau – für immer.« Eindringlich schaute er in ihre Augen und ergriff ihre Hände. »Ich, Apollo, nehme dich, Kitty, zur Frau vor Gott und den Menschen … Und jetzt mußt *du's* sagen«, mahnte er, als sie zögerte.

»Ich, Kitty, nehme dich, Apollo, zum Mann – und ich werde dich lieben und ehren, von diesem Tag an …« Seltsam, wie jung und unschuldig sie sich fühlte … Irgendwie gewann sie den Eindruck, ihr Leben hätte eben erst begonnen, mit dem Mann, den sie liebte. Durch alle Gefahren und Schrecknisse des Krieges war er zu ihr geeilt. Weder die Roten Wachtposten noch der brutale, autoritäre General hatten ihn aufgehalten. Sie wußte, daß er sie liebte, es gab keinen Zweifel, und diese Erkenntnis erfüllte sie mit einer übermächtigen Freude, die alles Leid vergessen ließ.

»Von diesem Tag an …«, wiederholte Apollo, und ihre Lippen fanden sich.

Noch nie war er so behutsam mit einer Frau umgegangen. Ganz sanft glitten seine Finger über Kittys Körper, wie Schmetterlingsflügel im Mondlicht. So viel hatte sie erduldet. Nie wieder wollte er ihr weh tun. Auch der Gedanke an das ungeborene Kind bewog ihn zur Vorsicht. Aber dann lag sie unter seinem starken Körper, klammerte sich an ihn, grub die Finger in seine muskulösen Schultern und schlang sie in sein Haar – mit jenem drängenden Verlangen, das erst gestillt wurde, als sie miteinander verschmolzen.

Langsam bewegte er sich in ihrem Schoß, gab ihr alles, was sie ersehnte, was sie beide wünschten – die wiedererwachte Erinnerung an jene traumhaften Dezembertage.

Nach einer langen Liebesnacht sank der Mond zum Horizont der Morgendämmerung herab. Zufrieden lag Apollo auf seinem breiten Bett, seine schlafende Frau im Arm, und schaute sich im vertrauten Zimmer um. Sein Blick wanderte zum Fenster, zu den schneebedeckten Gipfeln, Obstgärten und Feldern, zum Dorf, das allmählich erwachte. Ruhe, stilles Glück, ein sicherer Hafen – ein Zuhause. Endlich war Prinz Apollo Kuzan, As-saqr As-saghir, der Falke, heimgekehrt.

13

Die nächsten beiden Wochen verbrachten sie in idyllischer Zweisamkeit und sahen kaum jemanden. Höflich lehnte Apollo mehrere Einladungen seines Urgroßvaters ab. Weil sich Iskender noch lebhaft an das Liebesglück seiner eigenen Jugend erinnerte, zeigte er Verständnis und verzichtete auf sein Recht, ein Machtwort zu sprechen. Vierzehn Tage nach ihrer Ankunft aßen Apollo und Kitty gelegentlich in der Zitadelle. Wie einer der Gäste bemerkte, war es offensichtlich, daß der junge Falke sein Herz verloren hatte.

Auch tagsüber lagen sie stundenlang im breiten Schildpattbett und genossen ihre Leidenschaft, die jetzt von einer neuen Zärtlichkeit geprägt wurde. Alles, was sie ersehnten, schenkten sie einander liebevoll und bereitwillig.

Eines Morgens entschuldigte sich der Prinz, um eine kurze Besprechung mit Karaim abzuhalten. Danach verlief der Tag wie gewohnt. Aber in der Nacht erwachte Kitty und sah Apollo schlaflos an ihrer Seite liegen, die Arme hinter dem Kopf verschränkt. Blicklos starrte er zur Zimmerdecke hinauf. Am nächsten Tag versank er mehrmals in nachdenkliche Stimmung. Und nachts hörte sie ihn auf dem Teppich des angrenzenden Wohnraums umherwandern.

Am dritten Tag nach Karaims Besuch wurde Apollos innere Unruhe immer offenkundiger, und beim Abendessen hüllte er sich in beharrliches Schweigen. Bevor sie das Schlafzimmer aufsuchten, saßen sie vor dem Kaminfeuer. Kitty streichelte Apollos Nacken und spürte seine verkrampften Muskeln. Da konnte sie die unumgängliche Frage nicht länger zurückhalten.

»Was hat Karaim gesagt?«

Abrupt stand er auf, ging zum Fenster und lehnte seine Stirn an die kühle Scheibe. »Die Männer planen einen Feldzug.«

»Und was hast du damit zu tun?«

»Ich bin ihr Anführer.«

»Ist dieser Feldzug nötig?«

»So etwas gehört zum Leben der kaukasischen Krieger. Wenn sie zu lange daheim sitzen, wohlgenährt und ausgeruht, werden sie rastlos, suchen Streit, und letzten Endes bekämpfen sie einander.«

»Laß sie doch allein wegreiten.«

»Unmöglich.«

»Als ihr Anführer kannst du sicher entscheiden, ob du mitmachst oder nicht.«

»Wenn ich die Krieger nicht begleite, verliere ich meine Ehre. Feldzüge und Kämpfe bilden die Grundlage ihrer Existenz. Und wer sich nicht daran beteiligt, ist kein Mann mehr.«

»Wie antiquiert das klingt!«

»Mag sein. Aber ich bin in dieser Tradition aufgewachsen, und ich darf mich nicht davon lossagen.« Obwohl er einige Zeit im aristokratischen Milieu von Petersburg und Paris verbracht und die Ausbildung eines zaristischen Offiziers genossen hatte, war sein Herz stets in den Bergen geblieben. Und diese Kampagne erschien ihm besonders wichtig. Vielleicht würde er die Männer später mal allein ziehen lassen. Diesmal mußte er das Kommando übernehmen.

Wie er von Karaim erfahren hatte, machte General Beriozov gerade in Sochi Station, bevor er ostwärts zog. In fünf Tagen konnten sie ihn erreichen. Und seit Apollo darüber informiert war, kannte er nur noch einen einzigen Gedanken – sein Messer in die Brust des Mannes zu stoßen, der Kitty so grausam mißbraucht und gedemütigt hatte. Pushka stellte ihm Pferde und Vorräte zur Verfügung, und die Krieger warteten nur noch auf das Zeichen zum Aufbruch.

Nun stand Apollo reglos am Fenster und starrte ins Dunkel.

»Bleib hier!« flehte Kitty. Instinktiv spürte sie, daß dies kein gewöhnlicher Feldzug war. Sie versuchte, Apollos Gefühle zu verstehen. Doch sie konnte ihre Angst nicht bezähmen. »Ich weiß, wieviel es dir bedeutet, mit deinen Männern zu reiten. Trotzdem bitte ich dich – verzichte darauf, dem Baby und mir zuliebe.«

Sekundenlang schloß er die Augen. Glaubte Kitty, er *wollte* sie verlassen? Nichts lag ihm ferner. Aber das Gesetz der Berge forderte Rache für alle Beleidigungen. Selbst wenn dies nicht im Adat stünde – Apollos Herz schrie nach Vergeltung. Ehe der Schurke tot war, der *seine* Frau gequält hatte, würde er keine Ruhe finden.

Er wandte sich zu Kitty, die immer noch vor dem Feuer am Boden saß, und seufzte leise.

»Streiten wir nicht. Es wäre sinnlos. Wie sehr ich dich liebe, weißt du. Für dich würde ich alles tun.«

»Dann bleib bei mir.« Die Tränen auf ihren Wangen glänzten im Flammenschein.

»Alles – nur das nicht.«

Stunden später, nach den erwarteten Anklagen und Vorwürfen und herzzerreißenden Entschuldigungen, schlief sie in seinen Armen ein. Er verstand ihre Verwirrung. Doch er konnte sich seinen Rachedurst ebensowenig versagen wie seine Liebe zu Kitty. Nur ein einziges Zugeständnis hatte er ihr gemacht – er würde möglichst bald zurückkehren. Und wenn er nicht wiederkam? Der General verschanzte sich hinter einer festgefügten Front, die nur schwer zu durchbrechen war. Ganz vorsichtig, um Kitty nicht zu wecken, schob er ihren Kopf von seiner Schulter und bettete ihn ins Kissen. Dann stieg er aus dem Bett und ging auf leisen Sohlen ins Wohnzimmer. Er schaltete eine Lampe ein, nahm Papier aus einer Schublade des Rosenholztisches und setzte sich, um einen Abschiedsbrief zu schreiben.

Eine Zeitlang dachte er nach. Wie sollte man in Worte fassen, was das Herz erfüllte, und seiner einzigen großen Liebe Lebewohl sagen? Falls er bei diesem Feldzug starb, sollte Kitty wissen, wieviel sie ihm bedeutete, wie sehr sie sein Leben verändert und bereichert hatte. Er wollte ihr erklären, warum er gehen mußte, daß er es zutiefst bedauern würde, wenn er ihr nicht helfen könnte, das Baby großzuziehen. Auch geschäftliche Dinge mußten erwähnt werden – die europäischen Bankkonten; seine Häuser in Dagestan, Nizza, Genf, Paris und im Loire-Tal; das Gestüt in Kent, die Jagdhütte in der Normandie. Das alles würde er Kitty und dem Kind hinterlassen. So viel gab es zu sagen – und er hatte so wenig Zeit. Schließlich begnügte er sich damit, seine Liebe zu beteuern. Den finanziellen Angelegenheiten widmete er nur wenige Zeilen. Rasch füllte seine schwungvolle Handschrift das Papier.

»Wenn ich nicht zurückkomme, wende Dich an Pushka«, beendete er den Brief. »Von der ersten Nacht an habe ich Dich geliebt, mein Engel, und ich werde Dich immer lieben. Gib dem Baby einen Kuß von mir.« Er versiegelte den Brief, steckte ihn in einen größeren Umschlag, den er an seinen Urgroßvater adressierte, und übergab ihn einem Diener, mit dem Auftrag, ihn sofort in die Zitadelle zu bringen. Danach kehrte er ins Bett zurück.

Am frühen Morgen erwachte er aus einem unruhigen Schlaf. Er frühstückte mit Kitty, dann nahm er sie in die Arme. »Begleite mich nicht in den Hof. Da draußen warten viel zu viele Leute, die sich von mir verabschieden wollen.«

Tapfer schluckte sie ihre Tränen hinunter und schmiegte sich an ihn. »Paß gut auf dich auf.«

Sie wußte, welche Gefahren außerhalb des geschützten Tales lauerten. Inzwischen war die Nachricht nach Dargo gedrungen, die Roten Truppen hätten Aserbeidschan erobert und würden nach Georgien marschieren.

»Keine Bange, ich bin immer vorsichtig«, versicherte er und vergrub das Gesicht in ihrem duftenden Haar. Die goldgelbe chinesische Seide ihres Morgenmantels fühlte sich warm und weich an.

»Wann kommst du zurück?«

Fünf Tage bis zu unserem Ziel, dachte er, fünf zurück – vielleicht ein oder zwei Tage, um die Verteidigungsmaßnahmen des Generals auszukundschaften. »Wahrscheinlich in zwei Wochen.« Er sagte nichts mehr über den Feldzug. Darüber hatten sie am letzten Abend lange genug diskutiert und nur halbherzig eine Einigung erzielt. Er wollte sich nicht im Groll von Kitty trennen. »Gib auf das Baby acht.«

Angstvoll sah sie zu ihm auf. »Versprichst du mir, in zwei Wochen nach Hause zu kommen?«

Um sie zu beruhigen, nickte er lächelnd. »Ja, gewiß. Jetzt muß ich gehen. Die Männer warten. *Au revoir.*« Er hauchte einen Kuß auf ihre Lippen, dann eilte er aus dem Frühstückszimmer.

Reglos stand sie da und lauschte seinen leichtfüßigen Schritten auf der Treppe. Als die Haustür ins Schloß fiel, lief sie nach oben, zu einem Balkon, der einen Ausblick in den Hof und ins ganze Tal bot. Sie beobachtete Apollo, hörte seine vertraute Stimme, die ungewohnt schroff klang, während er den Kriegern seine Anweisungen gab. Nachdem sie ihre Waffen und die übrige Ausrüstung überprüft hatten, stiegen sie auf die Pferde. Apollo lenkte Leda aus dem Hof, und die Männer folgten ihm paarweise die schmale Straße hinab.

Im Licht der Frühlingssonne schimmerte sein Haar wie Silber über dem schwarzseidenen Beschmet, einem kaftanartigen Leibrock. Beklommen musterte Kitty sein Arsenal – den gekreuzten Patronengurt, den Karabiner am Rücken, die Pistolen in den Hüfthalftern. Aus einer Scheide neben dem rechten Bein ragte der Kavalleriesäbel. Die beiden *kinjals* im Gürtel konnte sie vom Balkon aus nicht sehen. Alle Männer, von Apollo und seinem Urgroßvater sorgfältig ausgewählt, waren ähnlich bewaffnet und ritten erstklassige Vollblüter.

Am schmalen Paß, den zwei Krieger bewachten, wartete Iskender, um sich von seinem Urenkel zu verabschieden. »Hast du genug Leute?«

»Ja.«

»Wenn du mehr brauchst, schick mir einen Boten.«

»Ein zu großer Trupp würde Aufsehen erregen.«

»In zehn Tagen halten wir nach dir Ausschau.«

»Rechne lieber mit zwei Wochen. Sonst machst du dir unnötige Sorgen.«

»Nimm dich in acht. Ich weiß, du mußt und willst es tun. Aber du darfst diesem roten Bastard nicht dein Leben opfern.«

»Natürlich bin ich vorsichtig, Pushka. Karaim ist meine Stimme der Vernunft.« Grinsend wandte sich Apollo zu seinem Leibwächter, der neben ihm im Sattel saß und verächtlich schnaufte. Seit der Prinz zum erstenmal in Karaims Obhut geritten war, hatte er niemals auf vernünftige Ratschläge gehört.

»Nun, dann sehen wir uns in vierzehn Tagen, Pushka.« Apollo hob seine Hand zum Gruß. »Hast du meinen Brief an Kitty?«

»Ja«, antwortete der alte Mann und hoffte inständig, er würde ihn der Gräfin niemals übergeben müssen.

»Wenn es sein muß – paß gut auf Kitty und das Baby auf.«

»Sie wird die Position deiner Frau einnehmen, und das Kind ist dein Erbe. Darauf gebe ich dir mein Wort.« Auch Iskender hob die Hand. Feierlich segnete er seinen Urenkel. »Allah sei mit dir.«

Apollo spornte Leda an, und die Männer folgten ihm, in wehenden schwarzen Umhängen.

Als sie an dem alten Patriarchen vorbeiritten, rief er ihnen zu: »Schützt ihn mit eurem Leben!«

Alle Krieger nickten ihm zu.

Nach Apollos Abreise versuchte sich Kitty zu beschäftigen. Aber der Tag schien eine halbe Ewigkeit zu dauern. Sie wanderte durch den Palast, blätterte in einem Buch und stieg den Hang hinauf, zu einer schmalen Schlucht, in der sie oft mit Apollo spazierengegangen war. Am Abend wuchsen ihr Kummer und ihre Angst. Ohne Apollo fühlte sie sich sehr einsam in Dargo, wie eine Fremde. An die Sitten des Bergdorfs und die eingeschränkte Rolle nicht gewöhnt, die eine Frau hier zu spielen hatte, spürte sie, daß Iskender ihre Anwesenheit nur duldete. Offenbar wollte er sein endgültiges Urteil erst später fällen – wenn sie irgend etwas beweisen würde. Aber er behandelte sie niemals unhöflich, nur reserviert.

Während Apollo seinen geheimnisvollen Feldzug durchführte, lebte sie in seinem luxuriösen Palast, von zahlreichen Dienstboten umgeben und trotzdem allein –

ohne Familie und Freunde. Früher eine reiche Fürstin mit ihren eigenen Rechten und später die Gemahlin eines Grafen, war sie nun völlig von Apollo abhängig. Dieser veränderte Status führte zu schmerzlicher emotionaler Unsicherheit, und es fiel ihr schwer, sich der neuen Situation anzupassen.

Nicht nur ihre Liebe verband sie mit Apollo. Unter ihrem Herzen wuchs sein Kind heran. So sehr sie sich auch darüber freute, das Baby schränkte ihre Freiheit ein. Seinetwegen hatte sie vor dem General kapituliert – ein wunder Punkt, der zwischen Kitty und Apollo noch immer nicht ganz geklärt war. Außerdem beeinträchtigte die Schwangerschaft ihre Bewegungsfreiheit. Wenn Apollo davonritt, konnte sie ihm nicht mehr folgen, und sie verabscheute ihre weibliche Schwäche. Rastlos wanderte sie durch den riesigen Palast. Um Apollos Gegenwart heraufzubeschwören, saß sie stundenlang in seiner Bibliothek, im abgewetzten Ledersessel am Fenster. Oder sie wanderte zu dem Teich im Garten, wo sie in der Sonne gelegen hatten. Sie ordnete seine Sachen im Ankleidezimmer, berührte seine Haarbürsten mit den Elfenbeingriffen auf der Kommode und erinnerte sich, wie er vor dem ovalen Standspiegel seine schmalen Wangen rasiert hatte.

Manchmal ging sie ins Wohnzimmer seiner Mutter und betrachtete die Familienfotos auf Tischen, Konsolen und dem großen Konzertflügel. Besonders gut gefiel ihr das Bild vom zehnjährigen Apollo vor dem Hintergrund der kaukasischen Berge. Die Kinderaugen voller Übermut, in der heimischen Tracht, hielt er eine Stute am Zügel, die Leda glich. Der Wind zerzauste sein silberblondes Haar. Diese Aufnahme hatte sein Vater, Fürst Alex, geknipst, ein Amateurfotograf. Wie Apollo ihr erzählt hatte, war er an jenem Tag zum erstenmal auf einem ›richtigen‹ Pferd geritten, nicht mehr auf einem ›kindischen‹ Pony. Eine andere Aufnahme zeigte ihn vor seinem Flugzeug. Dieses Foto stellte sie für die Zeit seiner Abwesenheit auf ihren

Nachttisch. Er sah großartig aus, in hohen Stiefeln, einer Jodhpurhose und einer ledernen Fliegerjacke. Besitzergreifend lag seine Hand auf der Maschine, und er lächelte jungenhaft in die Kamera. Seit sie das Bild ins Schlafzimmer geholt hatte, fühlte sie sich ihrem Liebsten etwas näher.

Unter einem Stuhl lagen nach wie vor seine Reitstiefel, die er am letzten Abend achtlos hingeworfen hatte. Kitty erlaubte dem Diener nicht, die Stiefel zu entfernen. Natürlich war das albern. Aber wer achtete schon darauf? Zudem erweckte der Anblick die Illusion, Apollo wäre bei ihr.

Bitte, komm wohlbehalten zurück, flehte sie in diesen einsamen Tagen immer wieder. Und wenn er nicht heimkehrte? Was dann geschehen würde, wollte sie sich gar nicht vorstellen.

Am Morgen des dritten Tages beschloß sie, endlich etwas zu tun, statt Trübsal zu blasen. Ihr Versuch, den Haushalt zu führen, stieß auf sanften, aber energischen Widerstand. Seit der Palast erbaut worden war, erfüllte das Personal seine Pflichten, ohne auf Anweisungen zu warten. Apollos Vater glaubte, ein Haushalt würde von selbst funktionieren. Seine Mutter, Fürstin Zena, erkannte zwar diesen Irrtum, zog aber die Gesellschaft ihrer Familie und ihre Forschungsprojekte den Aufgaben einer Schloßherrin vor. Deshalb beharrte die Dienerschaft auf ihrer Autonomie.

Da Kitty im Haus keine Beschäftigung fand, befaßte sie sich mit der Landwirtschaft, was ihr ohnehin viel besser gefiel.

Glücklicherweise hütete der Verwalter Edyk seine Privilegien nicht so eifersüchtig wie das Hauspersonal. Er führte Kitty auf die Felder und erklärte ihr die Produktions- und Erntemethoden, zeigte ihr die bewässerten Wein- und Obstgärten. Sofort war Kitty in ihrem Element. Sie unterhielt sich angeregt mit dem freundlichen Mann und bot ihm ihre Hilfe an, die er sehr gern akzeptierte. Zu ihrer Erleichterung fühlte sie sich in den nächsten Tagen nicht mehr ganz so einsam.

Um diese Jahreszeit war Sochi ein warmes, sonniges Paradies voll üppiger subtropischer Vegetation. General Beriozov entspannte sich in einem gepolsterten Liegestuhl auf der sonnenhellen Terrasse eines Herrschaftshauses und betrachtete das Meer. Nach dem Fall Südrußlands, das von den letzten Resten des Weißen Heeres gesäubert worden war, machte er Urlaub in Sochi. Dieser Erholungsort hatte früher nur der Aristokratie zur Verfügung gestanden. Jetzt bewohnte er seit zwei Wochen die ehemalige Residenz des Großherzogs Vladimir. Wie üblich amüsierte sich der General mit Zechgelagen und Frauen. Aber seit Katharinas überstürzter Abreise hatte er keinen vollwertigen Ersatz gefunden, und die neuen Gespielinnen blieben jeweils nur wenige Tage im Herrschaftshaus am Meer.

Er schnippte mit den Fingern, ließ sich frischen Wodka einschenken und beschattete seine Augen mit einer Hand, um sie gegen den safrangelben Glanz der sinkenden Sonne abzuschirmen. Zufrieden ließ er seinen Blick über den Strand am Fuß des steilen, grasbewachsenen Hangs schweifen. Die Villa erhob sich auf dem Gipfel eines Hügels. In der Ferne sah er Limonenhaine und Teeplantagen. Duftende Bougainvillea umgab die Terrasse.

Wie so oft in letzter Zeit überlegte er, wie er sich an einem gewissen Pseudo-Oberst Zveguintzev und Gräfin Radachek rächen wollte. Seit er an jenem Morgen erwacht war und das Verschwinden seiner Geliebten bemerkt hatte, suchten seine Patrouillen nach den beiden. Möglicherweise waren sie an Bord eines der zahlreichen Schiffe gegangen, die nach Europa fuhren. Aber vielleicht auch nicht. Jedenfalls mußte er sie aufspüren. Ihre Flucht nach Europa würde seine Rache nur geringfügig verzögern. *Niemand* hatte General Dmitri Beriozov übertölpelt und war danach am Leben geblieben. Also würden auch der falsche Oberst und die reizvolle Gräfin ihre gerechte Strafe erleiden. Das war nur eine Frage der Zeit. Hoffentlich würde ihn ein natürlicher Tod – durch Krankheit oder Hunger verursacht – nicht um das Vergnügen bringen, die beiden eigenhändig zu töten.

Viel zu häufig für seinen Seelenfrieden dachte er an Katharina. Nicht nur ihre Schönheit faszinierte ihn. Schöne Frauen fand er überall. Sie strahlte eine seltsame Reinheit aus, eine bezaubernde Unschuld, wie die frischen Blüten früher Sommerrosen. In seiner Fantasie erschienen ständig diese großen grünen Augen, die gerade Nase, die vollen Lippen, die honigblonden Locken, die den Eindruck erweckten, sie wären von der Sonne geküßt worden.

Natürlich war die Unschuld nur eine Illusion. Sie besaß den hellwachen Verstand einer reifen Frau und die messerscharfe Zunge einer Xanthippe. Aber mit ihrer jungfräulichen Ausstrahlung hatte sie ihn erregt wie keine andere seiner zahlreichen Gespielinnen. Vielleicht würde er sie gar nicht töten, wenn er sie gefunden hatte – nur strenger bewachen. Diesmal würde seine goldene Nymphe in ihrem Gefängnis bleiben.

An diesem Abend wurden mehrere Frauen in die Villa am Schwarzen Meer gebracht. Er wählte zwei aus, verglich sie mit Katharina – und wurde wieder einmal enttäuscht. Trotzdem mußte er sein Verlangen täglich stillen. Die Abwesenheit der Gräfin konnte einen vitalen Mann nicht in einen Mönch verwandeln. Nachdem er die restlichen Frauen weggeschickt hatte, zog er sich mit seinen beiden Gefährtinnen ins große Schlafgemach im Westflügel zurück.

Der Querfeldeinritt von Dargo nach Sochi war ein lebensgefährliches Abenteuer, seit die Roten das Land beherrschten. Um das Risiko zu verringern und größeren Kavallerie- oder Infanterieeinheiten auszuweichen, galoppierten Apollo und seine handverlesenen Begleiter nur nachts nach Nordwesten. Zweimal wurden sie von Patrouillen entdeckt. Der ersten sprengten sie klugerweise davon, da sie in bedrohlicher Unterzahl waren, die zweite Reiterschar töteten sie. Ein Mann gegen zwei – kein Problem für Kaukasier. Je weniger Informationen über den Kriegertrupp aus den Bergen weitergeleitet wurden, der nach Norden ritt, desto besser.

Eines späten Abends, im dichten Nebel, erreichten sie Sochi. Zu zweit oder zu dritt fanden sie Quartiere und vereinbarten, einander am nächsten Tag im Westen der Stadt zu treffen. Sie mußten herausfinden, wo der General wohnte und wie viele Soldaten ihn bewachten.

Karaim, Sahin und Apollo erschienen schon früh am vereinbarten Treffpunkt, um einen möglichen Zugang zur Villa auszukundschaften, die der General requiriert hatte. Sein Lebensstil war das Stadtgespräch von Sochi. Deshalb hatten sie bald erfahren, wo er seinen Ausschweifungen frönte.

Nachdem sie die Küste gründlich erforscht hatten, hielten sie vier Meilen nordwestlich von Beriozovs Villa eine Besprechung ab. Aus der Brandung erhoben sich pittoreske Kalksteinklippen, andere Felsen säumten helle Strände. Beriozovs Villa lag über einem Strand, der sich über eine Meile weit in beiden Richtungen erstreckte.

Vom Strand aus gelangte man nur über eine schmale, in den Kalkstein gehauene Treppe zum Haus hinauf, die gewöhnliche Pferde nicht erklimmen konnten. Deshalb mußte dieser Zugang zum Heim des Generals nicht bewacht werden. Bei der Wahl seines Ferienhauses hatte er großen Wert auf solche Vorzüge gelegt.

Unter einem strahlendblauen Himmel standen Apollo und Karaim knietief in wilden Anemonen, die auf dem Gipfel einer Klippe wucherten. Am Fuß des Felsens funkelte das Meer. Sahin war beauftragt worden, die anderen Männer hierherzuholen.

Lächelnd blinzelte Apollo in die Sonne. »Das Unmögliche dauert nur etwas länger, nicht wahr, Karaim?« Zufrieden musterte er eine schmale Schlucht, die Regenströme im Lauf der Jahre gegraben und mit Geröll gefüllt hatten. Fast senkrecht verlief sie zum Strand hinab. Doch die Vollblüter aus Dargo, an steile, steinige Gebirgspfade gewöhnt, würden diesen Weg bewältigen, wenn sie behutsam dirigiert wurden.

»Und Reiter aus dem Meer, As-saqr As-saghir«, erwiderte Karaim ironisch. »Genauso unmöglich. Darauf werden die Roten niemals kommen.«

»Hoffen wir's. Gegenüber den Wachtposten sind wir in der Unterzahl. Kurz bevor die Sonne sinkt, steigen wir mit den Pferden hinab. Dann ist es noch hell genug, so daß wir sehen können, wohin wir die Tiere führen. Aber auf dem Rückweg wird's stockdunkel sein.«

Karaim nickte. »Und die Diener?«

»Die werden wir verschonen, wenn's irgendwie geht. Ich will nur mit dem General abrechnen – und mit der Roten Armee – und mit der Tscheka. Aber die Dienstboten sind keine Bolschewisten, die versuchen nur, am Leben zu bleiben.«

»Und die Damen?« Karaim wußte hübsche Frauen zu schätzen, und die ganze Stadt munkelte von den unstillbaren Lüsten des Generals, der jeden Abend neue Gefährtinnen in die Villa beorderte.

»Dafür werden wir keine Zeit finden, Karaim«, erwiderte Apollo lachend. »Sobald wir alles erledigt haben, müssen wir losreiten, um den Telegrafendrähten zuvorzukommen.«

Wenn uns die Flucht gelingt, dachten beide. Danach drehte sich das Gespräch um angenehmere Dinge.

Eine Stunde später trafen Sahin und die restlichen Männer ein. Sie berichteten, wie viele Soldaten die Eingänge der Villa bewachten, und Apollo entschied, der Großteil seines Trupps würde die landeinwärts gewandte Vorderfront angreifen, wo die meisten Soldaten standen. Obwohl Beriozov von einem ganzen Zug der Sechsten Division geschützt wurde, ließ die Disziplin zu wünschen übrig. Nach zweiwöchigem Müßiggang hatte die Wachsamkeit erheblich nachgelassen. Wie Sahin erklärte, verbrachten mehrere Soldaten die Abende in den Tavernen von Sochi, statt ihren Dienst zu versehen.

»Hoffentlich bildet dieser Abend keine Ausnahme«, meinte Apollo. »Warten wir noch zwei Stunden, dann gehen wir zum Strand hinab.«

In der Zwischenzeit rasteten sie hinter einem kleinen Hügel. Die Pferde grasten, die Männer lagen im duftenden Gras, rauchten und würfelten, unterhielten sich und schärften die Klingen ihrer Säbel. Nach wenigen Minuten schlief Apollo ein. Diese Fähigkeit hatte er in langen Kriegsjahren erworben. Er träumte von Kitty, von einem holzgetäfelten Schlafzimmer und dem süßen Duft frischer Gartenwicken. Als die Sonne über dem westlichen Horizont versank, rüttelte Karaim ihn wach. »Jetzt ist es soweit.«

»Endlich!« Apollo stand auf und schüttelte den Kopf, um die letzten Nebel seines Schlafs zu verscheuchen. Automatisch überprüfte er die Kammern seiner Mauser-Pistolen. Dann glitten sie in die gutgeölten Halfter zurück. »Gehen wir!« In seinen Augen erschien ein erwartungsvoller Glanz.

Vorsichtig führten die Männer ihre Pferde über das schlüpfrige Geröll hinab. Sobald sie sich im feuchten Sand versammelt hatten, befahl ihnen der Prinz aufzusteigen. Ein letztesmal wurden die Waffen inspiziert. »Möge Allah unsere Säbel leiten!« rief er, in seinen Steigbügeln aufgerichtet.

Ohne die geringste Nervosität zu zeigen, wiederholten die Männer Apollos Gebet.

»Der General gehört mir!« verkündete er, und alle verstanden, was in seinem Herzen vorging.

14

Aus dem Licht der sinkenden Sonne tauchten sie auf, in klassischer Kampfformation. Zunächst glaubte Beriozov, der auf der Terrasse einen Aperitif trank, an eine Sinnestäuschung, von rotgoldenen Strahlen hervorgerufen.

Die Augen zusammengekniffen, spähte er zum Meer hinab und nahm noch einen Schluck. Zweifellos flog nur ein Vogel vorbei. Der General sprang trotzdem auf. Normalerweise flogen die Vögel nicht so tief wie dieser schwarze Fleck, der sich meilenweit entfernt am Fuß der Klippen entlangbewegte und plötzlich verschwand.

Apollo und seine Männer waren hinter einen Felsen geritten, und das Feuer des Sonnenuntergangs begann zu verblassen, ging in sanftes Violett über. Nur ein Spiel von Licht und Schatten, entschied der General. Zweimal hob er das Glas an seine Lippen, ehe ihn ein wachsendes Unbehagen zwang, erneut aufzustehen. *Reiter!* Sein Atem stockte.

Inzwischen waren sie so nahe herangekommen, daß er seinen Augen trauen durfte. Sie galoppierten über den Strand, nur mehr eine knappe Meile entfernt. In ihren Gewehren mit golden niellierten Schäften und vergoldeten Sattelschuhen spiegelten sich die letzten Sonnenstrahlen. Solche Waffen trugen nur die Krieger aus den Bergen.

Seltsam – der Kopf des Anführers glänzte hellblond. Die meisten Kaukasier waren schwarzhaarig.

Was, zum Teufel, hatten sie auf diesem Strand westlich von Sochi verloren? Noch während er sich diese Frage stellte, erriet er die Antwort. Nur flüchtig überlegte er, wie die Pferde über die steilen Klippen zu diesem Teil der Küste gelangt waren. Jetzt ging es um Leben und Tod. Er ließ das Glas fallen, rannte ins Haus und erteilte mit durchdringender Stimme seine Befehle. Dann eilte er ins Schlafzimmer, wo seine Waffen auf dem Schreibtisch lagen. Seit seiner Ankunft am Schwarzen Meer trug er sie nicht mehr bei sich. Zwei Wochen nach dem Krieg hatte er seine Reflexe vernachlässigt und sich in falscher Sicherheit gewiegt.

Apollo sah die Gestalt von der Terrasse verschwinden und spornte Leda an. Die Säbel gezogen, ritten die Krieger die steilen, in den Kalkstein gehauenen Stufen hinauf. Seite an Seite erreichten Apollo und Karaim die Balustrade der Terrasse und attackierten drei Soldaten, die ein Maschinengewehr zur Brüstung trugen. Vier Mauserpistolen spien Flammen, und die Roten lagen leblos auf dem Marmorboden.

Nach wenigen Sekunden herrschte ein wildes Getümmel auf der Terrasse. Einige Kaukasier sprangen aus den Sätteln und stürzten sich auf die Soldaten, die ihnen entgegenliefen, die anderen ritten zur Rückfront der Villa, um die Gegner auszuschalten, die dort Wache hielten. Mit *kinjals*, Säbeln und Pistolen erledigten sie ihre Pflicht schnell und unspektakulär, unterstützt von ihren ausgezeichneten Pferden, die dem leichtesten Kniedruck gehorchten. In erstaunlich kurzer Zeit hatten alle Roten Soldaten den Tod gefunden.

Auf Apollos Befehl zerschnitt Sahin alle Telefonkabel. Der Prinz, Karaim und ein paar andere Männer durchsuchten das unheimlich stille Haus. Da der General nicht zu den Leichen zählte, mußte er sich in einem der Räume aufhalten. Die Pistolen gezückt, schauten sie in alle Zimmer. Schließlich entdeckten sie ihn im Weinkeller, hinter Fässern verschanzt, mit vier Soldaten und einem Maschinengewehr. Wenn er schon sterben sollte, wollte er einige seiner Feinde ins Jenseits mitnehmen. Wer sie waren, wußte er noch immer nicht.

Jetzt mußte Apollo so schnell wie möglich handeln. Für irgendwelche Finessen fehlte ihm die Zeit. Vielleicht hatte jemand telefoniert, bevor die Leitung unterbrochen worden war, und Verstärkung aus der Stadt angefordert.

Eine Maschinengewehrsalve beantwortete die Gewehrschüsse, und die Angreifer duckten sich hastig. »Hurensohn!« fluchte Apollo leise und atmete den Staub des Steinbodens ein. An diesem Ort wollte er gewiß nicht sterben, nachdem er all die Kriegsjahre überlebt hatte – schon gar nicht jetzt, während seine geliebte Kitty auf ihn wartete. »Holt Granaten!« stieß er hervor, und einer der Männer stürmte die Kellertreppe hinauf. Nach seiner Rückkehr schrie der Prinz ins stille Halbdunkel: »Ich will nur Beriozov! Wenn jemand verschwinden will, bevor wir diese Granate werfen, soll er mit erhobenen Händen hervorkommen!«

Langsam sank der Staub herab, den die Querschläger aufgewirbelt hatten. Einem unverständlichen Gespräch folgten scharrende Schritte. Ein Schuß krachte, ein Schmerzensschrei erklang. Dann herrschte tiefes Schweigen, bis Beriozov fragte: »Wer sind Sie?«

»Ein Freund der Gräfin Radachek.«

Sofort erkannte der General Apollos Stimme.

»Ah, der vermeintliche Oberst Zveguintzev!«

»Kuzan.«

»Offenbar hat Katharina einen reicheren Beschützer gefunden.« Seit über tausend Jahren stand der Name Kuzan für ein riesiges Vermögen und unvorstellbaren Luxus. »Natürlich hat Ihre Familie die Minen und Munitionsfabriken verloren. Aber wie ich höre, liegt das Geld der Kuzans unantastbar auf europäischen Banken. Bitte, bestellen Sie der Gräfin meine herzlichen Glückwünsche.«

Mit diesen boshaften Worten weckte Beriozov neue Zweifel in Apollos Seele. Hatte Kitty den General nur verlassen, weil ihr der Kuzan-Erbe eine bessere Zukunft bot – auch dem Kind, das sie erwartete?

Getrieben von seinem lebenslangen Haß gegen die imperiale Aristokratie, fuhr Beriozov fort, den Klassenfeind zu provozieren. »Und wie geht es der Gräfin, Prinz Kuzan?«

»Das braucht Sie nicht zu interessieren«, erwiderte Apollo tonlos.

Wenn das Telefonat mit Sochi, das der General befohlen hatte, nicht zustande gekommen war, würde er den Keller wohl kaum lebend verlassen. Das wußte er. Falls er doch noch auf Verstärkung hoffen durfte, wäre ein Zeitgewinn hilfreich. Und wenn nicht, würde ihm Katharinas neuer Beschützer in die Hölle folgen. Angesichts dieser Alternativen forderte er Apollo heraus: »Und ihre Schwangerschaft muß mich auch nicht interessieren?«

Ein Schauer rann über Apollos Rücken. »Allerdings nicht!« Sein kurzes Zögern verriet dem General, daß er einen wunden Punkt getroffen hatte.

Nun goß er noch Öl ins Feuer. »Ganz im Gegenteil, Kuzan, dafür interessiere ich mich sogar *sehr* – mit gutem Grund.« Bald nach Katharinas Gefangennahme hatte er festgestellt, in welchem Zustand sie sich befand, weil kein Monatszyklus seine sexuellen Aktivitäten störte. Er sprach nicht mit ihr über die Schwangerschaft. Von wem das Balg stammte, war ihm egal gewesen. Jetzt fragte er sich, ob Kuzan der Vater sein könnte. Wenn ja, hielt er eine wirksame Waffe in der Hand. Werdende Väter waren empfindlich.

»Verlogener Bastard!« fauchte Apollo und sprang auf, in jeder Hand eine Pistole.

»Was glauben Sie wohl, warum ich ihr einen Keuschheitsgürtel angelegt habe? Um sicherzugehen, daß es *mein* Kind ist. Den Frauen kann man nicht trauen, was jeder Narr weiß. Und Ihre Erfahrungen sind der beste Beweis dafür, Kuzan. Wie ich Ihrem Verhalten entnehme, waren Sie schon vor einiger Zeit mit der Gräfin intim. Und kaum hatten Sie ihr den Rücken gekehrt, ließ sie sich mit dem erstbesten Mann ein. Zeugt das nicht von ihrem Wankelmut? Wenn Sie Katharina für sich allein haben wollen, sollten Sie diese leichtfertige Person an Ihr Bett fesseln.«

»Das wird nicht nötig sein.«

»Wenn Sie sich da bloß nicht täuschen ... Nächstes Jahr um diese Zeit liegt sie längst in einem anderen Bett.«

Diesen Gedanken ertrug der Prinz nicht, und genau das hatte Beriozov beabsichtigt. Apollo – niemals vernünftig, wenn es um Kitty ging – trat zwei Schritte vor. In diesem Augenblick entschied Karaim, der Falke hätte sein Leben wegen dieser Frau schon oft genug riskiert. Kurz entschlossen schleuderte er die Granate auf die Fässer und zerrte ihn aus dem Weinkeller.

Während die Explosion krachte, preßten sich Apollo und seine Eskorte an die Außenwand. Die heftigen Vibrationen erschütterten ihre Körper wie Hufschläge, Rauch quoll aus der offenen Tür.

»Verdammt, ich wollte ihn für mich haben, Karaim!« zischte Apollo erbost.

»Dafür hatten wir keine Zeit«, entgegnete der Leibwächter und verschwieg seine wahren Beweggründe, die Iskender-Khan zweifellos verstehen würde. Kein bolschewistischer General, mochte er auch noch sooft mit der Gräfin geschlafen haben, war Apollos Leben wert. »Wir müssen verschwinden. Wahrscheinlich reiten die Truppen aus Sochi bereits hierher. Gehen wir. Der Schurke ist tot.«

Wie auf ein Stichwort drang Beriozovs heisere Stimme aus dem verwüsteten Weinkeller – ein Ruf, der dem Hades zu entstammen schien. »Kommen Sie, Kuzan, holen Sie mich!«

Lächelnd wandte sich Apollo zu Karaim und hob seine Pistolen. »Hast du's gehört? Offensichtlich irrst du dich.«

Der General lag im Sterben. Aber aus dem starken Körper eines sibirischen Bauern, der schon so viel überstanden hatte, wich das Leben nur ganz langsam. Nun richtete er sich auf, inmitten seiner toten Soldaten. Einen hatte er wütend erschossen, weil der feige Bastard entschlossen gewesen war, das Feld zu räumen. Die anderen hatte die Granate zerrissen. Der General war teilweise von einem großen Faß geschützt worden. Doch er wußte, daß sein letzter Atemzug kurz bevorstand. Seine Beine waren zerschmettert, sein linker Arm hing in blutigen Fetzen herab, mehrere Schrapnelle hatten seine Brust durchlöchert. Aus zahllosen Wunden quoll Blut. Auf den rechten Arm gestützt, kroch er über den Steinboden, lehnte sich an eine Wand. Seine Pistole zielte auf die Tür.

»Kümmern Sie sich nicht um ihn, Apollo«, mahnte Karaim leise. »Er ist so gut wie tot. Verschwenden wir keine Zeit. Wir brauchen fünf Tage, um das feindliche Gebiet zu verlassen.«

Aber Karaim sollte niemals erfahren, ob Apollo diese Worte gehört hatte, denn nun erklang wieder die keuchende Stimme des Generals. »Katharinas Kind stammt von mir, Kuzan. Denken Sie daran – jedesmal, wenn Sie's anschauen.«

Wie ein Panther auf der Jagd sprang Apollo durch die Tür des Weinkellers. Hinter dem Feuer seiner Pistolen lag ein kalter Glanz in seinen Augen und ließ keinen Zweifel daran, daß die Geschosse ihr Ziel erreichen würden. Weil er sich blitzschnell bewegte, konnte Beriozov nicht auf ihn zielen. Und während der General seine Automatic in knatterndem Stakkato leer schoß, bohrten sich die Pistolenkugeln in seine Brust. Endlich brach der skrupellose Kommandant der Sechsten Division, der Mörder und Vergewaltiger zahlloser unschuldiger Menschen tot zusammen.

Apollo richtete sich auf, die rauchenden Pistolen in beiden Händen. Ein paar Sekunden lang atmete er kaum, alles, was er dachte und fühlte, konzentrierte sich in dem haßerfüllten Blick, den er der Leiche zuwarf. Kittys grausame Gefangenschaft war gerächt. »Jetzt können wir gehen«, sagte er leise und schob die Mausers in ihre Halfter.

In den ersten beiden Stunden ihrer Flucht wurden sie nicht behelligt. Aber als die Lichter von Nalchik auftauchten, wurden Straßensperren errichtet, kreischende Panzerwagen verließen die Stadt und verrieten, daß man Beriozovs Tod entdeckt hatte. Eine Kupplerin und ihre Mädchen waren in die Strandvilla gekommen und beim Anblick der Leichen in hysterisches Geschrei ausgebrochen. Eine Stunde später betrat die Tscheka das Haus, und die Nachricht wurde telefonisch und telegrafisch in ganz Rußland verbreitet.

Bald erfuhr auch Iskender-Khan die Neuigkeit, da er die Spione in den Garnisonen an den Grenzen seines Territoriums großzügig bezahlte. Während ihn der Tod des Generals mit Genugtuung erfüllte, wußte er, daß Apollo und seine Männer in höchster Gefahr schwebten.

Seit der Abreise des jungen Prinzen hielt sich eine Truppe seines Urgroßvaters bereit. Er verstand Apollos Wunsch, das Abenteuer allein zu bestehen, und war stolz auf die Tapferkeit des Jungen. Aber nachdem er die Tat vollbracht hatte, durfte er sich nicht von der Roten Armee erschießen lassen.

Obwohl Iskender seit zehn Jahren kein Kommando mehr übernahm, ritt er diesmal selbst an der Spitze seiner sechshundert Krieger über den schmalen Paß, der das Dargo-Tal schützte. In jeder Garnison sprach einer der Männer mit den bezahlten Informanten und erfuhr die neuesten telegrafischen Nachrichten.

Offenbar war Apollos Trupp der Straßensperre bei Nalchik ausgewichen. Außerhalb von Muri starb eine Rote Patrouille, die über Apollos Späher gestolpert war und versucht hatte, sie zur Garnison zu treiben. In Dshava wurden die zwanzig Kaukasier kurz gesehen, dann in Ananur. Dem letzten Bericht zufolge galoppierten sie durch die Umgebung von Telav, in die Richtung der Berge.

Iskender-Khan änderte seinen Kurs ein wenig, ritt nach Südsüdwest und näherte sich Apollos Fluchtweg in einer Tangente. Eigentlich hatte er erwartet, der Junge würde die Gegend von Tush und Dido durchqueren. Aber offensichtlich steuerte er das Bogos-Gebirge an.

In dieser Nacht schlief niemand. Ohne zu essen oder zu schlafen, ritt Iskenders Trupp dahin und hielt nur kurzfristig an, um die Pferde trinken zu lassen. Voller Bewunderung musterten die sechshundert Krieger den alten Patriarchen, der die Ausdauer eines wesentlich jüngeren Mannes bewies.

Sein stolzer Geist würde weder ruhen noch rasten, ehe Apollo wohlbehalten zu ihm zurückgekehrt war. Noch nie hatte er sein Volk oder sich selbst einem anderen Herrscher unterworfen. Hin und wieder waren Armeen in sein Reich eingedrungen, aber niemals für längere Zeit. Seit Jahrzehnten schützte er seine Untertanen vor allen Feinden, mochten es Zaristen, Rote oder Weiße sein. Die kaukasischen Clans hatten schon vor der Gründung Rußlands im Gebirge gelebt, und sie würden fortbestehen, trotz aller politischen Veränderungen in Leningrad oder Moskau.

Gegen Mitternacht hörten sie in Kvarshi schlechte Nachrichten. Die Garnisonssoldaten von Shanada hatten eine Kaukasiertruppe in die Enge getrieben.

Grimmig schwang Iskender-Khan seine *nagaika* und spornte sein Pferd an. Die sechshundert Männer und ihr unbesiegbarer Anführer galoppierten nach Süden. Wenn ich Apollo verliere, dachte Iskender rachsüchtig, zünde ich dieses Land an, von Jalta bis Baku.

Eine Stunde vor Tagesanbruch entdeckten sie Apollos Reiterschar, die in einer schmalen Schlucht nahe der Hauptstraße nach Shanada festsaß. Nach Möglichkeit hatte der Prinz die Straßen gemieden. Aber diese drei Meilen lange Strecke mitten durchs Gebirge hätte ihnen einen mühsamen anderthalbtägigen Ritt über steile Bergpfade erspart.

Als sie um eine scharfe Kurve bogen, tauchte plötzlich die Straßensperre auf. Angesichts der Soldaten und schweren Artillerie zögerte Apollo kurz. Dann änderte er den Kurs und sprengte in die schmale Schlucht, die parallel zur Straße verlief. Auf diese Weise hoffte er, den Hinterhalt zu umgehen. Zu spät entdeckte er, was der Kommandant des Roten Trupps bereits wußte – die Schlucht endete in einer Sackgasse. Nun saßen Apollo und seine Männer in der Falle, von Gewehrsalven bedrängt.

Mit einer knappen Geste befahl Iskender seinen Kriegern, in Stellung zu gehen. Zu beiden Seiten der Schlucht postierten sich zwei Flanken, die gleichzeitig zum Angriff übergingen. Unter donnernden Hufen zitterte der steinige Boden. Als sich die Bolschewisten umschauten, gefror das Blut in ihren Adern. Aus zwei Richtungen stürmten schreiende Kaukasier heran. Auf einen solchen Kampf wollten sich die Roten nicht einlassen. In wildem Durcheinander versuchten sie nach Shanada zu flüchten. Kein einziger Roter Soldat erreichte die Garnison.

Verfolgt von Iskenders Kriegern, die unentwegt feuerten, starb einer nach dem anderen. Die Szene war der Alptraum aller Fußsoldaten – eine wehrlose Infanterie, von Kavalleristen gejagt. Gewehrkugeln, Säbel oder *kinjals* töteten die Roten. Unaufhaltsam sprengten die schwarzgekleideten Männer durch das Gedränge. Nach einer halben Stunde war die Aktion beendet.

Sobald Apollo den Kriegsruf der Kaukasier hörte, ritt er mit seinen Leuten aus der Schlucht, um seine Freunde zu unterstützen. Nach dem kurzen Kampf trafen sich Iskender und Apollo bei den Ruinen der Straßensperre. Sie zügelten ihre Pferde, und der junge Prinz salutierte – nicht zackig, sondern ruhig und höflich, wie er es in seiner Kindheit gelernt hatte.

Lächelnd erwiderte Iskender den Gruß. »Offenbar wart ihr in der Unterzahl, mein Junge.«

»Vielen Dank für die Rettung, Pushka. Weil wir uns einige Meilen ersparen wollten, wären wir beinahe gestorben. Aber die Pferde waren erschöpft ...« Seufzend zuckte er die Achseln. Es war ein kalkuliertes Risiko gewesen.

»Ein Wunder, daß du's bis hierher geschafft hast, As-saqr As-saghir«, meinte Iskender voller Stolz. »Immerhin ist ganz Südrußland unterwegs, um dich aufzuhalten.«

»Und du wolltest mit deiner Mannschaft gegen ganz Südrußland kämpfen?« fragte Apollo belustigt.

»Mehr Krieger konnte ich in der kurzen Zeit nicht zusammentrommeln. Aber mein Trupp war groß genug, um diese armseligen Gestalten zu besiegen«, fügte Iskender-Khan hinzu und warf einen kurzen Blick auf die Leichen. »Reiten wir nach Hause, mein Junge, in eine friedliche Zukunft.«

Vorerst stellte Iskender seinem Urenkel keine Fragen. Was er wissen wollte, würde er von Karaim und Sahin erfahren, die Einzelheiten interessierten ihn nicht. Wie er im neunten Jahrzehnt seines Lebens feststellte, spielten Details eine immer geringere Rolle, und eine gewisse Gelassenheit, was die Erfüllung des Lebenssinns betraf, gewann an Bedeutung. Auf welche Weise man ein Ziel ansteuerte oder erreichte, war nicht so wichtig wie die persönliche Befriedigung, wenn man seine Pläne erfolgreich verwirklicht hatte.

Am nächsten Tag, bevor sie sich am Fuß der Zitadelle trennten, sprach Iskender nur zwei Fragen aus. »Hat der Tod des Generals seinen Zweck erfüllt, mein Junge?«

»Ja.«

»Sind deine Zweifel beseitigt?«

»Ja«, antwortete Apollo. Aber Iskender sah heißen Zorn in den goldbraunen Augen aufblitzen und bereute seine Frage.

Apollo ritt nach Hause, zu der Frau, die er liebte, müde und verzweifelt. Vor seinem Rachefeldzug hatte er gedacht, Beriozovs Tod würde ihn von allen Seelenqualen befreien. Doch die letzten höhnischen Worte des sterbenden Generals verfolgten ihn unablässig.

Katharinas Kind stammt von mir, Kuzan. Denken Sie daran, wann immer Sie's anschauen …

Sein Leben lang hatte Apollo an die Macht von *kanlyn* geglaubt, der blutigen Vergeltung für schweres Unrecht. Nun wußte er, daß die Rache die Erinnerung an die Sünde nicht auslöschen konnte.

In meergrüner, mit Silberfäden durchwirkter Seide eilte Kitty die Stufen herab, als er in den Hof ritt. Sein Herz schlug schneller, und ihr Anblick zerstreute alle Bedenken.

Noch bevor er absteigen konnte, zerrte sie ungeduldig an seiner Burka. Die Augen voller Tränen und unverhohlener Liebe lächelte sie ihn an. »Ich hatte solche Angst ...«

»Alles in Ordnung«, erwiderte er und zog seine Lederhandschuhe aus.

Da bemerkte sie die Schnittwunden an seinen Händen. »O Gott, du bist verletzt!«

»Nur ein paar harmlose Kratzer, mein Schatz.« Er schwang sich aus dem Sattel, und sobald sie sich in seine Arme warf, vergaß er den letzten Rest seines Kummers. Nur die Gegenwart zählte, die gemeinsame Zukunft.

Leise schluchzte sie an seiner Brust. »Ich habe dich so vermißt.«

»Weine nicht, *dushka*«, bat er sanft. »Jetzt bin ich wieder da, und ich lasse dich nie mehr allein.«

Sie sah forschend zu ihm auf. »Keine weiteren Feldzüge?«

»Nächstes Mal wird Karaim das Kommando übernehmen. Also kannst du deine Tränen trocknen.«

»Die sind schon versiegt.« Lachend wischte sie sich ihre Wangen ab. Dieses heißersehnte Wiedersehen erschien ihr wie ein Paradies auf Erden.

»Und wie geht's dem Baby, *mamasha?*« Er schob sie ein wenig von sich und betrachtete ihren leicht gewölbten Bauch. In der Gewißheit ihrer Liebe konnte er die Frage stellen, ohne bitteren Zorn zu empfinden. Immerhin hatte er sich vor vielen Wochen auf einem kalten, verschneiten Berghang gelobt, ihrem Kind ein Vater zu sein.

»Großartig – und wir lieben dich beide.« Mutwillig fügte sie hinzu: »Ich glaube, du bedeutest mir sogar noch viel mehr als deinem Urgroßvater seine altsteinzeitliche Bronzesammlung.«

»Dann muß deine Liebe an Anbetung grenzen«, meinte er und grinste belustigt. »Hoffentlich werde ich dich niemals enttäuschen.«

»Das hast du nie getan.« Zärtlich strich sie über die schwarze Seide seines Beschmets.

»Ich werde stets mein Bestes tun. Gehen wir hinein. Nun haben wir den Dienstboten genug Gesprächsstoff geliefert. Außerdem brauche ich eine Mahlzeit, ein Bad – und dich. Leider in dieser Reihenfolge. Es sei denn, der Pferdegeruch würde dich erregen. Manche Frauen schwärmen dafür ...«

»Nachdem ich vierzehn Tage lang allein schlafen mußte, brauche ich keinen Anreiz, um in deine Arme zu sinken.«

Apollo hob die Brauen. »Also wirfst du dich nur an meinen Hals, weil du so lange einsam warst? Wäre dir *jeder* Mann willkommen?«

»Jeder«, bestätigte sie kokett, »wenn er groß und stark ist und goldbraune Katzenaugen und eine silberblonde Löwenmähne besitzt. So ein Mann treibt mich zum Wahnsinn.«

»Tatsächlich?« Sie betraten die große, mit persischem Porzellan und kostbaren Orientteppichen geschmückte Halle und stiegen die breite Treppe hinauf.

»O ja«, flüsterte Kitty und fragte sich, wie es diesem wunderbaren Mann gelungen war, eine wohlerzogene, zurückhaltende junge Ehefrau in eine hemmungslose Liebhaberin zu verwandeln. Seinetwegen hatte sie Ehre und Anstand vergessen und ihr Ehegelübde gebrochen. Sie würde ihm willig bis ans Ende der Welt folgen. Doch sie bereute nichts. Apollo schenkte ihr ein überwältigendes Glück, das die schönsten Träume ihrer Mädchenzeit übertraf.

In ihrer Liebe vereinten sich so viele Gefühle – sie liebte ihn mit der Unschuld eines vertrauensvollen Kindes, mit der Glut einer erblühten Frau, mit der schamlosen Leidenschaft einer Hure, mit jener innigen Zärtlichkeit, die eine werdende Mutter dem Vater ihres Kindes entgegenbrachte.

Endlich war er zurückgekehrt. Mehr wünschte sie sich nicht.

15

Beschauliche Frühlings- und Sommermonate verstrichen. In ihrer friedlichen Idylle dachten die beiden Liebenden nicht an die blutende, chaotische, von der Revolution verwüstete Außenwelt.

Manchmal tauchten kleine Mißstimmungen auf. Doch sie verflogen sehr schnell, und jede Versöhnung vertiefte das Glück.

Es dauerte eine Weile, bis Kitty sich an die untergeordnete Rolle der Frau in der kaukasischen Stammeskultur gewöhnte. Während die Männer kämpften oder jagten, kümmerten sich die Frauen um den Haushalt. Da Apollo ein tüchtiges Personal beschäftigte, mußte sich Kitty nicht mit solchen Pflichten befassen. Aber sie protestierte gegen die harte Arbeit, und die unterwürfige Haltung der Dorfbewohnerinnen erschreckte sie, nachdem sie Aladino jahrelang verwaltet und eine gewisse Unabhängigkeit erworben hatte.

Theoretisch verstand Apollo ihren Ärger über diese Ungerechtigkeit. Immerhin gehörte auch seine Mutter zu den wenigen unkonventionellen Frauen, die er kannte. Trotzdem beharrte er auf der traditionellen Überlegenheit des Kaukasiers.[13]

Solche Meinungsverschiedenheiten führten zu erbitterten Diskussionen, aber letzten Endes gelang es Apollo immer wieder, Kitty zu besänftigen.

Eines Nachmittags saßen sie in Korbstühlen auf der Terrasse und nahmen ein Sonnenbad. Dabei debattierten sie erneut über die Stellung der Frauen in Dargo. Apollo hütete sich vor bissigen Kommentaren. Nachdem sie zwei angenehme Stunden im Bett verbracht hatten, befand er sich in nachsichtiger, friedlicher Stimmung.

»Wenn wir nach Frankreich ziehen, möchte ich studieren«, verkündete Kitty.

»Klingt gut«, murmelte er und blinzelte wohlig in die Sonne. Schon seit Jahren gingen viele Frauen auf Universitäten, und seine Mutter war eine anerkannte Wissenschaftlerin. Außerdem hatten die Kuzans stets großen Wert auf die Bildung ihrer Frauen gelegt. Wie in seiner Familie üblich, hatte er an der Sorbonne studiert und sich auf Wirtschaftswissenschaft konzentriert. »Interessierst du dich für ein bestimmtes Fach?« Vielleicht würde ihr ein Kunst-, Literatur- oder Philosophiestudium eine nette Abwechslung bieten, wenn sie in Frankreich lebten. Eine Frau wie Kitty mußte sich auf Bridge- oder Teepartys tödlich langweilen.

»Landwirtschaft.«

»Großer Gott!« Apollo richtete sich auf und starrte die schöne schwangere Frau an seiner Seite ungläubig an. »Meinst du das ernst?« Landwirtschaft – wie unweiblich …

Herausfordernd hielt sie seinem Blick stand. »Hast du etwas daran auszusetzen?« fragte sie in honigsüßem Ton.

Als er den harten Glanz in ihren Smaragdaugen sah, beschloß er, klein beizugeben und sich an den Gedanken zu gewöhnen, seine Liebste würde eines Tages auf einem Traktor sitzen.

»Keineswegs.«

»Sehr gut«, entgegnete sie und lächelte zufrieden. »Irgend jemand muß doch Geld verdienen, während du deine Zeit auf Poloplätzen vertrödelst.«

»Wie erfreulich!« spottete er. »Dann wird mein Vermögen nicht angegriffen, und ich kann's für meine Freundinnen ausgeben.« Blitzschnell duckte er sich. Sonst wäre Madame Colettes neuester Roman, in Saffianleder gebunden, an seinen Kopf geflogen. Lachend wich er dem nächsten Buch aus, das in seine Richtung geschleudert wurde.

In diesem Sommer zeigte er Kitty die Schönheit seiner gebirgigen Heimat. Sie picknickten auf grünen, mit Enzian, Schneeglöckchen und Tigerlilien bewachsenen Lichtungen. Während Apollo in klaren Bächen fischte, lag Kitty im weichen Gras am Ufer. Sie bewunderte das grandiose Farbenspiel der Sonnenuntergänge, die schneebedeckte Gipfel in rosigen Glanz tauchten. Und sie liebten sich im Schatten hoher Bäume. Unermüdlich erforschten sie alle Nuancen ihrer Leidenschaft und Zärtlichkeit.

Trotz seines Liebesglücks blieb Apollo der Anführer einer heißblütigen jungen Kriegerschar, und manchmal gesellte er sich zu seinen Freunden. Während Arrak und Wein in Strömen flossen, wurde der nächste Feldzug erörtert.

Bei den letzten Kampagnen war Apollo daheim geblieben, obwohl es ihn drängte, auf Ledas Rücken zu springen und die neue bolschewistische Regierung in den Ebenen am Rand des Gebirges zu ärgern. Gutmütig akzeptierte er den unvermeidlichen Spott der Männer, wann immer er sich weigerte, an den Feldzügen teilzunehmen. Aber es fiel ihm schwer, die Anspielungen betrunkener Kameraden auf Kittys Beziehung zu Beriozov zu ignorieren.

Eines Abends im August erwähnte ein junger Bursche, wie viele Frauen in Bergdörfern außerhalb von Iskender-Khans Territorium von roten Schweinen mißbraucht worden waren. Sofort richteten sich alle Augenpaare auf Apollo.

Tiefe Stille erfüllte den Raum. Schließlich entgegnete der Prinz in eisigem Ton: »Ich glaube, das Thema wurde zur Genüge erörtert.« Sein Blick erinnerte an mörderische Duelle. Dann lachte er unerwartet. »Ach, zum Teufel, wann haben uns die Frauen *keinen* Ärger gemacht? Gebt mir den verdammten Weinkrug!«

Erleichtert stimmten alle in sein Gelächter ein, und mehrere Flaschen wurden geleert. Aber die alten beklemmenden Gedanken an Kittys Gefangenschaft waren zurückgekehrt, und Apollo ritt in düsterer Stimmung nach Hause.

Als er ins Wohnzimmer kam, hätte Kitty an seinem etwas unsicheren Gang und dem zerzausten Haar bemerken müssen, daß er nicht ganz nüchtern war. Auch die grimmig gerunzelte Stirn hätte ihr auffallen müssen. Doch sie vertiefte sich gerade in einen Roman über Lord Monmouths Leben im siebzehnten Jahrhundert und warf Apollo nur einen kurzen Blick zu. »Nun, wie war der Abend?« fragte sie und zählte die Seiten, die sie noch lesen wollte.

»Nicht besonders angenehm.« Apollo ging zum Kamin und trat gegen ein loses Holzscheit. Da die Sommernächte in den Bergen erstaunlich kalt waren, wurde nach Einbruch der Dunkelheit stets ein kleines Feuer entzündet.

Erst jetzt sah sie seine finstere Miene und schob ein Lesezeichen in ihr Buch. »Was ist passiert?«

»Das Übliche«, erklärte er, die verkrampften Fäuste auf dem Kaminsims. »Ein junger Kerl trank zuviel, konnte sich nicht zurückhalten und spielte auf meine ›entehrte Geliebte‹ an. O Gott, ich kann doch nicht alle umbringen, die sich darüber das Maul zerreißen!«

Entehrt? Seine Geliebte? Das erste Wort erzürnte Kitty, denn sie hatte die Wünsche des Generals nur notgedrungen erfüllt. Doch das zweite Wort weckte ein leichtes Unbehagen. Im Grunde war sie nichts anderes als Apollos Geliebte. Schließlich überwog ihr Ärger. »Wieso bin ich *entehrt?* Immerhin erwarte ich *dein* Kind.«

»Das behauptest *du*«, erwiderte er sarkastisch und starrte ins Feuer.

Entsetzt richtete sie sich auf. »Was soll das heißen?«

»Daß ich mir eine gewisse Skepsis gestatten darf. Vor dem letzten März habe ich nur drei Tage mit dir verbracht. Warum bist du so sicher?«

»Weil ich mit keinem anderen schlief.«

»Hast du den General vergessen?«

»Das war später – nachdem ich meine Schwangerschaft festgestellt hatte.«

»Kannst du das beweisen?«

Zu ihrer Bestürzung stieg heiße Röte in ihre Wangen. »Nein.«

Er wandte sich zu ihr und musterte sie zynisch. »Und du findest trotzdem, ich müßte dir glauben?«

»Verdammt, warum sollte ich dich belügen?«

»Ja – warum? Weil du andernfalls eine Närrin wärst. Wie du zugeben mußt, bin ich ein akzeptablerer Vater als der General.«

»Manchmal sehe ich keinen Unterschied zwischen euch beiden.«

»Da gibt es schon gewisse Unterschiede, meine Liebe«, antwortete er trocken. »Zum Beispiel benutze ich meine Peitschen nur, um Pferde anzuspornen.« Offensichtlich wollte er mit aller Macht einen Streit vom Zaun brechen. Kitty stand auf – entschlossen, die Herausforderung anzunehmen. »Natürlich, du stammst aus einer viel kultivierteren Familie. Niemals würdest du eine Frau schlagen. Statt dessen befiehlst du deinen Leibwächtern, sie zu töten, sobald sie dich langweilt. Vielleicht hätte ich bei Beriozov bleiben sollen«, fuhr sie verächtlich fort. »Da war ich mir wenigstens nicht *völlig* sicher, ob ich sterben müßte, wenn ich ihn nicht mehr beglückt hätte. Es ist wohl am besten, ich kehre zu ihm zurück.« In ihrer Stimme schwang kalte Bitterkeit mit.

Apollos Augen verengten sich. »Ohne meine Erlaubnis kämst du nicht aus dem Palast.«

»Oh, du arroganter Schuft! Würdest du mich gegen meinen Willen hier festhalten?«

Scheinbar leidenschaftslos erwiderte er ihren Blick. »Wenn ich dir einen Lederring um den Hals lege und dich an mein Bett kette, würde niemand im Umkreis von hundert Meilen auch nur die Brauen heben.«

»Du – du Barbar!« würgte sie hervor. »So gehst du also mit wehrlosen Frauen um!«

»Bis jetzt hatte ich's nicht nötig, solche Maßnahmen zu ergreifen. Aber deine Provokation könnte mich dazu veranlassen.«

»Wage es bloß nicht, mich zu bedrohen!« schrie sie.

»Und *du* solltest mich nicht reizen«, konterte er gefährlich leise. »Das wäre unklug.«

»Fahr zur Hölle! Und vergiß nicht – ich bin eine Fürstin und Gräfin und genauso wie du daran gewöhnt, mit den Fingern zu schnippen und meine Befehle befolgt zu sehen. Wenn ich abreisen will, wird mich kein Dienstbote zurückhalten. Und deine Ketten schüchtern mich nicht ein. Nicht einmal du würdest so tief sinken, eine schwache Frau zu fesseln.«

»Falls du zu Beriozov zurückkehren möchtest – das ist leider unmöglich.«

»Glaubst du, er würde mich nicht mehr aufnehmen?« fauchte Kitty.

Nach einem kurzen Schweigen lächelte er höhnisch. »Dazu ist er gar nicht fähig, weil ich ihn getötet habe.«

Ihr Atem stockte. In diesen wenigen Worten lag das ganze wilde Ethos des Gebirges. So deutlich wie nie zuvor wurden ihr die Unterschiede der Erziehung und der Ansichten bewußt, die sie von Apollo trennten. Für ihn war die Grenze zwischen Recht und Mord beängstigend dünn. Plötzlich fühlte sie sich in diesem Palast völlig fehl am Platz, allein und unsicher. Apollo war ihr Anker, ihr Leben – und innerhalb weniger Minuten ein Fremder geworden, ein kaltblütiger, reueloser Mörder.

Unglücklich schaute sie zu ihm auf, und er spürte ihre tiefe Verwirrung und ihre Verletzlichkeit. »Kenne ich dich überhaupt?« wisperte sie.

Wie niederträchtig ich bin, dachte er zerknirscht. Warum muß ich Kitty so gnadenlos quälen? Unter ihrem Herzen wächst ein Kind heran. An dieser Tatsache werden meine Zweifel nichts ändern. Seufzend strich er durch sein Haar. »So gut wie du kennt mich niemand. Verzeih mir mein ungezügeltes Temperament, meine Eifersucht – alle meine Sünden. Nur du kannst mich um meine Selbstkontrolle bringen. In Zukunft will ich mich besser beherrschen. Nun? Verzeihst du mir?« Endlich schenkte er ihr wieder jenes Lächeln, das sie so liebte. »Dieser alte sinnlose Streit bedeutet nichts, *dushka*. Nur eins ist wichtig – daß du bei mir bleibst.«

»Bist du sicher?« fragte sie zögernd. Gott helfe mir, nichts wird diese heiße Liebe aus meinem Herzen reißen, dachte sie, trotz seiner Grausamkeit, trotz seiner barbarischen Gesetze, die ich niemals begreifen werde.

»Völlig sicher«, beteuerte er und berührte ihre Schulter.

Da kapitulierte sie und sank in seine Arme. »Glaubst du mir, Apollo? Was das Baby betrifft?«

»Natürlich, meine Süße«, log er und küßte ihre Stirn.

Während der letzten Wochen waren einige Europäer an Iskender-Khan herangetreten, die in der Nähe von Dargo nach Öl bohren wollten. Obwohl Rußland von den Bolschewisten regiert wurde, wußten sie, daß sie für solche Bohrungen die Zustimmung der ortsansässigen Stammesfürsten brauchten. Am nächsten Morgen sollten zwei Repräsentanten der Firma Rothschild eintreffen, und vorher wollte Iskender mit seinem Urenkel über das Angebot sprechen. Deshalb lud er Kitty und Apollo zum Abendessen ein, an dem auch einige Verwandte teilnahmen. Danach führten der alte Patriarch und Apollo ein ernsthaftes Gespräch. Kitty hörte höflich zu. Manchmal wurde sie in die Unterredung einbezogen. Aber als die beiden Männer die geschäftlichen Angelegenheiten zur Genüge erörtert hatten und über Guerilla-Taktiken diskutierten, entschuldigte sie sich und verließ die Tafel, was Apollo kaum wahrnahm.

In einer Ecke des großen Salons spielten die anderen Frauen Karten. Kitty zog die Stille der Sternennacht dieser Gesellschaft vor. Von allen Verwandten des alten Mannes wurde sie freundlich behandelt. Nur seine junge Urgroßnichte Tamara begegnete ihr fast feindselig. Dieser Abend bildete keine Ausnahme. Bei der Mahlzeit hatte sie unentwegt versucht, mit Apollo zu flirten. Dagegen war er anscheinend immun. Als sie sich zu aufreizend benahm, brachte sie Iskender mit einem knappen Befehl zum Schweigen. Seither hatte sie theatralisch geschmollt. Um ihr auszuweichen, wanderte Kitty auf die Terrasse hinaus, atmete den süßen Duft der Rosen und des frischgemähten Heus ein. Am blauschwarzen Himmel funkelten unzählige Sterne.

Bald wurde die friedliche, romantische Atmosphäre von einer kühlen Stimme gestört, die neben Kittys Schulter erklang. »Da du ihn schon so lange an dich bindest, mußt du ziemlich raffiniert sein. Aber er wird dich niemals heiraten.«

Nur widerstrebend wandte sie sich zu Tamara. »Und das gefällt dir, nicht wahr?« Obwohl sie in ruhigem Ton sprach, war ihr ganz anders zumute. Dieses Mädchen verstand es meisterhaft, die Unsicherheit zu schüren, die sie manchmal immer noch empfand. Zu allem Überfluß sah die schwarzhaarige, gertenschlanke Kaukasierin auch noch bildschön aus.

Verächtlich ignorierte sie die Frage. »Er hat schon oft Frauen hierhergebracht. Und du bist auch nicht die erste, die von ihm schwanger wurde. Versuch doch mal herauszufinden, wie viele seiner Bälger in diesen Bergen herumlaufen.«

Bei diesen grausamen Worten zuckte Kitty unwillkürlich zusammen. »Ich interessiere mich nicht für seine Vergangenheit«, log sie. In diesen letzten Wochen war sie oft von heißer Eifersucht geplagt worden, wenn ihn alte Freundinnen liebevoll begrüßt hatten. Obwohl er diesen Frauen höflich und völlig unbefangen begegnete, stand sie Höllenqualen aus. Diese Beobachtungen verstärkten das Gefühl ihrer Unsicherheit. Welche Zukunft stand ihr bevor, einer verheirateten Frau, die das Kind ihres Geliebten erwartete?

»Vielleicht ist dir seine Vergangenheit egal.«

Helles Mondlicht beleuchtete Tamaras bösartiges Lächeln. »Aber es sollte dich interessieren, wie er seine Geliebten behandelt, wenn er ihrer – überdrüssig ist.«

Brennende Röte färbte Kittys Wangen. Glücklicherweise wurde ihr eine Antwort erspart, denn in diesem Augenblick erschien Apollo auf der Schwelle der Balkontür. »Bist du hier draußen, Kitty?« rief er.

»Ja«, antwortete sie hastig und maßlos erleichtert. Wahrscheinlich bin ich feige, dachte sie. Aber einem Wortgefecht mit Tamara wäre ich nicht gewachsen – und Apollos amouröser Vergangenheit ebensowenig …

»Lange wird er dich nicht mehr bei sich behalten«, zischte Tamara, während Apollo näher kam, immer noch außer Hörweite. »Wenn er auch weißes Fleisch liebt, niemals würde er eine *Giaur* heiraten. Eines Tages werde *ich* seine Frau sein. Frag ihn doch, was mit Noenia geschehen ist!« Hoch erhobenen Hauptes eilte sie an ihm vorbei und verschwand im Salon.

»Was hast du denn ausgerechnet mit Tamara besprochen?« Lächelnd ergriff er Kittys Hände.

»Nicht viel.«

»Das kann ich mir denken. Sie ist ein oberflächliches Kind und hat keinen einzigen ernsthaften Gedanken im Kopf.«

Ein Kind? Weit gefehlt. »Oh, einige schon.«

»Zum Beispiel?« entgegnete er skeptisch.

»Nicht so wichtig ...«, murmelte sie, und er verfolgte das Thema nicht weiter.

»Komm, schauen wir uns Karaims neueste Errungenschaft an. Sicher macht's dir Spaß.«

Entschlossen verdrängte sie alle Gedanken an Tamara. »Was ist es denn?«

»Zwei Filme, ein französischer und ein amerikanischer.«

Kitty hielt entzückt den Atem an. Wie Apollo wußte, schwärmte sie für Spielfilme. Deshalb hatte er Karaim gebeten, bei seinem letzten Raubzug welche zu besorgen.

»Wenn du brav bist, nehmen wir sie heute abend nach Hause mit und schauen sie an, *dushka*.«

»Hat Karaim nichts dagegen?«

»Doch«, erwiderte er lachend. »Aber soeben habe ich beim Würfelspiel gewonnen, und die Filme waren der Einsatz. Nun, wie sorge ich für dein Vergnügen?« Er hob sie hoch und wirbelte sie im Kreis umher.

»Ganz fabelhaft.«

Bevor er sie wieder auf die Füße stellte, küßte er ihre Lippen. Dann musterte er sie von Kopf bis Fuß, und sein Blick blieb an ihrem runden Bauch hängen. »Offensichtlich.«

Kitty folgte ihm kichernd ins Haus. Neben der Tür stand eine mißgelaunte junge Frau, die das kleine Zwischenspiel mit kalten Augen beobachtet hatte.

Während sie die Filme sahen und noch einen anderen erfreulichen Zeitvertreib fanden, vergaß sie Tamaras Sticheleien. Aber im hellen Licht des nächsten Tages erinnerte sie sich wieder daran. Apollo saß gerade auf der Fensterbank des Schlafzimmers und zog seine Stiefel an. Immer noch im Bett, beobachtete sie ihn. »Wer ist Noenia?« fragte sie betont beiläufig.

Mitten in der Bewegung hielt er inne. Sein Gesicht war eine unergründliche Maske. »Wer?«

»Noenia.«

Lächelnd stand er auf und ging zur Tür. »Diesen Namen habe ich nie gehört. Zieh dich endlich an! In zwanzig Minuten treffen wir uns im Frühstückszimmer. Und danach will ich mich um Leda kümmern.«

Großartig, dachte sie entmutigt und sah die Tür ins Schloß fallen. Wem soll ich glauben? Einem schnippischen kleinen Flittchen oder dem Mann, den ich liebe? Unwillkommene Gedanken stürmten auf sie ein – Peotr und seine zahlreichen Geliebten, Apollos fragwürdiger Leumund, die lasterhaften Gepflogenheiten junger russischer Aristokraten, die gespielt und getrunken und eine Frau nach der anderen verführt hatten … Natürlich glaubte sie dem schnippischen kleinen Flittchen. Oh, verdammt … Unglücklich vergrub sie das Gesicht im Kissen.

Er hat beteuert, er will mich heiraten, überlegte sie. Meint er's ernst? So was sagte sich leicht, vor allem, wenn die betreffende Frau schon verheiratet ist. Liebt er mich wirklich? Oder empfindet er nur eine vorübergehende Leidenschaft? O Gott, warum konnte Tamara ihre spitze Zunge nicht hüten? Nun fühlte sich Kitty unsicherer denn je – und furchtbar häßlich mit ihrem dicken Bauch. In drei Wochen würde sie ihre Füße nicht mehr sehen.

Wie, zum Teufel, hat sie von Noenia erfahren, fragte sich Apollo unbehaglich, während er die Stufen herabrannte. Diese verflixten klatschsüchtigen Weiber! Irgend jemand mußte Noenia erwähnt haben. Nach ihrem Verschwinden hatte er nur deshalb Himmel und Hölle in Bewegung gesetzt, weil Iskender einem Gerücht zufolge die Schuld daran trug. Dieses autoritäre Verhalten seines Urgroßvaters konnte Apollo in seinem jugendlichen Stolz nicht hinnehmen. Ein oder zwei Jahre später hatte er erfahren, Noenia würde in Besh-Tau leben, als Geliebte eines Großherzogs. Er wünschte ihr alles Gute. Wäre er rechtzeitig über Pushkas Absicht informiert worden, hätte er ihm die Konfrontation mit Noenias feurigem Temperament und eine beträchtliche Summe erspart.

Erstaunliche fünf Wochen lang hatte Apollo die Gesellschaft der hübschen Frau genossen, aber niemals beabsichtigt, sie zu heiraten – ebensowenig wie seine anderen Gespielinnen. Vielleicht sollte er Kitty das alles erklären. Doch es war schon so lange her. Am besten lasse ich's dabei bewenden, beschloß er. Manche Frauen geheimnißten romantische Gefühle in die ehemaligen Affären ihrer Männer hinein. Seine Liaisons hatten sich lediglich auf sexuelle Amüsements beschränkt.

Nach dem Frühstück wanderten sie zum Teich. Bis vor einigen Wochen waren sie morgens ausgeritten. Das erlaubte er Kitty jetzt nicht mehr, und deshalb hatte es hitzige Diskussionen gegeben. Sie fühlte sich ausgezeichnet, und sie liebte einen belebenden Galopp in frischer Morgenluft. Aber Apollo war unerbittlich, wiederholte die Ermahnungen der Dorfhebamme und fügte in strengem Ton hinzu: »Du wirst genau das tun, was man dir sagt.«

Während sie im Teich schwammen, gestand sich Kitty widerstrebend ein, daß ihre Bewegungsfreiheit tatsächlich beeinträchtigt war. Seufzend musterte sie ihren runden Bauch im klaren Wasser. Warum wurde eine Schwangerschaft von so unangenehmen Nebenerscheinungen begleitet?

Später zogen sie sich an und lagen in süß duftendem Gras, unter einem Birnbaum voller Früchte. Obwohl Kitty verzweifelt versuchte, Tamaras boshafte Worte zu vergessen – das Bedürfnis, die Wahrheit zu erfahren, ließ sich nicht verdrängen. Schließlich platzte sie heraus: »Erzähl mir von Noenia. Sie war hier bei dir. Das weiß ich.«

Langsam blickte Apollo von seinem Buch auf. »Wer hat's dir verraten?«

»Also erinnerst du dich an sie«, entgegnete Kitty, in etwas zu scharfem Ton. »Und deine Kinder … Davon hast du nie gesprochen. Wie viele hast du schon, außer meinem Baby? Wenn es dir nichts ausmacht – es würde mich sehr interessieren.«

»Allzuviele sind's nicht.«

Die ausweichende Antwort brachte sie in helle Wut. »Nicht *allzuviele!* Und was genau soll das heißen?«

»Zwei.«

»Leben sie in Dargo? Siehst du sie manchmal? Besuchst du ihre Mütter? Warum hast du's nie erwähnt?«

»Weil ich's nicht so wichtig fand.«

»Natürlich, für einen Wüstling sind Kinder unwichtig.«

»Für mich ist's nur deshalb unwichtig«, erwiderte er geduldig, »weil die Kinder in Europa leben, bei ihrer Mutter und ihrem Stiefvater. Als die Dame ihre Schwangerschaft feststellte, war sie nicht daran interessiert, einen siebzehnjährigen Jungen zu heiraten. Damals fand ich das ziemlich herzlos. Ihr Verlobter war glücklicherweise sehr verständnisvoll, nachdem er aus Ägypten zurückgekehrt war. Seit die Zwillinge geboren wurden, sah ich sie nur viermal.«

»Tut mir leid«, flüsterte Kitty zerknirscht.

»Mir auch.«

Die Melancholie in seinen Augen verwirrte sie. Aber da die Stunde der Wahrheit begonnen hatte, mußten alle ihre Fragen beantwortet werden.

»Warum hast du heute morgen den Eindruck erweckt, du würdest Noenia nicht kennen?«

»Weil sie keine besondere Rolle in meinem Leben spielte. Wer hat dir von ihr erzählt?«

Resignierend legte er sein Buch ins Gras. Er haßte es, wenn Kitty sich aufregte. Vor allem wegen so sinnloser Dinge.

Oh, diese verdammte männliche Arroganz! Gab es irgend etwas in seinem Leben, das er wichtig nahm? »Wieso interessiert dich das?« Erbost richtete sie sich auf, und er wollte sie stützen. Aber sie stieß seine Hand beiseite.

»Erklär mir, was mit Noenia passiert ist!«

»Sobald du mir mitgeteilt hast, von wem du's weißt.«

»Also gut. Von Tamara.«

»Das hätte ich mir denken können. Dieses Biest!«

»Macht's denn einen Unterschied, wie ich's erfahren habe? Offensichtlich klatscht ganz Dargo über deine Amouren. Und ich bin nur ein weiterer Appetithappen in der Gerüchteküche.«

»Hör mal, Kitty!« Eindringlich schaute er ihr in die Augen. »Erstens – nur dumme, boshafte Mädchen wie Tamara tratschen über meine ›Amouren‹. Und zweitens – über dich wird niemand auch nur ein einziges Wort verlieren, weil ich dich liebe und heiraten werde.«

»Warum sollte ich dir glauben? Nachdem du mir die Zwillinge verschwiegen und behauptet hast, diese mysteriöse Noenia nicht zu kennen? Ganz zu schweigen von den Huren, die du gemeinsam mit Peotr in ganz Rußland beglückt hast! Wahrscheinlich erzählst du jeder Frau, du würdest sie lieben.«

Beinahe hätte er über ihre Naivität gelacht. »Wenn ich nicht mit dir zusammenleben wollte, wärst du nicht hier. Im Lauf der Jahre habe ich die Kunst entwickelt, meinen diversen – Gefährtinnen höflich Lebewohl zu sagen. Die wenigen, die ich etwas länger ertrug, besaßen gewisse reizvolle Fähigkeiten. Aber keine einzige konnte mein Herz erobern. Das ist erst dir gelungen, *dushka.*«

»Also gehört das alles der Vergangenheit an?« Der aufrichtige Klang seiner Stimme erwärmte ihr Herz.

»Einer sehr fernen Vergangenheit. Du bist die erste und einzige Frau, die mir etwas bedeutet. Von Anfang an habe ich dich geliebt, trotz meiner Freundschaft mit Peotr, trotz deiner unseligen Gefangenschaft in Beriozovs Hotelsuite. Du bist mein Leben.« Zärtlich strich er über ihre Wange. »Zufrieden?«

»Sehr zufrieden. Solange du nicht vergißt, von Noenia zu erzählen ...«

»Darf ich's nicht?« Seufzend verdrehte er die Augen.

»Ich will die ganze Geschichte hören.«

»Obwohl sie langweilig ist?«

»Apollo!«

»Warum bist du so verdammt neugierig?« fragte er grinsend.

»Nur besorgt. Womöglich liegt Noenia angekettet in einem dunklen, feuchten Verlies ...«

»Wenn du's unbedingt wissen mußt ...« Apollo holte tief Atem. »Es ist schon so lange her.« In knappen Worten und nicht ganz wahrheitsgemäß schilderte er seine Beziehung zu Noenia. »Als ich das letztemal eine Nachricht von ihr erhielt, lebte sie in Besh-Tau, mit ihrem Beschützer, dem Großherzog Constantin. Und da ich ihren Selbsterhaltungstrieb kenne, wird sie inzwischen nach Paris übersiedelt sein. Genügt dir das?«

Glücklich nickte sie und schmiegte sich an Apollos Brust. »Du mußt meine Sorge verstehen. In meinem Zustand fühle ich mich so dick und schwerfällig und häßlich. Das verunsichert mich. Und wenn ich dann auch noch von boshaften Mädchen wie Tamara gequält werde ...«

»Denk nicht mehr an dieses Biest, Liebling«, unterbrach er sie und beschloß, seiner kleinen Kusine die Leviten zu lesen. »Du bist so schön wie eh und je, nicht dick, sondern schwanger. Das ist ein großer Unterschied.«

»Wirklich?«

»O ja.« Nach einem leidenschaftlichen Kuß fügte er hinzu: »Und ich freue mich auf die Geburt ...«, krampfhaft schluckte er, dann fuhr er lächelnd fort: »auf die Geburt meines Kindes. Und jetzt sag mir, wie sehr du mich liebst.«

»Über alles«, flüsterte sie an seinen Lippen.

»Gut. Aber du hast ohnehin keine Wahl. Weil ich dich niemals gehen lasse.«

Damit war Tamaras Bosheit endgültig vergessen.

Während Kitty am Nachmittag mit Edyk über die Getreidefelder wanderte und die bevorstehende Ernte besprach, spürte Apollo seine junge Kusine im Garten hinter einer kleinen weißgetünchten Villa auf. Dort saß sie mit ihren Freundinnen unter Walnußbäumen. Die Webstühle blieben unbeachtet, weil die Mädchen lieber Klatschgeschichten austauschten.

Mit einer gebieterischen Geste schickte Apollo die beiden Freundinnen weg und zeigte mit einem Finger auf Tamara. »Ich muß mit dir reden.«

Unbehaglich starrte sie die *nagaika* in seiner Hand an.

»Warum, zum Teufel, hast du Kitty von meinen früheren Geliebten erzählt? Dazu hattest du kein Recht.«

»Aber sie gehört nicht zu uns«, klagte Tamara, die verwöhnte Enkelin eines mächtigen Familienoberhaupts. »Sie ist eine Außenseiterin – und mit einem anderen verheiratet.«

»Nicht mehr lange.« Nur widerstrebend erinnerte er sich an dieses diffizile Problem. Als er nachdenklich die Stirn runzelte, versuchte sie die vermeintliche Gunst des Augenblicks zu nutzen. »Nimm mich, Apollo, und laß die blonde Frau gehen.« Aufreizend schlang sie ihre Arme um seinen Hals, doch er riß sich sofort los.

»Nein, Tamara«, erwiderte er sanft.

Wütend ballte sie die Hände. »*Mich* verschmähst du!« fauchte sie. »Aber du hältst eine Hure aus, die mit allen Roten Soldaten in Stavropol geschlafen hat!«

»Halt den Mund, Tamara«, befahl er tonlos. »Ich warne dich. Laß Gräfin Radachek in Ruhe. In ihrem Zustand darf sie sich nicht aufregen.«

»Oh, du liebeskranker Narr!« kreischte sie. Dann brach

sie in höhnisches Gelächter aus. »Weißt du, was alle sagen? Das Kind ist gar nicht von dir!«

Zum erstenmal in seinem Leben schlug er einer Frau ins Gesicht. »Wenn du das noch einmal sagst, wirst du's bitter bereuen.« Seine Finger umschlossen den Peitschengriff so fest, daß die Knöchel weiß hervortraten. »Das meine ich ernst.« Drohend starrte er in ihre Augen, bis sie seinem Blick auswich. Dann kehrte er ihr abrupt den Rücken und verließ den Garten.

16

Unerwartet begannen Kittys Wehen, einige Wochen zu früh. Apollo hatte ihrer Bitte, endlich wieder mit ihr auszureiten, nachgegeben und einen weich gepolsterten Damensattel besorgt.

Auf dem Weg zu einem einsamen Bergsee hielten sie wiederholte Male an, damit sie sich ausruhen konnte. Vielleicht war der Ritt trotzdem zu anstrengend, die dünne Luft in den hohen Bergen setzte ihr auf irgendeine Weise zu, oder das Schicksal bewirkte, daß sie das Baby an einem Ort gebar, den Apollo ganz besonders liebte. Silbertannen umgaben den klaren blauen See. Nahe dem Ufer stand ein kleiner Pavillon.

Zunächst erwähnte Kitty den flüchtigen Schmerz nicht. Sie hatte schon in den letzten Tagen und auch an diesem Morgen Krämpfe gespürt, die aber sofort wieder verflogen waren. Außerdem sollte das Baby erst im September zur Welt kommen.

Am Nachmittag erhob sie sich von einem duftenden Bett aus Gras und Klee, wo sie mit Apollo gelegen und die Sonnenwärme genossen hatte. Plötzlich rann eine warme Flüssigkeit zwischen ihren Schenkeln hinab. In wilder Panik hielt sie den Atem an. Sie waren weit vom Dorf entfernt. In solchen Dingen unerfahren, wußte sie nicht, was mit ihr geschehen würde. Und an diesem abgeschiedenen See wollte sie's auch gar nicht herausfinden.

Während Apollo die Reste des Picknicks in einen Ranzen packte, hörte er Kitty nach Luft ringen. Er wandte sich zu ihr, sah das Entsetzen in ihren Augen, die nassen, schwach mit Blut getränkten Flecken auf der weißen Seidenhose.

»O Apollo – es ist zu früh«, stammelte sie. »Was sollen wir tun? Der Rückritt dauert zwei Stunden und ...«

Erschrocken beobachtete er, wie sie sich zusammenkrümmte und ihre Arme auf den Bauch preßte, das Gesicht schmerzverzerrt. Er ließ den Picknickkorb fallen, hob sie hoch und trug sie in den Pavillon. Ganz vorsichtig setzte er sie auf den Teppich vor dem steinernen Herd. Ehe er sich aufrichten konnte, wurde sie von neuen Krämpfen erfaßt und schlang stöhnend die Arme um seinen Hals. »Versuch dich zu entspannen, *dushka*«, bat er und streichelte ihren Rücken, von einer Furcht erfüllt, die er in vier Kriegsjahren kein einziges Mal empfunden hatte.

»Mein Gott, es tut so weh«, flüsterte sie an seiner Brust. Langsam verebbte der Schmerz, und die Finger, die sie in Apollos Schultern gegraben hatte, lockerten sich.

»Nachdem die Fruchtblase geplatzt ist, geht's sicher ziemlich schnell.« Er hatte sich zu ihr gesetzt und hielt ihre Hände fest. Irgendwie mußte er sie besänftigen. Seine Gedanken überschlugen sich. Wie sollte er diese bedrohliche Situation meistern?

»Was soll ich tun, Apollo? Ich habe keine Ahnung, denn ich verließ mich auf Daria, die alles weiß ... Offenbar mußt du mir helfen, das Baby zu gebären.«

Das kann ich nicht, dachte er, aschfahl unter der Sonnenbräune.

Wenige Sekunden später wurde sie von neuen Schmerzen geplagt. »Apollo!« flehte sie.

Er nahm sie in die Arme und drückte sie an sich. Unter seinem schwarzseidenen Beschmet rann kalter Schweiß die Brust hinab. Um seine Nerven und sein Herz zu beruhigen, das wie rasend pochte, holte er tief Atem. »Du schaffst es, Kitty, und ich helfe dir. Während der letzten Jahre habe ich in den Flüchtlingszügen viele Geburten beobachtet.« Nachdem die Qualen nachgelassen hatten, lag ihr Kopf in seiner Armbeuge. Ermutigend lächelte er sie an und verbarg seine Angst. Wenn irgend etwas schiefging ... Er konnte Kitty unmöglich allein lassen und Hilfe holen. Allmächtiger, steh uns bei, betete er stumm.

In den letzten Wochen hatte Kitty unter der Anleitung der Dorfhebamme einige Entspannungsübungen ausprobiert. Warum hat die Frau nie erwähnt, wie schmerzhaft eine Niederkunft ist, überlegte sie seufzend und zwang sich zu einem Lächeln. »Tut mir leid, ich fürchte, du mußt dich um zwei Babys kümmern – um deins, das bald geboren wird, und um mich. Hätte Daria mir bloß erklärt, wie weh das tut ... Dann wäre ich darauf vorbereitet gewesen.«

»Wahrscheinlich behält sie's für sich, weil sonst keine Frau in Dargo Kinder kriegen würde«, versuchte er zu scherzen.

»Verzeih mir, wenn ich schreie ...«

Liebevoll strich er das zerzauste Haar aus ihrer Stirn. »Schrei, soviel du willst. Ich wünschte, ich könnte dir die Schmerzen abnehmen.«

»Halt mich einfach nur fest, dann ist alles gut ...« Bei den nächsten Wehen bemühte sie sich, tief zu atmen, wie es die Hebamme empfohlen hatte. Als sie immer stärkere Schmerzen spürte, schrie sie leise, grub die Fingernägel durch Apollos seidenen Beschmet und hinterließ kleine halbmondförmige Spuren auf seiner Haut.

Kitty nahm den purpurroten Sonnenuntergang, den farbenprächtigen Abschied der Natur von einem schönen

Sommertag, gar nicht wahr, in ständig kürzeren Abständen von ihren Wehen gepeinigt. Die Atemtechnik konnte die Schmerzen kaum lindern.

Nachdem die Sonne erloschen war, stand Apollo auf, um ein Feuer im Steinherd zu entzünden. Dann kehrte er zu Kitty zurück, nahm sie wieder in die Arme und küßte die Tränen von ihren Wangen. Am Westhimmel stieg der Mond auf, und die Geburt schien nicht voranzugehen.

Apollo verdrängte seine Sorge mit dem Gedanken, daß eine erste Niederkunft immer ihre Zeit brauchte. Aber er fragte sich beunruhigt, wie lange Kittys zierlicher Körper das Leid verkraften würde. Wenn er auch einige Geburten mit angesehen hatte, wußte er nicht, woran er etwaige Komplikationen erkennen sollte. Er erinnerte sich, daß die Kinder der Flüchtlingsfrauen unter viel schlimmeren Umständen zur Welt gekommen waren. Im letzten November hatten Apollo und einige seiner Kameraden eine hochschwangere Frau auf dem Bahnsteig von Orel gefunden und in seinen Waggon getragen. Wenig später hatte sie in seinem Bett ihr Baby geboren, Mutter und Kind waren am Leben geblieben. Daraus schöpfte er Hoffnung. Nachdem jene arme Frau die Niederkunft in einer so schrecklichen Situation bewältigt hatte, würde es mit Gottes Hilfe auch Kitty gelingen.

Um Mitternacht kannte sie nur noch Angst und Qualen. Zwischen den gräßlichen Wehen dachte sie, bald würde sie den Tod finden. Das Baby schien sich nicht zu bewegen. Falls irgend etwas nicht stimmte, wußten weder Kitty noch Apollo, was zu tun wäre. Als sie sich vorstellte, sie müßte den geliebten Mann verlassen, mischten sich Tränen der Trauer und des Schmerzes. Versuch rhythmisch zu atmen, ermahnte sie sich.

Schließlich traf Apollo eine Entscheidung. Zwei Stunden wollte er noch warten. Wenn die Geburt bis dahin noch immer nicht vorangeschritten war, würde er Kitty ins Dorf hinabbringen. Er konnte einfach nicht untätig zusehen, wie sie starb. Er begann zu reden, um sie von ihrem Leid und sich selbst von seiner Angst abzulenken.

Während er sie zärtlich streichelte, sprach er über den Sommer, den sie zusammen verbracht hatten, die Angelausflüge zu den Gebirgsbächen, die Nachmittage im Obstgarten, über Pushka und Karaim. Dann erzählte er von seiner Kindheit, von der Schule, seinen Besuchen in Paris, von Kindermädchen und Lehrern und Verwandten. Allmählich fiel es ihm schwer, noch neue Themen zu finden. Aber er redete unentwegt, weil es Kitty zu beruhigen schien. Als sie wunderbarerweise einnickte, rannte er zum See und holte einen Eimer kühles Wasser. Sorgsam wusch er ihr verschwitztes Gesicht und hüllte sie in weiche Wolldecken, die er aus einer Truhe genommen hatte.

Die Zeit kroch langsam dahin. Erschöpft von ihren Schmerzen gewann Kitty manchmal den Eindruck, sie würde einen bösen Traum erleben. Doch die Schmerzen holten sie immer wieder in die grausame Realität zurück. Sie klammerte sich an Apollo, und seine Kraft spendete ihr Trost. In seinen starken Armen fühlte sie sich geborgen. Seine sanfte Stimme wirkte wie Balsam. Jedesmal, wenn neue Schmerzwellen durch ihren gepeinigten Körper jagten, schrie sie gellend und verlor beinahe das Bewußtsein. Apollo tat sein Bestes, um ihr beizustehen, flüsterte zärtliche Worte in ihr Ohr und verfluchte seine Hilflosigkeit.

Kurz vor dem Ende der zweistündigen Frist, die er sich gesetzt hatte, geriet Kitty in einen Dämmerzustand jenseits aller Wirklichkeit. Und dann begann ein intensiver Schmerz ihre Sinne zu durchdringen, obwohl sie sich gegen die unerwünschte Wahrnehmung wehrte. Diese Wehen übertrafen alles, was sie bisher erduldet hatte. Schreiend bäumte sie sich auf, immer wieder, bis ihr Körper die geschundene Seele bemitleidete – Kitty fiel in Ohnmacht.

Unheimlich hallten ihre Schreie von den Felswänden am See wider. Apollo packte sie verzweifelt an den Schultern, versuchte sie aus dem schwarzen Abgrund zurückzuholen. Voller Entsetzen sah er Blut durch die Wolldekken sickern und den Teppich tränken.

»Allmächtiger, laß sie nicht sterben!« flehte er und schlug die Decken auseinander.

Im selben Moment geschah ein Wunder. Zwischen Kittys Schenkeln tauchte ein winziger Kopf auf, gefolgt von den Schultern. Mit bebenden Händen zog er seinen Sohn aus dem Mutterleib und benutzte sein Messer, das er schon vor Stunden gründlich gereinigt hatte, um die Nabelschnur zu durchschneiden. Und es war tatsächlich sein Sohn. Es gab keinen Zweifel. In seinem Arm lag ein kleiner Engel mit silberblondem, flaumigem Haar und schrägen Katzenaugen. Nach einem schrillen Protestschrei verstummte der Säugling und starrte seinen Vater an.

In Apollos Augen brannten Tränen des Glücks und der Erleichterung. Einige Minuten später hörte er Kittys leise Stimme. »Jetzt tut nichts mehr weh.« Wie durch einen Nebelschleier sah sie Apollos Gesicht, das sich zu ihr herabneigte. Dann fielen ihr die Augen zu, ein schwaches Lächeln umspielte ihre Lippen. »Ich hab's geschafft, nicht wahr?«

Hingerissen betrachtete er das kleine Geschöpf in seinem Arm. »Ja, Liebste, du hast mir ein Kind geschenkt.«

Während sie ermattet schlief, wusch er das Baby und wikkelte es in einen Kaschmirschal. Danach saß er bei Kitty und bewunderte seinen Sohn. Wie im Traum, aus weiter Ferne, hörte sie seine Stimme, und als sie erwachte, etwas deutlicher. Doch sie brachte nicht die Kraft auf, seinen Worten zu lauschen, und schlummerte wieder ein.

Viel später öffnete sie die Augen und wandte sich zu dem winzigen Bündel, das neben ihr lag.

»Haben wir einen Sohn oder eine Tochter?«

»Einen bildhübschen Sohn, *dushka.*«

»Ist der alte Streit beendet?«

»Ja, unwiderruflich, Liebling«, beteuerte er, grinste verlegen und entfernte den Schal vom Gesicht des Babys, um ihr zu zeigen, wem es glich.

Entzückt betrachtete Kitty das hellblonde Haar, die kleine gerade Nase, die schrägen Tatarenaugen. Niemand konnte an der Vaterschaft zweifeln. »Oh, er ist so schön!«

»Wie seine Mutter.«

»Aber er hat *deine* goldbraunen Augen«, betonte sie zufrieden. Deine Augen, die mich zärtlich necken, dachte sie, die mir schmeicheln und mich verführen und mich zwingen, dir alles zu verzeihen ...

»Mein Liebling, ich danke dir von ganzem Herzen für diesen Prachtburschen.«

»Freust du dich?« fragte sie unsicher. Plötzlich fühlte sie sich wieder sehr verletzlich. Sie war nicht mit Apollo verheiratet. Vielleicht lebte Peotr noch, irgendwo in der Welt jenseits des Gebirges. Würden die Bewohner von Dargo das Kind akzeptieren? Die Gesetze dieser Berge übten einen großen Einfluß auf Apollos Denkweise aus.

»Natürlich freue ich mich – über alle Maßen.« Vorsichtig berührte er die Wange des Babys, dann zog er Kittys Hand an die Lippen. »Wie soll ich dir jemals vergelten, was du erlitten hast? Jetzt ist's überstanden, dem Himmel sei Dank. Ich muß dir gestehen – in dieser Nacht bin ich durch die Hölle gegangen. Das werde ich niemals vergessen. Tut dir wirklich nichts mehr weh?«

»Gar nichts. Apollo – auch ich will ein Geständnis ablegen. In diesen schrecklichen Stunden hatte ich manchmal gute Lust, dich zu erwürgen, weil ich deinetwegen so viel erdulden mußte. Obwohl's nicht nur deine Schuld war.«

»Ja, eine gewisse Rolle habe ich bei der Zeugung deines Sohnes gespielt«, gab er lächelnd zu. »Und in dieser Nacht wurde ich immer wieder von bitterer Reue erfaßt ...« Zu ihrer Überraschung zitterte seine Stimme. »O Kitty, ich bin so stolz auf dich und den Sohn, den du mir geschenkt hast.« Von Glück überwältigt, küßte er ihr Haar, ihre Lider, ihre Lippen. »Ich liebe dich.«

»Und ich dich«, hauchte sie. Welch ein sonderbarer Mann ... Kaltblütig konnte er töten – und doch so zärtlich sein, von tiefen Gefühlen bewegt.

Unter der warmen Vormittagssonne trug er seine Familie den Hang hinab, weil er Kitty in ihrem gegenwärtigen Zustand die Erschütterungen eines Ritts nicht zumuten wollte. Die Pferde trotteten hinterher und blieben manchmal stehen, um zu grasen.

Vorsichtig stieg er bergab. Kitty hielt das Baby im Arm. Bald schlief sie ein, den Kopf an Apollos Brust gelehnt. Als sie erwachte, erklärte er: »In ein paar Minuten erreichen wir unsere Sommerweiden.«

»So lange trägst du uns schon?« rief sie bestürzt. »Du mußt dich ausruhen – sofort!«

»Im Augenblick bist du nicht in der Lage, Befehle zu erteilen«, erwiderte er grinsend.

Aber nach einer Weile fügte er sich ihren Wünschen. Sie machten Rast, aßen die Essensreste, die er in seinem Ranzen mitgenommen hatte, und tranken kühles Wasser aus einer Gebirgsquelle.

Sobald sie das Dorf erreichten, wurden sie von den Bewohnern umringt und beglückwünscht. Eine lange Prozession folgte ihnen zum Marmorpalast und bejubelte die Geburt eines neuen Erben. Lächelnd nahm Apollo die Gratulationen entgegen. Nie zuvor war er so glücklich gewesen, umringt von Menschen, die er liebte, die ihn liebten und auch sein Kind lieben würden. Obwohl alle wußten, daß die Gräfin nicht die Frau des Falken war – sie hatte ihm einen wunderbaren Sohn geschenkt, und nur das zählte. Das Freudenfest dauerte fünf Tage.

Am Wochenende kehrte der Alltag zurück, und eines späten Abends trank Iskender mit seinem Urenkel eine Flasche Wein. »Hast du schon einen Namen für den Jungen ausgesucht?« fragte er und füllte die ziselierten persischen Kelche.

»Noch nicht. Kitty hat ihre eigenen Ideen, und bisher konnten wir uns nicht einigen.«

»Aber er sollte bald getauft werden.«

»Auch das ist ein strittiger Punkt.«

»Wie sich die Zeiten seit meiner Jugend geändert haben!« seufzte der betagte Despot. »Die Frauen werden immer ...«

»Unkontrollierbarer?«

»Genau. Angeblich nennt man das Fortschritt.«

»Ganz egal, was man davon hält – ich liebe Kitty.«

»Und was empfindest du für deinen Sohn?«

Iskenders Augen strahlten vor Stolz. Er hatte das Baby bereits mit Geschenken und Adelstiteln überhäuft und ihm kostbare Pferde übereignet, wie es sich für einen kaukasischen Krieger und künftigen Khan geziemte.

»Dieses Gefühl kann ich gar nicht beschreiben.« Apollo liebte seinen Sohn heiß und innig. Unentwegt wollte er mit ihm spielen, und es fiel Kitty schwer, ihm das Baby zu entreißen, wenn es gestillt werden mußte. Er half ihr, den Kleinen zu baden und zu wickeln. Jeden Tag ging er mit ihm ins Dorf und zeigte ihn glückstrahlend allen Leuten, die sich mit ihm freuten.

»Er ist sehr schön«, meinte Iskender, »und wenn ich's hinzufügen darf, ohne dich zu erzürnen – zweifellos bist du der Vater.«

»Was ich dir schon vor Monaten versichert habe«, erwiderte Apollo und lächelte nachsichtig.

»Unverschämter Kerl! Als ob du nicht auch erleichtert aufgeatmet hättest.«

»Vielleicht ein bißchen«, gab Apollo zu.

»Und wann soll die Hochzeit stattfinden?«

Die unvermittelte Frage überraschte Apollo nicht. Seit Tagen hatte er damit gerechnet. Gewiß, er fand es wichtig, die Mutter seines Erben zu heiraten. Aber es war nicht unbedingt nötig. »Derzeit ist alles in der Schwebe. Vor einigen Monaten, bevor wir in die Berge ritten, hinterlegte ich in Poti eine Nachricht für Papa und bat ihn, Kittys Scheidung zu ermöglichen. In den Briefen, die er mir seither schrieb, erwähnte er nichts davon. Wahrscheinlich gibt's Probleme. Das war unter diesen Umständen zu erwarten. Irgendwie muß Peotr gefunden oder für tot erklärt werden. Wäre der Zar noch am Leben und an der Macht, könnte er den Behördenkram mit einem Erlaß umgehen. Aber so wie die Dinge liegen ...« Seufzend zuckte er die Achseln.

»In der Zwischenzeit könnte deine Familie wachsen.«

»Dann müßten eben alle Kinder auf einmal als meine legitimen Erben anerkannt werden. In dieser Hinsicht blikken die Kuzans auf eine lange Tradition zurück. Und die Schwierigkeiten wurden stets gemeistert. Wie du weißt, Pushka, öffnet Geld alle Türen. Hoffentlich werde ich bald eine gute Nachricht von Papa erhalten. Kitty bedeutet mir sehr viel, und ich möchte sie möglichst bald heiraten.«

»Gut. Was den Namen und die Taufe betrifft, werdet ihr euch sicher einigen. Es ist unklug, As-saqr As-saghir, einer Frau stets ihren Willen zu lassen.«

»Meistens bestimme *ich*, was geschehen soll. Aber es macht mir Freude, Kittys Wünsche zu erfüllen, und ich werde reich belohnt.«

»Hm«, murmelte der alte Mann und zwinkerte seinem Urenkel zu, den er nie zuvor so glücklich gesehen hatte.

Letzten Endes bekam der jüngste Kuzan einen sehr langen Namen, da weder sein Vater noch seine Mutter klein beigaben. Kitty wollte ihn nach ihrem Vater Gregory nennen, und Apollo fand, sein Vater hätte die gleiche Ehre verdient. Also wurde Alexander hinzugefügt. Auch sein Clan bestand auf einem Namen – Yarak, was starker Jagdfalke bedeutete. Natürlich mußte man das traditionelle Patronymikon ebenso berücksichtigen. Und so hieß das Baby Prinz Gregory Alexander Yarak Apollonovich Kuzan. Seine Eltern gaben ihm nach russischer Adelssitte einen englischen Kosenamen – Cub (Küken).

Seit seiner Geburt stand Cub im Mittelpunkt ihres Lebens. Als er zum erstenmal lächelte, behaupteten beide, er sei außergewöhnlich klug. Und wenn er mit seinen Zehen spielte, bewunderten sie seine Geschicklichkeit. »Heute habe ich ihm dein Foto gezeigt, Apollo, und da lachte er.« Kitty strahlte vor Stolz. Da Cub so überaus intelligent war, sollte er an der Sorbonne studieren, entschieden sie, nicht an Le Rosey. Eifrig schmiedeten sie Zukunftspläne – in allen Einzelheiten, wozu Tennis, Polo, Nizza, englische Gouvernanten und französische Châteaus zählten. Apollo erwähnte nichts vom Grauen der Revolution, von den Männern und Frauen und Kindern, die zu Tausenden spurlos verschwanden. Und er verschwieg auch, daß sie Gefangene in ihrem Paradies waren. Während Cub heranwuchs, würden sich die Pläne vielleicht ändern. Vorerst endete die Welt an den Grenzen das Dargo-Tals.

Im sonnigen Herbst 1920 erfuhren sie von Wrangels endgültiger Niederlage auf der Krim. Aserbeidschan war bereits im April gefallen.

Während die Bolschewisten ganz Südrußland mit Ausnahme Georgiens einnahmen, leisteten ihre Gegner erbitterten Widerstand.

Immer wieder brachen die Dargo-Krieger zu Raubzügen auf. Nicht weit entfernt, in Aserbeidschan, war die Rebellion noch nicht vollends niedergeschlagen. Es drängte Apollo, die Gelegenheit zu nutzen, in sowjetische Nasen zu kneifen und sowjetisches Gold zu ›konfiszieren‹.

In einer Novembernacht lag er neben Kitty im Bett, auf einen Ellbogen gestützt und streichelte ihre nackte Haut. Nach leidenschaftlichen erotischen Aktivitäten fühlten sich beide glücklich und zufrieden. »*Ma petite,* für eine würdevolle Mutter besitzt du einen höchst verlockenden Körper.« Federleicht glitten seine Finger von ihrem Hals zu den Hüften hinab. »Habe ich dir in letzter Zeit erzählt, daß ich dich vergöttere?«

Schläfrig lächelte sie ihn an. In ihren grünen Augen

spiegelte sich der Widerschein des Kaminfeuers. »Obwohl ich eitle Frauen verabscheue – sag's mir noch mal. Seit du's zum letztenmal erwähnt hast, sind einige Minuten verstrichen.«

»*Je t'adore*«, flüsterte er in ihr Ohr. Als sein warmer Atem eine rosige Brustwarze streifte und feurige Küsse eine feuchte Spur über die elfenbeinweiße Haut zogen, begann das Objekt seiner Vergötterung leise zu stöhnen.

»Nein, nein …«, hauchte Kitty und schlang ihre Finger in Apollos hellblonde Locken. Jetzt lag sein Kopf zwischen ihren Schenkeln. Aber ihre Sinne konnten dem verführerischen Angriff nicht widerstehen. Bald ging der halbherzige Protest in wohliges Seufzen über, als Apollos Zunge das Zentrum ihrer Weiblichkeit erforschte, und wenig später in ungeduldiges Flehen. »Bitte …«

Atemlos leckte sie über ihre Oberlippe. »Ich muß dich in mir spüren. Jetzt gleich …«

»Du spürst mich doch«, erwiderte er und warf ihr nur einen kurzen Blick zu, ehe er die aufreizenden Liebkosungen fortsetzte.

In süßer Qual wand sie sich umher. Seine flackernde Zungenspitze jagte immer neue heiße Wellen durch ihr Blut. »Bitte, Apollo, *chéri*, bitte, bitte! Willst mich umbringen?«

Endlich hob er den Kopf. »Ah, du möchtest was anderes in dir spüren?«

»Ja, ja – schnell.«

»Und wie dringend brauchst du's?« neckte er sie, das Kinn auf ihrem seidigen Schamhaar. Seine Finger wanderten über ihren glatten Bauch.

»Apollo …«, klagte sie.

»Dafür mußt du mir einen kleinen Gefallen erweisen.«

»Alles …«

»Alles?« wiederholte er und hob in gespielter Verblüffung die Brauen. »Wenn man dich so reden hört, könnte man fast unbescheiden werden.«

»Apollo!«

»Keine Bange, mein Schatz, ich beeile mich.«

Kitty zerrte an seinen Schultern, und er legte sich auf ihren Körper. Bevor er mit ihr verschmolz, zögerte er. »Tust du mir den Gefallen?«

»Ja, ja!« Mit seinen Liebeskünsten hatte er ein Feuer entfacht, das sie nicht mehr kontrollieren konnte, und sie kannte nur noch ein einziges Ziel – die erlösende Erfüllung.

Ganz langsam vereinte er sich mit ihr und sorgte dafür, daß sie jede einzelne Sekunde der Bewegung auskostete, bis er tief in sie eingedrungen war. Die Augen geschlossen, hob sie ihm die Hüften entgegen, genoß das exquisite Gefühl, vergaß alles außer ihrem überwältigenden Höhepunkt. Nach wenigen Sekunden zog er sich zurück.

»Nein!« rief sie, starrte ihn mit verschleierten Augen an und hielt seine Arme fest.

»Still, *dushka!*« mahnte er, schüttelte ihre Finger ab und streichelte ihren Busen. »Du bist so ungeduldig. Laß dich berühren – da – und da ...« Kitty erschauerte lustvoll. »Siehst du, wie dir das gefällt?« Apollos heisere Stimme verriet sein eigenes Verlangen, während er ihre schlanken Beine auseinanderschob. Warm und betörend preßten sich seine Handflächen an die Innenseiten ihrer Schenkel. Als er die feuchte Hitze spürte, wußte er, daß sie beide nicht länger warten konnten. Ihre Lippen fanden sich, Kitty schlang die Beine um seine Hüften, und sie versanken gemeinsam in einem wunderbaren irdischen Paradies.

Danach lag sie zufrieden in Apollos Armen und erinnerte sich vage an einen ›Gefallen‹, den er vorhin erwähnt hatte. »Was habe ich dir im Bann meiner Leidenschaft versprochen?« fragte sie und betrachtete sein lächelndes Gesicht, die geschlossenen Augen. »Es war sehr unfair von dir – die Situation so schamlos auszunutzen!«

Ohne die Lider zu heben, erwiderte er verschlafen: »Im Krieg und in der Liebe ist alles erlaubt.«

»Aber du hast mich übervorteilt«, beschwerte sie sich. »Das war niederträchtig.«

»Hast du deshalb so laut geschrien – kurz bevor's vorbei war?«

Das Blut stieg ihr in die Wangen, was er glücklicherweise nicht sah. »Sag's endlich! Was habe ich dir versprochen?«

»Nicht zu schimpfen, wenn ich an einem Feldzug teilnehme.«

Abrupt stieß sie seine Arme beiseite und richtete sich auf. »Dazu wäre ich niemals bereit gewesen ...«

»Unter normalen Umständen nicht«, gab er zu.

»Du hast mich hereingelegt!«

»Liebling ...« Jetzt hob er die Lider und legte die Hände auf ihre Schultern. »Es war nur ein Spiel. Natürlich nehme ich dich nicht beim Wort. Aber – ich würde so gern mit den Kriegern reiten. Denk darüber nach. Seit dem Frühling bin ich pflichtbewußt daheim geblieben. Acht Monate. Das haben meine Freunde akzeptiert, wenn sie's auch nicht verstehen. Und manchmal hat's meinem männlichen Stolz ganz schön zugesetzt. Nur aus Liebe zu dir und Cub konnte ich's ertragen.«

»War's so schwierig?« seufzte sie.

»Nein – weil ich wußte, wieviel es dir bedeutet hat.«

»Und jetzt willst du die Männer wieder begleiten?«

»Nur manchmal. Wenn's nicht zu gefährlich ist. Ganz Aserbeidschan und Dagestan haben zu den Waffen gegriffen. Mittlerweile befindet sich die georgische Militärstraße in den Händen der Inguschen und Osseten, was sie ausnutzen, um möglichst viele Automobile zu stehlen. Die Tschetschenen greifen die Terekkosaken an, die ihr Land seit hundert Jahren für Rußland besetzen. Grosny wird belagert. Vor ein paar Tagen wurden sowjetische Streitkräfte bei Arkaz besiegt. Der ganze Kaukasus kämpft für seine Unabhängigkeit. Verstehst du, wie sehr es mich reizen würde, feindliche Munitionslager zu zerstören, sowjetische Gehaltskassen zu plündern, um die Aufständischen zu unterstützen – oder einfach nur die Soldaten einer Roten Garnison zu ärgern, die unschuldige Dorfbewohner schikanieren? Aber wenn du dagegen bist ...« Seine Stimme erstarb.

Mühsam würgte Kitty hervor: »Vermißt du das alles so schmerzlich?«

»Es war mein Leben.«

»Und ich hab's dir genommen.«

»Dafür hast du mir sehr viel gegeben, und ich beklage mich nicht – nur ...«

»Jetzt hast du lange genug darauf verzichtet?«

»Findest du mich sehr selbstsüchtig? Tut mir leid. Wenn ich Karaim und Sahin nach solchen Kämpfen zurückkehren sehe ... Oh, verdammt, ich weiß es nicht.« Ungeduldig strich er sich das lange Haar aus der Stirn. »Vergiß es, Liebling, das war eine schlechte Idee.«

»Wohin reiten sie nächstes Mal?«

Forschend erwiderte er ihren Blick. »Nach Derbent. Dort sollen in drei Tagen Lohngelder eintreffen.«

»Ist es gefährlich?«

»Ein Kinderspiel.« Kitty holte tief Luft. »Bleib nicht zu lange weg.«

Jubelnd zog er sie an seine Brust. »In vier Tagen bin ich wieder da, ohne einen einzigen Kratzer.« In diesem Augenblick glich er einem kleinen Jungen, der zum erstenmal das Glück der Freiheit spürt. »Oh, du ahnst nicht, wie sehr ich dich liebe!«

»Sag's mir«, wisperte sie, verdrängte ihre Angst, und er erfüllte ihren Wunsch.

Am nächsten Morgen brach die Truppe auf, in festlicher Stimmung, weil Apollo endlich wieder das Kommando führte. Jeder Reiter hatte ihn mit einem Handschlag begrüßt, alle hielten die Anwesenheit des Falken für ein gutes Omen.

Als Kitty im Hof stand und den Kriegern nachschaute, drehte sich Apollo im Sattel um und winkte ihr zu. Nach dem langen Müßiggang so freudig erregt wie ihr Herr, trabte Leda voller Tatendurst den Bergweg hinab, und sobald sie die Straße im Tal erreichten, ließ er ihr die Zügel schießen.

17

Apollo und Karaim standen auf einer Sandsteinklippe und blickten durch Ferngläser auf Petrovsk hinab.

In einem knappen Monat hatten sie zwei erfolgreiche Angriffe geführt, und der bolschewistische Kommandant gelobte sich, die Guerillas aus dem Gebirge würden *sein* Gold nicht auch stehlen. Deshalb schützte er den Geldtransportzug mit strengen Sicherheitsvorkehrungen. An jedem Fenster und jeder Tür waren Maschinengewehre postiert, und alle Waggons wimmelten von Soldaten.

»Es wäre reiner Selbstmord«, bemerkte Apollo, während sein Fernglas von der Lokomotive zum Ende des Zugs glitt. »O Gott, er hat fast die ganze Garnison da reingestopft.«

»Eine Schande«, seufzte Karaim.

Apollo lächelte. »Und wir haben nichts zu tun, bis das Gold in der Garnison von Derbent deponiert wird.« Er ließ das Fernglas am Lederriemen baumeln, der um seinen Hals hing. »Vermutlich werden die Männer, die in Petrovsk zurückbleiben, diese Woche bezahlt.«

»Allerdings, As-saqr As-saghir.«

»Warum wollen wir uns mit einer Lohnliste begnügen, wenn wir zwei kriegen können?«

»Ja – warum?«

»Betreibt Madame Gautier immer noch ihr Geschäft in Mokhovaya?«

»Die Ehefrauen und Freundinnen der Volkskommissare lieben Seide und Satin genauso wie die Aristokratinnen«, erwiderte Karaim verächtlich. »Trotz der Revolution.«

»Gehen wir einkaufen? Kitty hatte kein neues Ballkleid mehr seit ...« ›Seit sie Aladino verlassen hat‹, wollte er sagen. Dann erinnerte er sich an den Schrank voller kostbarer Roben in Stavropol. »Schon sehr lange«, wich er deshalb aus.

Karaims ruhige Stimme verriet nicht, daß er den Grund des Zögerns erriet. »Auch ich würde ein oder zwei hübsche Kleider brauchen.«

»Eher drei oder vier, nach deinem Leumund zu schließen.«

Ohne eine Miene zu verziehen, zuckte Karaim die Achseln. »Allah meint es gut mit mir.«

An diesem Abend wurden die Lohngelder für die Petrovsk-Garnison mit minimalem Aufwand und ohne Verluste auf seiten der Angreifer entwendet. Die kleine Wachmannschaft, die in der Kaserne zurückgeblieben war, erleichterte die Aufgabe. Danach gingen Apollo und Karaim zu Madame Gautier. Ungeduldig warteten die restlichen Mitglieder des Trupps vor dem exklusiven Modegeschäft, bis einige Kleider ausgewählt und mit sowjetischem Gold bezahlt wurden.

Sobald die Telegrafendrähte am nächsten Morgen repariert waren, leitete man die Neuigkeit vom Überfall auf Petrovsk nach Derbent weiter, und die Schutztruppe des Geldtransports kehrte sofort zurück. Wütend schwor der Kommandant, die Schurken unbarmherzig aufzuspüren. Er schien die Gegend nicht zu kennen. Im Gebirge gab es Schlupfwinkel, in denen man sich ein Leben lang verstekken konnte.

Während der Zug nordwärts rollte, ritten Apollo und seine Männer nach Derbent. Kurz nach Mitternacht saß er mit drei Kriegern im Büro der Derbent-Garnison, wo sich der Safe befand. Tote Rote Soldaten, natürlich sorgsam verborgen, bildete gewissermaßen eine Fährte zu dem Raum mit der Nußbaumtäfelung. Die Augen halb geschlossen, rekelte sich der Prinz in einem wuchtigen gepolsterten Schreibtischsessel und beobachtete Sahins Vetter Yazid, der die Safekombination entschlüsselte. Nach fünf Minuten knackte der kluge junge Mann den Safe. Er hatte in Baku zwei Monate lang als Bankkassierer gearbeitet. Dort wandte er besondere, von einem alten Onkel erlernte Kenntnisse an. Vor Yazids Rückkehr nach Dargo war die Bank um eine beträchtliche Summe erleichtert worden.

»Manchmal, Karaim«, bemerkte Apollo auf dem Rückweg zu den Pferden, die beim Kellereingang warteten, »macht's einen ganz nervös, wie leicht sich diese Bolschewisten bestehlen lassen. Ich fürchte, eines Tages werden wir vor lauter Langeweile unseren Elan verlieren.« Die schwere Satteltasche mit den Goldmünzen auf einer muskulösen Schulter, öffnete er die Kellertür.

»Wenn die Telegrafendrähte vor morgen früh repariert werden, könnte uns ein aufregender Rückritt bevorstehen, und wir würden in Übung bleiben.«

»Wäre das möglich? Ich wette fünfzig Rubel, daß wir Gunib erreichen, ehe die Drähte heißlaufen.«

»Höchstens bis Akusha.«

Apollos Augen funkelten. »Abgemacht!«

Offensichtlich hoffte er zu verlieren.

Im hellen Licht eines Vollmonds verteilte der Trupp das Gold auf mehrere Satteltaschen, so daß jedes Pferd möglichst schnell galoppieren konnte. Dann stiegen zwanzig junge Männer auf.

»Zu den Gebirgsausläufern im Norden der Stadt und dann zum Gunib-Plateau?« fragte Karaim.

»Ein kleiner Umweg«, erwiderte Apollo fröhlich und ergriff die Zügel der ungeduldig tänzelnden Leda.

»Dafür haben wir keine Zeit. Es ist schon nach Mitternacht. Vor dem Morgengrauen sollten wir die Madjolis-Garnison passieren.«

»Nur zehn Minuten. Kitty braucht Schmuck für ihre neuen Kleider. Glücklicherweise haben Firez und Söhne die Revolution überlebt. Glaubst du, da habe ich immer noch Kredit?«

»Mit dem können Sie bald nichts mehr anfangen, wenn Sie sich auf ein unsinniges Abenteuer einlassen. Gehen Sie nächstes Mal in den Laden. Jetzt müssen wir zurück.«

»Reitet schon mal voraus. In ein paar Minuten hole ich euch ein.«

Lieber hätte Karaim seine Seele dem ewigen Höllenfeuer ausgeliefert, als dem Falken von der Seite zu weichen. »Verrückt wie eh und je«, stöhnte er.

»Tu mir den Gefallen, Karaim. Ich war viel zu lange brav.«

Der Prinz kletterte über das Gitter, das den Hintereingang des Juweliergeschäfts schützte, und brach die Tür auf. Innerhalb weniger Minuten, die nach Karaims Ansicht viel zu lange dauerten, suchte er einige Schmuckstükke aus. Das Gold, mit dem er sie bezahlte, plazierte er diskret unter Firez Seniors elegantem Seidendiwan, zusammen mit einem Brief, in dem er sich für die verlängerte Öffnungszeit bedankte.

Nur wenig später als geplant, sprengte der Trupp durch die Garnisonsstadt Madjolis und entkam um Haaresbreite einer Morgenpatrouille. Inzwischen hatte die Rote Armee infolge mehrerer Erfahrungen gelernt, die Telegrafendrähte blitzschnell zu reparieren. Nördlich von Akusha kehrten zwei Späher Apollos zum Trupp zurück und meldeten, zwei Panzerwagen, mit Lewis-Geschützen bestückt, würden die Straße entlangfahren.

»Verdammt will ich sein, wenn du nicht recht hast, Karaim!« frohlockte Apollo. »Ich schulde dir fünfzig Rubel. Los, schnappen wir uns die Vehikel!«

»Denken Sie an die Gräfin, As-saqr As-saghir. Unsere Gegner haben Lewis-Waffen …«

»Ja, vielleicht hast du recht.« Apollos goldbraune Augen leuchteten auf, als ihm eine weniger gefährliche Alternative einfiel. »Aber ein paar akkurat gezielte Granaten … Meinst du, wir erreichen den Shura-Hohlweg vor den Roten?«

»Warum nicht?« erwiderte Karaim und lächelte gönnerhaft.

»Du bist ganz schrecklich vernünftig, Karaim. Deshalb kommen wir so gut miteinander aus.«

»Nur weil ich auf alle Ihre haarsträubenden Launen eingehe.«

Grinsend entblößte Apollo seine schneeweißen Zähne. »Ja, das auch.«

An diesem Tag verlor die Rote Armee zwei Panzerwagen. Die kaukasischen Krieger benutzten die Anhöhe über dem Shura-Hohlweg schon seit hundert Jahren, um ihre Fähigkeiten im Zielschießen zu vervollkommnen, was die Bolschewisten bislang nicht herausgefunden hatten.

Abends kam der Trupp in Dargo an. Karaim und Sahin wollten zur Zitadelle reiten, um Iskender-Khan Bericht zu erstatten.

»Sagt Pushka, ich besuche ihn morgen – irgendwann im Lauf des Tages«, bat Apollo, als er sich von seinen beiden Leibwächtern verabschiedete. In bester Stimmung lenkte er Leda zum Marmorpalast hinauf. So fühlte er sich jedesmal, wenn es ihm gelungen war, seine Feinde zu übertrumpfen. Er mußte Kitty noch einmal für ihr Verständnis danken. Auch die Geschenke, die sich hinter dem Sattel türmten, würden seine Gefühle bezeugen. Hoffentlich war Cub noch wach. Bei Firez hatte Apollo eine kleine Überraschung für seinen Sohn entdeckt.

Sobald er in den Hof ritt, sah er, daß sich seine Hoffnung erfüllte. Kitty stand auf der Treppe, das Baby im Arm, vom Licht umflossen, das aus der Halle drang. Er sprang aus dem Sattel, warf Ledas Zügel einem Reitknecht zu und rannte die Stufen hinauf. Lachend umarmte er seine Familie. Nachdem er einigen Dienstboten befohlen hatte, die Pakete ins Haus zu bringen, trug er Cub hinein, den freien Arm um Kittys Schultern gelegt. »Hast du dem Jungen mittlerweile ein paar neue Tricks beigebracht?«

»Jetzt kann er sich schon fast herumwälzen, und man muß höllisch auf ihn aufpassen, wenn er nicht in seinem Bettchen liegt.« Beim Klang des Signals, das die Rückkehr des Trupps angekündigt hatte, war Kitty maßlos erleichtert gewesen. Danach hatte sie eine Stunde Zeit gefunden, um zu baden und ihr Haar zu waschen. Aufmerksam schaute sie Apollo an.

»Habe ich einen Fleck im Gesicht?«

»Oh, ich halte nur nach blutenden Wunden, Kugellöchern und dergleichen Ausschau«, erwiderte sie leichthin.

»Ich sagte doch – ein ganz harmloser Feldzug ...« Natürlich erwähnte er weder die Panzerwagen noch die Lewis-Geschütze oder die zahlreichen toten Bolschewisten, die sein Trupp zurückgelassen hatte. »Bekomme ich eine Goldmedaille für meine Bemühungen? Immerhin sind wir zwei Tage früher zurückgekommen als vorgesehen.«

»Zwei Goldmedaillen – eine von mir, eine von Cub.«

»Meiner überängstlichen Frau zuliebe habe ich die Männer gnadenlos angetrieben.«

»Ich bin nun mal nicht so aufgewachsen wie du, habe meine Zähne nie mit *kinjals* geputzt oder die berühmte *kanly*-Blutgier empfunden.«

»Trotzdem hast du dich zu einem hinreißenden Geschöpf entwickelt«, versicherte er. »Wird Cub mir sein neues Kunststück zeigen? Jetzt gleich?«

»Das muß er noch ein bißchen üben. Manchmal ist er selber verblüfft, weil er tatsächlich was zustande bringt, wenn er mit aller Kraft herumrutscht.«

Inzwischen hatten sie das Schlafzimmer erreicht, und Apollo legte seinen Sohn auf das breite Bett. Liebevoll kitzelte er ihn mit einem Finger unterm Kinn. Dann schnallte er seinen Waffengurt ab, zog die Stiefel aus, und Cub schaute neugierig zu. Als er gluckste, zwinkerte sein Vater ihm zu. Lächelnd beobachtete Kitty die beiden, die sie über alles liebte.

»Ihr habt mir so gefehlt«, beteuerte Apollo, breitete die Arme aus, und sie sank an seine Brust. In ihren Augen glänzten Freudentränen. Während Cubs Eltern das Glück ihres Wiedersehens genossen, legte er ein winziges Bein über seine Hüften und stemmte das andere gegen die Bettdecke – fest entschlossen, Aufmerksamkeit zu erregen, was ihm sofort gelang. Das kleine Gesicht vor Anstrengung gerötet, drehte er sich auf den Bauch und wurde mit bewunderndem Applaus belohnt.

Apollo wühlte in den Sachen, die seine Diener mittlerweile ins Schlafzimmer gebracht hatten, und wickelte ein handgeschnitztes Schaukelpferd aus einem Seidentuch. Diese Antiquität hatte Firez als Schaufensterdekoration benutzt. Das Pferdchen bestand aus Ebenholz, mit Goldfiligran verziert. Glitzernde Saphire bildeten seine Augen. Von der Mähne bis zum Schweif aus Roßhaar maß es etwa dreißig Zentimeter. Apollo stellte es neben das Baby aufs Bett.

»Wie hübsch!« meinte Kitty. »Aber mit seinen drei Monaten ist er noch so klein …«

»Das weiß ich, Liebling, und deshalb habe ich ihm ein *winziges* Schaukelpferd mitgebracht. Sieh mal, wie gut's ihm gefällt.« In väterlichem Stolz beobachtete Apollo, wie Cub nach dem schwarzen Schweif grapschte und ihn in den Mund steckte. »Sicher wird er mal ein richtiger *djighit.*«

»Ihr kaukasischen Krieger denkt nur an Pferde und Waffen. Ein Wunder, daß du ihm noch kein Gewehr geschenkt hast.«

»Das würde ich niemals tun.«

»Hoffentlich …«

»Sonst würde ich Pushkas Herz brechen. Er läßt ein Gewehr für Cub anfertigen. Bald ist's fertig.«

»Apollo!«

»Nur ein ganz kleines, *dushka,* ein Spielzeug«, betonte er und lächelte entwaffnend.

»Aber ich will nicht, daß er mit solchen Dingen spielt.«

»In Frankreich wird alles anders sein. Keine Bange. Solange wir hier sind, solltest du Pushka seinen Willen lassen.«

»Werden wir jemals von hier wegkommen?«

»Natürlich«, versprach er und hoffte, er würde recht behalten.

Etwas später schlief das Baby ein. Nachdem Apollo den Reisestaub abgewaschen und mit Kitty gegessen hatte, holte er einige Pakete aus seinem Ankleidezimmer und warf sie aufs Bett. Kitty, die am Toilettentisch saß und ihr Haar bürstete, drehte sich erstaunt um. Lässig lehnte er am Bettpfosten. Der schwarzseidene Morgenmantel mit dem locker verknoteten Gürtel entblößte seine bronzebraune Brust, das helle Haar schimmerte im Lampenschein. »Ein paar Geschenke für dich. Im Augenblick ist es ein bißchen schwierig, einzukaufen. Sobald wir in Frankreich sind, bekommst du viel schönere Sachen.«

Erschrocken starrte sie ihn. »Apollo! Warst du in Geschäften? Man hätte dich verhaften können.«

»Nicht um ein Uhr morgens.« Langsam legte sie die Bürste beiseite, und ihre Augen verengten sich. »Halt mir keine Moralpredigt, *dushka.* Jetzt ist's ohnehin zu spät, und außerdem habe ich alles bezahlt.«

»Mit sowjetischem Gold?«

»Früher war's zaristisches Gold, und ein Großteil gehörte den Kuzans. Zufrieden?«

»Oh, ich hege keine moralischen Bedenken. Du hast mich längst zu deinem – unorthodoxen Lebensstil bekehrt.«

»Mit meinem unwiderstehlichen Charme?«

»Nicht nur damit ...«

»Ja, meine zahlreichen Vorzüge werden immer wieder gewürdigt.«

»Immer wieder?« schmollte Kitty.

»Eifersüchtig?«

»Wahnsinnig.«

»Also erwartest du, daß ich dir die Treue halte?«

»Das erwarte ich nicht«, verbesserte sie ihn. »Darauf bestehe ich.«

»Wie bedrohlich das klingt!« neckte er sie. »Warum probierst du nicht die Sachen an, die ich dir mitgebracht habe? Danach können wir über meine Treue diskutieren.«

»Dieses Thema steht nicht zur Debatte.«

Langsam löste er seinen Gürtel, ließ den Morgenmantel von den breiten Schultern gleiten und entblößte seinen wohlgeformten Körper. Dann sank er aufs Bett. »Zieh die Kleider an, *dushka.* Vielleicht kannst du mich dazu bringen, auf die Diskussion zu verzichten. Wie sehr ich deine Überredungskünste schätze, weißt du ja. Beeil dich! Diese drei Tage sind mir wie eine Ewigkeit vorgekommen.« Grinsend warf er ihr ein olivgrünes Chiffonkleid zu. »Am besten ziehst du dich vor dem Kamin um. Da ist's wärmer.«

Als Kitty aus ihrer blauen Angorarobe schlüpfte, verspürte sie einen wohligen Schauer. Wie verführerisch Apollo aussah, wenn er nackt auf dem Bett lag, in dieser lässigen Haltung ... Sein Blick, der über ihren Körper wanderte, steigerte ihre Erregung.

»Soll ich dir helfen?« fragte er. »Komm nur zu mir. Ich kann sehr gut mit Häkchen und Knöpfen umgehen.«

Statt zu antworten, hob sie das perlenbestickte Kleid auf, stieg hinein und zog es über die Hüften nach oben. Wie eine Liebkosung glitt der zarte Stoff über ihre Haut und die vollen Brüste. Der sanfte Druck, den die winzigen Perlen ausübten, erschien ihr wie hundert Küsse. Mit zitternden Händen streifte sie die Träger über die Schultern, und Apollo beobachtete, wie sich ihre Wangen röteten.

»Willst du nicht doch zu mir kommen, *dushka?* Ich würde gern die Häkchen an deinem Rücken schließen.« Wortlos gehorchte sie, und er schob schnell und geschickt alle winzigen Haken in die Ösen. Dann ergriff er Kittys Handgelenk und drehte sie zu sich herum. »Sehr schön – diese Farbe, der Schnitt ...«

»Was du anhast, gefällt mir besser«, flüsterte sie und neigte sich hinab, um ihn zu küssen. Jeder prickelnde Nerv in ihrem Körper begehrte ihn.

Aber er schob sie weg und schaute ihr tief in die Augen. »Probier noch ein Kleid.«

»Das will ich nicht. Später, Apollo. Laß mich nicht warten ...«

Seine Hand wanderte unter den Chiffonrock, an einem seidigen Schenkel hinauf, und seine Finger ertasteten die feuchte Hitze ihrer Weiblichkeit. Bei dieser Berührung glaubte sie, elektrische Ströme würden ihren ganzen Körper durchfluten. Ungeduldig bewegte sie die Hüften, um den Kontakt mit seiner Hand zu verstärken.

»Noch ein Kleid«, bat er leise und liebkoste sie aufreizend. »Nur noch eins.« Obwohl seine Erregung unübersehbar war, genoß er es, das Spiel in die Länge zu ziehen, seine sinnliche Macht auf Kitty auszuüben. Er liebte es, wenn sie den Verstand verlor und nur noch ihre heiße Begierde kannte. Mit seiner freien Hand umfaßte er ihr Kinn, zog ihr Gesicht zu sich herab und preßte seinen Mund auf ihren. Hungrig erwiderte sie den Kuß, saugte an seinen Lippen und stöhnte leise.

Seine flinken Finger lösten die Häkchen an ihrem Rükken und streiften das Chiffonkleid nach unten. Währenddessen versuchte sie, seinen erigierten Penis zu streicheln. Aber er wich ihr geschickt aus und ergriff ein Kleid aus mitternachtsblauer Charmeuse. »Zieh das da an. Heb die Arme.«

Wie in Trance, fast schwindlig vor Leidenschaft, erfüllte sie seinen Wunsch. Der zarte Stoff glitt über ihren Kopf und die Schultern, und Apollo zog ihn behutsam über die runden Brüste. Die Berührung beschleunigte ihren Puls. »Bitte, Apollo ...«, flehte sie atemlos.

»Bald, *dushka*, bald«, flüsterte er und zog die feine mitternachtsblaue Charmeuse nach unten. Ohne Unterröcke schimmerten ihre Schenkel verlockend hindurch.

»Jetzt, Apollo, jetzt ...«, beharrte sie. Unverwandt betrachtete sie das Zeichen seines Verlangens.

Doch er ignorierte ihre Bitte, schwang die Beine über den Bettrand und stellte Kitty zwischen seine Schenkel. Sorgsam schob er ihre Brüste in die weichen Körbchen der Korsage, und die elfenbeinweiße Haut bildete einen zauberhaften Kontrast zum dunkelblauen Stoff. Wie ein zufriedener Couturier strich er über ihren Oberkörper, und seine Fingerspitzen berührten die Knospen, die sich unter der Charmeuse abzeichneten. »Gehörst du mir, *dushka*, ganz und gar?« In seiner heiseren Stimme schwang unbändiger Triumph mit.

Stöhnend preßte sie seinen Kopf an ihren Busen, schlang die Finger in sein seidiges Haar. Als er behutsam in eine harte Brustwarze biß, rang sie mühsam nach Atem. »Sag, daß du mir gehörst!« drängte er.

»Ja, ja ...«, hauchte sie voller Sehnsucht. Während seine Lippen und Zähne beide Brüste liebkosten, glitten seine Hände über ihren Bauch den sanft gewölbten Venusberg hinab. Durch den hauchdünnen blauen Stoff spürte er ihr weiches Kraushaar. »Seide auf Seide«, flüsterte er.

Von ihren Gefühlen überwältigt, verlor sie beinahe die Besinnung. »Apollo – du bist grausam – unmenschlich ...«

»Geh zum Kamin und wieder zurück. Ich will dich sehen. Und dann ...«

»Nein!« protestierte sie erbost.

»Nur diese paar Schritte, Liebling. Bitte!« Seine Finger

suchten und fanden zwischen den Charmeuse-Falten den empfindsamsten Punkt ihrer Weiblichkeit. »Bitte?«

Da kapitulierte sie und nickte. Er drehte sie herum und gab ihr einen sanften Klaps aufs Hinterteil. Träumerisch ging sie zum Kamin, mit langsamen anmutigen Schritten. Wie eine Nymphe, dachte er und betrachtete das honigblonde Haar, das über ihre Schultern hing. So schön – und genauso verführerisch. »Spürst du die Seide, wenn du dich bewegst?« fragte er, und seine Stimme erschien ihr so zärtlich wie der feine Stoff, der sich zwischen ihren Schenkeln rieb. Sie konnte nicht antworten. Schwankend kehrte sie zu ihm zurück. Als er sie berührte, glaubte sie zu sterben. Aber sie starb nicht. Er zog sie aus, legte sie aufs Bett und raunte: »Soll ich mich mit dir vereinen?«

»Ja, ja, ja«, schluchzte sie, die Augen geschlossen.

»Schau mich an!« Während er in sie eindrang, hob sie ihre zitternden Lider. »Wenn du deine Erfüllung findest, sollst du mich ansehen ...«

Sehr viel später tadelte er, die Lippen in ihren goldenen Locken vergraben: »Du hast noch gar nicht die Juwelen bewundert, die ich dir aus Derbent mitgebracht habe.«

»Daran bist *du* schuld.« Sanft glitt ihre Zungenspitze über seine Brust. »Du hast mich abgelenkt.«

»Wer lenkt hier wen ab?«

»Gewiß, darüber läßt sich streiten.«

»Willst du sie jetzt sehen?«

»Natürlich.« Sie richtete sich auf, und ihre Brust streifte sein Kinn. Sofort erwachte die Begierde von neuem, obwohl er geglaubt hatte, sie wäre vorerst gestillt.

Auf einen Ellbogen gestützt, öffnete er einen braunen Lederbeutel, schüttete mehrere Ringe auf eine Handfläche und hielt sie Kitty hin.

»Für meine Prinzessin. Ringe für die Finger und für die Zehen.« Lächelnd beobachtete er, wie sie einen Ring aus Saphiren und Diamanten wählte. »Gefällt er dir? Nimm dir noch einen. Inzwischen schmücke ich deine Zehen.«

Geschickt steckte er einen riesigen Rubinring an ihren kleinen Zeh.

»Sei nicht albern, Apollo ...«

»Wenn ich will, darf ich albern sein. Ich bin ein Prinz und ein Kuzan, und falls das kein ausreichender Grund ist, meine Mutter hat mich maßlos verwöhnt. Meinst du, der Rubin wäre zu groß? Versuchen wir's mit einem kleineren Ring am anderen Zeh. Du sollst mir keine spießige Protzerei vorwerfen. Von einem Kuzan kann man wirklich nicht behaupten, er sei geschmacklos. Also werde ich deine restlichen Zehen mit dezenten Ringen schmücken.«

Kichernd ließ sie ihn gewähren. Weil sie sich immer wieder küßten, dauerte es sehr lange, bis an allen Zehen kostbare Steine funkelten.

»Und jetzt ...« Er legte Kitty auf den Rücken. »Beweg dich nicht!« Vorsichtig plazierte er zwei Diamantringe auf ihren Brustwarzen, dann leckte er an den rosigen Spitzen, bis sie sich aufrichteten. »So, jetzt können sie nicht runterfallen. Bist du zufrieden mit deinen Juwelen?« Langsam drehte er die Ringe um die Knospen herum, und ein exquisites Entzücken raubte ihr die Sprache. »Das dachte ich mir.«

Eine Hand unter ihrem Nacken, hob er ihren Kopf ein wenig hoch und wand eine Kette aus Lapislazuli und Gold um ihren Hals. Es war ein schweres Schmuckstück, eine Mischung aus keltischem und ägyptischem Stil. Schimmernd lag es zwischen ihren weißen Brüsten. Apollo drückte das edle Metall sachte in ihr weiches Fleisch. Wie immer, wenn er sie liebkoste, entfachte er ein heißes Verlangen. Sie wollte seinen Kopf zu sich herabziehen. Aber er hielt ihre Hände fest und legte sie neben ihren Körper. »Warte, Liebling, da gibt's noch mehr.«

Eine dreireihige Perlenkette wurde um ihre Taille geschlungen, und sie hörte eine Schließe klicken. Genüßlich spürte sie Apollos warme Hand auf ihrem Bauch, als er die Perlen zurechtrückte. In der Mitte hing ein großer Cabochon-Smaragd, den er zwischen ihre Schamlippen schob, und sie erschauerte verwirrt. »Macht's dir Spaß?«

»Ja – nein – ich meine, das solltest du nicht …«

»Warum nicht?« fragte er und bewegte den Edelstein langsam hin und her.

»Weil – sich's nicht schickt …« Es fiel ihr schwer, klar zu denken.

»Erzähl mir, wie sich's anfühlt«, verlangte er und steckte den Smaragd vorsichtig in die enge feuchte Öffnung. Aufmerksam beobachtete er ihr Gesicht. Kitty glaubte zu zerschmelzen. Immer tiefer glitt der Cabochon in ihren Schoß, aufregend kühl in der pulsierenden Hitze.

»Ist's angenehm? Soll ich den Stein drin lassen?«

»Nein – ja – ich weiß nicht – o Gott, Apollo, frag mich nicht …«, würgte sie mühsam hervor.

»Willst du, daß ich aufhöre?« murmelte er provozierend und schob den Smaragd noch höher hinauf. In wilder Ekstase wand sie sich umher, und diese Antwort genügte ihm. Langsam ließ er den Stein kreisen, und seine sanfte Stimme schien ihre Sinne zu streicheln wie die heiße Augustsonne. »Ich könnte den Anhänger von der Kette lösen. Dann würde er immer in dir bleiben. So tragen manche Orientalinnen ihren Schmuck. Wann immer du dich bewegst, spürst du ihn und bist bereit für die Liebe – für mich. Du fühlst ihn, wenn du umhergehst, wenn du dich an den Eßtisch setzt und dich bückst und deine Schuhe aufhebst, wenn du ein Kleid aus deinem Schrank nimmst.« Betörend durchdrangen die Worte die schwindelerregende Glut ihrer Leidenschaft. »Und ich muß immer in deiner Nähe bleiben, um deine Lust zu stillen. Vielleicht möchtest du das Schlafzimmer gar nicht mehr verlassen. Jedesmal, wenn du mich brauchst, komme ich zu dir. Willst du den Smaragd in dir behalten? Zumindest für einen Tag?«

So leicht fiel es dem erfahrenen Liebhaber, sie zu beherrschen … Ein kleiner Teil ihres Bewußtseins wehrte sich gegen den völligen Verlust ihrer Unabhängigkeit. »Nein, nein!« überschrie sie das Rauschen des Blutes in ihren Ohren.

»Und wenn ich dir verspreche, daß du es genießen wirst?« fragte er in jenem vertrauten selbstsicheren Ton.

»Wie kannst du das wissen?« Jetzt mischte sich Ärger in ihre Begierde.

»Ich weiß es eben.«

Sprach er von seinen früheren Geliebten? Daran gab es wohl keinen Zweifel. »In diesem Fall will ich's schon gar nicht ...« Mit einer Hand hielt er ihre Schulter fest. Ein zweiter Finger glitt in die Hitze ihres Schoßes, in der sich zuvor nur einer bewegt hatte, und ihre letzten Worte erstarben zu einem zitternden Stöhnen.

»Zu allem kann ich dich verführen, *chérie*, nicht wahr? Dein hinreißender Körper ist unersättlich. Habe ich recht?«

»Nein!«

»Habe ich recht?« Sein Mund umschloß eine harte rosige Brustwarze.

»Ja, ja!« schluchzte sie. »Apollo – hilf mir!«

Sie konnte nicht auf ihn warten, es war zu spät. Und so führte er sie auf einen Gipfel, zu dem er sie nicht begleitete. Von glühenden Wellen erschüttert, bäumte sie sich unter seinen Händen und Lippen auf. *»Je t'adore«*, flüsterte er, während sie in seinen Armen lag und ihr Zittern verebbte. Ja, er vergötterte sie, er liebte ihre natürliche Sinnlichkeit, ihre Ungeduld, die er nicht bezähmen konnte, und vor allem ihr Verlangen nach ihm, das niemals erlöschen würde.

Allmählich kehrte Kitty in die Realität zurück, schamlos und glücklich an den Mann geschmiegt, der ihre Sinne gefangenhielt. Sie hörte wieder ein metallisches Klicken, und die Perlenketten fielen von ihrer Taille. Dann glitt der feuchte Smaragd aus ihrem Körper. Kraftvolle Beine schoben ihre Schenkel weiter auseinander, etwas Hartes verschmolz mit ihrer weichen Wärme und füllte sie ganz langsam aus. Sehnsüchtig hob sie die Hüften ihrem Liebsten entgegen, der es so meisterhaft verstand, ihr Entzükken zu vervollkommnen.

Später lag Kitty auf Apollos Brust, von allen Juwelen befreit, die er achtlos beiseite geworfen hatte. »Das ist einfach unfair«, seufzte sie und streichelte seine Schulter. »Wenn du mich berührst, da und dort, tue ich alles für dich.«

»Mir geht's so ähnlich, *dushka*. Ich brauche dich nur anzuschauen, und schon begehre ich dich.« Zärtlich küßte er das seidige Haar, das sein Kinn kitzelte. »Du ahnst nicht, wie oft ich die zahllosen Diener verwünsche, die ständig um uns herumscharwenzeln.«

»Aber ich bin dir hilflos ausgeliefert ...«

»Ganz im Gegenteil, du beherrschst *mich* – sogar in Gesellschaft. Wenn du ins Zimmer kommst und zauberhaft aussiehst, muß ich mich sofort setzen und die Beine übereinanderschlagen, um nicht indiskret zu erscheinen.«

»So?« Lächelnd hob sie den Kopf. »Nächstes Mal muß ich hingucken.«

»Bitte nicht! Dann würde man das Offensichtliche noch deutlicher erkennen. Bedenk doch, wie verlegen unsere Gäste wären.«

Kitty brach in ihr melodisches Gelächter aus. »Wie wundervoll, daß ich soviel Macht auf dich ausübe! Das gefällt mir.«

»Hätte ich's bloß nicht erwähnt! Nun kannst du meine Schwäche jederzeit ausnutzen, um mich zu erpressen.«

»Wenn wir wieder mal eine Party geben, gehe ich zu deinem Sessel und bitte dich: ›Apollo, würdest du mir ein Glas Champagner holen?‹«

»Und ich antworte: ›Sag's doch einem Dienstboten!‹«

»Dann werde ich dich einfach ersuchen, aufzustehen und einen der neuen Gäste zu begrüßen.«

»Wenn du das machst, kleine Hexe, packe ich dich vor allen Augen und trage dich die Treppe hinauf.«

Ungläubig starrte sie ihn an. »Nein, das wagst du nicht!«

»Doch, und das weißt du sehr genau«, erwiderte er grinsend. »Also sei gewarnt.«

Kokett senkte sie die Wimpern, ein nackter Fuß glitt über Apollos Bein. »Was würden deine Eltern sagen, wenn du so was in Paris tätest?«

»Papa würde erklären, das sei eine großartige Methode, eine langweilige Party zu beenden. Und *Maman* würde ihr Gespräch fortsetzen, als wäre nichts geschehen. Sollte irgend jemand ihre Aufmerksamkeit auf mein Benehmen lenken, würde sie die Achseln zucken und verkünden, ihr Sohn sei schon immer genauso unberechenbar gewesen wie sein Vater. Also solltest du lernen, dich so zu verhalten, wie ich's will. Letzten Endes bin ich derjenige, der gewinnt.«

Spielerisch trommelte sie mit beiden Fäusten auf seine Brust, und sie balgten sich wie übermütige Kinder.

Einige Zeit später zeigte Apollo auf die restlichen Pakete am Fußende des Betts.

»Nachdem wir wieder zu Atem gekommen sind – willst du nicht sehen, was ich dir sonst noch mitgebracht habe? Hoffentlich gefällt's dir.«

Kitty packte drei weitere Abendroben und zwei Nachmittagskleider aus. Im letzten Paket fand sie einen extravaganten chinesischen Brokat, schwarz und silbrig, sehr theatralisch. »Oh, wie schön! Offensichtlich hat die Revolution das Geschäft der Couturiers nicht beeinträchtigt.«

»Sieht so aus. Karaim meint, die Ehefrauen und Geliebten der Volkskommissare seien geradezu unersättlich in ihrem luxuriösen Lebensstil.«

»Und die Juwelen ...« Kitty strich über die Perlen, Rubine, Smaragde, Diamanten und Lapislazulisteine, die

Apollo an einer Seite des Betts aufgehäuft hatte. »So viel – und so wundervoll. Das war nicht nötig.«

»Wenn wir endlich in Europa sind, kaufe ich dir noch viel mehr. Ich finde es schrecklich, daß ich dir derart wenig schenken kann.«

Schweigend senkte sie den Kopf. Im Feuerschein sah er Tränen auf ihren Wangen glänzen.

»Liebling, was ist denn los? Habe ich was Falsches gesagt? *Dushka,* falls du dich wegen meiner Treue sorgst – ich wollte dich nur hänseln. Niemals werde ich dich betrügen. Das schwöre ich dir.«

Verlegen wischte sie ihre Tränen weg. »Das ist es nicht.«

»Was dann?« Bestürzt nahm er sie in die Arme. »Habe ich dich gekränkt?«

»Nein.«

»Warum weinst du dann?«

Gerührt erwiderte sie seinen Blick, der Liebe und Sorge verriet. »In all den Ehejahren hat Peotr mir kein einziges Geschenk gekauft.«

Da Apollo seinen selbstsüchtigen Freund kannte, war er nicht überrascht. »Und deshalb weinst du?« fragte er verwirrt. Wie er sich eingestehen mußte, empfand er eine gewisse Eifersucht.

»Nein – nur vor Freude, du Dummkopf.«

»Oh ...« Trotz der reichlichen Erfahrungen, die er mit Frauen gesammelt hatte, beobachtete er diese Variante weiblicher Launen zum erstenmal.

»Also bist du glücklich?«

»Überglücklich.«

»Und die Kleider und Schmuckstücke gefallen dir?«

»Ganz wahnsinnig.«

»Dann muß ich bald wieder einkaufen gehen, *dushka.*«

»Untersteh dich!« Sie hob wieder die Fäuste. In gespielter Angst wich er zurück.

Aber sie stürzte sich unbeirrt auf ihn, und er lachte leise. Eine temperamentvolle Geliebte gefiel ihm viel besser als die Kitty, die sich wehmütig an ihre Vergangenheit erinnerte.

»Schon gut, schon gut, du bist meine Gebieterin. Inzwischen habe ich mich damit abgefunden, daß ich mein Leben mit einer bösartigen Xanthippe verbringen muß.«

»Mit einer Xanthippe? Du Schuft! Du unverbesserlicher ...« Während sie ihn beschimpfte, spürte sie erneut sein wachsendes Verlangen. »Oh ...«

»Habe ich's nicht gesagt? Ich bin dein hilfloser Sklave.«

Schneestürme heulten über dem zerklüfteten Kaukasusgebirge, die meisten Pässe waren unzugänglich, und Dargo versank in seiner winterlichen Einsiedelei. Gelegentlich trafen Nachrichten aus der Welt jenseits der Berge ein. Die schlechteste Neuigkeit betraf Georgien im Süden des Tals, die einzige immer noch unabhängige Nation innerhalb der alten russischen Grenzen. Obwohl die sowjetische Regierung einen Vertrag mit Georgien unterzeichnet und dessen Unabhängigkeit anerkannt hatte, wurden in den Wintermonaten zahlreiche diplomatische Verhandlungen geführt. Die Eroberung Armeniens im Dezember hätte Georgien warnen müssen. Aber seine Politiker kämpften um gegensätzliche Ideologien. Während nun die Diplomaten triviale Dinge diskutierten, unbedeutende Veränderungen in Handelsverträgen oder Eisenbahn-Durchgangsrechte – und die Parteien im georgischen Parlament um die Macht rangen, wurden an den Grenzen die sowjetischen Truppen zusammengezogen. Die Elfte Armee bereitete sich auf einen Großangriff vor, und es war nur noch eine Frage der Zeit, bis man die letzte souveräne Nation in der Union der sozialistischen Sowjetrepubliken ›willkommen‹ heißen würde.

Am 25. Februar 1921 legte der erste Außenminister Georgiens, Chkhenkeli, dem Präsidenten der französischen Republik in Paris sein Beglaubigungsschreiben vor.

Gleichzeitig fielen Hunderte von georgischen Soldaten auf schneebedeckten Schlachtfeldern, wo sie ihr Land erfolglos verteidigt hatten. Am selben Tag wurde die Hauptstadt Tiflis von der Roten Armee eingenommen, und Kommandant Orjonikidze telegrafierte nach Moskau: »In Tiflis weht das Rote Banner des Sowjetregimes. Lang lebe das sowjetische Georgien!«

18

In der letzten Märzwoche erkrankte Cub und fieberte. Er schlief nur mehr, wenn Kitty oder Apollo an seinem Bettchen saßen und seine Hand hielten. Sobald sie ihn losließen und davonschlichen, erwachte er. Wegen seiner Halsschmerzen konnte er nur Eis essen, und das Küchenpersonal schickte jede Stunde, rund um die Uhr, frisches Fruchteis in sein Zimmer. Am vierten Tag vermochte er kaum noch zu atmen. Manchmal lief sein Gesichtchen blau an.

Angstvoll beobachteten die Eltern seine Qualen. Keine einzige der traditionellen Arzneien der Dorfbewohner linderte die Beschwerden. Voller Sorge um das Leben seines Sohnes, entschied Apollo am fünften Tag: »Ich reite mit Karaim nach Shura und hole einen Arzt.«

»Schick jemanden hinunter!« flehte Kitty. »Seit dem Fall Georgiens bist du in Shura nicht mehr sicher. Dort kennt man dich. Und die Roten töten immer noch alle Weißen Offiziere, die ihnen über den Weg laufen.«

»Er ist mein Sohn.« Als würde diese Erklärung genügen, eilte er in sein Ankleidezimmer und legte seinen Waffengurt an. Entsetzt starrte sie ihm nach. Würde sie die beiden Menschen verlieren, die sie am meisten auf dieser Welt liebte? Beim Abschied las er die Panik in ihren Augen. »Beruhige dich, *dushka*. Wir brauchen einen Arzt. Soll ich untätig zusehen, wie Cub stirbt? Paß inzwischen gut auf ihn auf.«

»Wenn man dich in Shura erkennt …«

»Bevor wir die Stadt erreichen, wird die Dunkelheit hereinbrechen.« Er berührte Cubs fieberheiße Wange. »Verdammt … Wir kommen so schnell wie möglich zurück. Spätestens in acht Stunden.« Hastig küßte er Kitty, dann rannte er aus dem Zimmer. Auf der Treppe erteilte er mit durchdringender Stimme seine Befehle. Wenn wir den Erpeli-Gimri-Paß überqueren, treffen wir früher in Shura ein, dachte er. Letzte Woche war der Paß noch verschneit gewesen. Vielleicht hatte die Märzsonne den Schnee mittlerweile geschmolzen. Das Risiko mochte sich lohnen. In der Halle wartete Karaim und hielt die Burka seines Herrn bereit. Sie stürmten in den Stall, ließen die Pferde satteln, und wenig später ritten sie den Hang hinab.

»Hoffentlich bist du für einen harten Galopp gewappnet!« überschrie Apollo den kreischenden Wind.

»Ich bleibe an Ihrer Seite«, versprach Karaim und hielt sein Wort.

Vier Stunden später kamen sie in Shura an, auf schweißbedeckten Pferden. Winterliches Dämmerlicht erfüllte die Stadt, die Leute gingen von der Arbeit heim. Da Apollo und Karaim die Hauptstraßen mieden, gelangten sie unerkannt zum Haus des Arztes.

Während Karaim am Hintereingang mit den Pferden Wache hielt, überredete Apollo den Doktor zu dem gefährlichen Ritt in die Berge. Ein Beutel voller Gold war ein einleuchtendes Argument. Notfalls hätte der Prinz nicht gezögert, seine Waffen zu gebrauchen. Während der Arzt noch zögerte, strich Apollo ungeduldig über die Pistolengriffe. Ob diese drohende Geste den Ausschlag gab oder das Gold wußte er nicht. Jedenfalls holte der Mann seinen Mantel und die Arzttasche.

Auf ruhigen Nebenstraßen steuerten die drei Reiter den

Stadtrand an. Plötzlich tauchte zwischen einem Mietstall und einer heruntergekommenen Taverne ein Trupp von der neugegründeten Volkspolizei auf. »Halt!« rief ein untersetzter, bärtiger Mann. »Ihre Papiere.«

Innerhalb weniger Sekunden erwog Apollo die Alternativen. Der revolutionäre Eifer dieser Polizisten war allgemein bekannt, eine erfolgreiche Diskussion unwahrscheinlich. »Nirgendwo entrinnt man der Bürokratie«, erwiderte er . Mit einem grimmigen Lächeln drosch er seine *nagaika* auf den Hengst des Doktors. »Los, Karaim!«

Blitzschnell packte Karaim die Zügel des Doktors und zerrte dessen Pferd mit sich. Apollo trieb Leda zwischen die Polizisten und feuerte beide Mauser-Pistolen ab. Als sie leergeschossen waren, kämpfte er mit seinem Säbel und der Peitsche. Trotz der Toten, die zu Boden sanken, war er der Übermacht nicht gewachsen.

Die Beamten überwältigten ihn, zerrten ihn aus dem Sattel und die Straße hinab, ins Büro des Volkskommissars. Verbissen wehrte er sich, während die Roten eine Zellentür öffneten. Doch sie bändigten ihn mit Stöcken, Gewehrkolben, Fäusten und Fußtritten. Ein harter Schlag traf seinen Kopf. Halb bewußtlos verfluchte er das Ende seiner sprichwörtlichen Glückssträhne. Stundenlang saß er im Gefängnis, während die Methode seiner Hinrichtung erörtert wurde. In der neuen Sowjetunion war die Autoritätshierarchie nach wie vor chaotisch und verschwommen, und meistens verwechselte man Macht mit möglichst lauten Stimmen. Schließlich löste ein Kommissar das Problem, klug genug, um zu erkennen, daß alle wichtigen Entscheidungen in der Hauptstadt getroffen werden mußten. Er informierte das Hauptquartier in Tiflis über die Festnahme eines Weißen Offiziers und erhielt prompt eine Antwort.

APOLLO KUZAN NICHT EXEKUTIEREN STOP WIEDERHOLE NICHT EXEKUTIEREN STOP SOFORT NACH TIFLIS SCHICKEN.

Die Wiederholung war nötig, da die übereifrige Volkspolizei dazu neigte, alle Bäume und Lampenpfosten in Gerichtshöfe zu verwandeln. Tiflis wollte schließlich Hauptmann Prinz Apollo Kuzan unter möglichst lauten öffentlichen Fanfarenklängen hinrichten. Mit dieser Hinrichtung hoffte man, dem Volk von Dagestan eine Lektion zu erteilen, das die neue Sowjetregierung nur zögernd, wenn überhaupt anerkannte. Das Widerstreben der Kaukasier, vor dem Segen des Bolschewismus zu kapitulieren, bereitete Moskau ernsthafte Sorgen. Deshalb mußten diese Leute endlich begreifen, wer ihre Herren waren, und das konnte ihnen die Exekution eines ihrer Aristokraten vor Augen führen.

So wurde Apollo nach Tiflis gebracht. Am selben Tag saßen außerdem zahlreiche Krieger aus Dagestan in einem Zug, der zur Hauptstadt fuhr.

Als Karaim ohne Apollo ins Dargo-Tal zurückkehrte, blieb Kitty fast das Herz stehen. Einem Zusammenbruch nahe, ließ sie sich die Einzelheiten der Ereignisse erklären. Der Leibwächter versicherte ihr, ein großer Trupp sei bereits auf dem Weg nach Shura. Bald würden sie wissen, was mit dem Falken geschah. Es war die schwierigste Entscheidung in Karaims Leben gewesen, ob er bei Apollo bleiben oder den Doktor zu Cub bringen sollte. Schließlich hatte er den Wunsch des Prinzen erfüllt.

Apollo gefangen, dachte Kitty in wachsendem Entsetzen. Vielleicht schon tot ... Wie sollte sie diesen Verlust ertragen? Wurde ihr das Glück grausam entrissen, das sie erst vor einigen Monaten gefunden hatte? Tränen rannen über ihre Wangen. In einer uncharakteristischen Geste ergriff Karaim ihre Hände. »Wir holen As-saqr As-saghir nach Hause, Gräfin. Das verspreche ich Ihnen. Aber jetzt sorgen Sie bitte für seinen Sohn. Er muß am Leben bleiben.«

»Ja – natürlich«, stammelte sie.

»Führen Sie den Arzt zu ihm. Und danach ruhen Sie sich aus. Cub braucht seine Mutter.«

»Gewiß ... Wenn Sie etwas Neues erfahren, lassen Sie mich wecken, Karaim.«

Am nächsten Morgen kam er wieder in den Palast und teilte ihr mit, Apollo würde in Shura gefangengehalten. Einem Gerücht zufolge würde man ihn nach Tiflis bringen.

»Warum?« rief Kitty erschrocken. »Da man ihn noch nicht getötet hat – will man ihn schonen?«

Mitfühlend beobachtete Karaim, wie verzweifelt sie sich an diese Hoffnung klammerte. »Das weiß ich nicht, Gräfin«, erwiderte er vorsichtig, um keine unrealistische Zuversicht zu wecken. »Wir müssen abwarten. Wenn er nach Tiflis überstellt wird, folgen wir ihm. Vielleicht können wir ihn schon unterwegs befreien – oder später, in der Hauptstadt.«

»Ich begleite Sie«, entschied sie.

Verwirrt starrte er sie an. Wann würde die Gräfin endlich die elementarsten Grundsätze verstehen? »Unmöglich. Niemals würde der Falke gestatten, daß Sie sich in Gefahr begeben.«

»Sagen Sie, was Sie wollen!« Entschlossen straffte sie die Schultern. »Ich werde nicht hierbleiben – und auf die Nachricht von Apollos Tod warten.« Obwohl ihre Lippen bebten, reckte sie das Kinn hoch. »Glauben Sie, ich weiß nicht, warum er nach Tiflis gebracht wird? Die Bolschewisten möchten einen Zirkus um die Exekution eines bekannten Weißen Offiziers veranstalten – ein öffentliches Spektakel.«

»Keine Ahnung, Gräfin«, log Karaim und gelobte sich, den Rettungstrupp unter größter Geheimhaltung aus dem Dargo-Tal zu führen.

Weder Iskender-Khan noch Apollo würden der Gräfin eine so verrückte Eskapade erlauben.

Inzwischen befand sich Cub, von den Medikamenten des Arztes gestärkt, auf dem Weg der Besserung. Aber die Genesung des Kindes entlockte seiner Mutter nur ein abwesendes, knappes Lächeln.

Zwei Tage nach Apollos Festnahme ritt Sahin drei Pferde fast zuschanden, traf in Poti ein und schickte durch Untergrundkanäle ein Telegramm nach Paris. FALKE GEFANGEN. Sofort wurden Himmel und Hölle in Bewegung gesetzt. Gold und Banknoten wechselten den Besitzer, wo immer sie den größten Nutzen erzielen mochten. Auf der Krim entschied eine schöne Frau, es könnte sich lohnen, einen fetten kleinen Volkskommissar aus Tiflis zu ermutigen, der noch vor wenigen Stunden ihren Abscheu erregt hatte.

Mittlerweile saß Apollo im Metekhi-Gefängnis in Tiflis und wartete auf die Rückkehr des Hauptkommissars aus einem Urlaubsort bei Jalta. Der Prinz wußte natürlich nicht, daß das Datum seiner Exekution von den Launen eines frivolen Schicksals und dem Ausmaß der erotischen Freuden abhing, die der Kommissar in den Armen seiner neuen Freundin genoß.

Wenn sich Apollo auch über die Verzögerung wunderte – sein Überlebenswille begrüßte jeden neuen Tag. Iskender würde Mittel und Wege finden, um ihn zu retten. Bedauerlicherweise hatte man ihn auf der Reise von Shura nach Tiflis äußerst streng bewacht, ein Fluchtversuch wäre reiner Selbstmord gewesen.

Niemand hätte ihn befreien können. Er hatte in einem gepanzerten Waggon direkt hinter der Lokomotive gesessen, von mehreren Maschinengewehren bedroht. Im Fall eines Angriffs hätte man die folgenden Waggons abgekoppelt, und die Lokomotive wäre mit dem Panzerwagen nach Tiflis gerast.

Am Tag dieser Fahrt verschwand die goldrote Karabagh-Stute aus dem Stall des Volkspolizeichefs von Shura. »Für diesen Wurm war sie niemals bestimmt«, fauchte ein dunkelhäutiger Dagestan-Krieger auf einem steinigen Bergpfad. »Außerdem hätte sie ihn auch gar nicht aufsteigen lassen.« Hinter ihm schimmerte Ledas Fell im Mondlicht.

Irrigerweise hatte der Polizeichef angenommen, die gleichmacherischen Prinzipien der Revolution würden auch Karabagh-Vollblüter betreffen. Doch solche Pferde wurden nur für Aristokraten gezüchtet.

Nun saß Apollo bereits seit zehn Tagen in Tiflis fest. Das Metekhi, auch in zaristischen Zeiten für politische Gefangene benutzt, war an drei Seiten unzugänglich, auf einem Steilhang über dem Fluß Kura gelegen. Voller Schadenfreude hatte der Tscheka-Wärter, der dem Prinzen gelegentlich das Leben zur Hölle machte, verkündet, seit 1822 sei niemand aus dem Metekhi ausgebrochen. Nun ja, einmal im Jahrhundert, dachte Apollo optimistisch und konzentrierte sich auf schöne Erinnerungen an Kitty, um sich von den Schmerzen abzulenken, während die Gummipeitsche in monotonem Rhythmus seinen Rücken traf. Diese Folter gehörte zu den Lieblingsmethoden der Tscheka. Weil sie innere Blutungen und Verletzungen hervorrief, ohne äußere Spuren zu hinterlassen.

Zum Glück hielt der Stellvertreter des Hauptkommissars, der bei Jalta Urlaub machte, die Tscheka für eine unmenschliche Institution. Zudem hatte ein Telegramm von Lenin persönlich betont, der Gefangene dürfe keinesfalls ›sichtbar‹ mißhandelt werden. Am Tag der ›Gerichtsverhandlung‹ und öffentlichen Exekution wollten die Sowjets den Bewohnern von Tiflis kein gepeinigtes Wrack präsentieren. Zu viele Geschichten von Greueltaten gelangten ins Ausland und schadeten dem Image der neuen Regierung.

Während Apollo gefesselt auf einem Stuhl saß, hielt ihn nur noch reine Willenskraft aufrecht. Seine Beine spürte er seit einer Stunde nicht mehr, in den Armen und im Brustkorb schien ein wildes Feuer zu lodern. Papa, Pushka – holt mich hier raus, flehte er stumm, zum tausendstenmal an diesem Nachmittag. Der Tscheka-Folterer erhitzte einen kleinen Eisenstab.

»Reicht's noch immer nicht?« fragte Apollo mit schwacher Stimme. »Glauben Sie, die Sowjets wollen eine verkohlte Leiche im Gerichtssaal sehen? Überlegen Sie mal, wie wütend Lenin wäre!«

Seit Tagen versuchte er, dem brutalen Schurken eine Reaktion zu entlocken, eine Antwort, die ihn wenigstens für ein paar Sekunden von der Qual erlösen würde.

»Wenn Sie vor Gericht erscheinen, sind diese kleinen Brandwunden längst verheilt«, erwiderte das Monstrum und wandte sich mit dem rotglühenden Eisen zu ihm.

Bevor Apollo in einer barmherzigen Ohnmacht versank, grinste er triumphierend. Endlich hatte er den Bastard zum Reden gebracht.

Kitty erfuhr erst nach zwei Tagen vom Aufbruch des Rettungstrupps. Wütend stellte sie Iskender-Khan zur Rede. »Ich wollte die Männer nach Tiflis begleiten!« schrie sie, ohne die Anwesenheit mehrerer Gäste zu berücksichtigen.

»Ah, Kitty, meine Liebe«, erwiderte der alte Patriarch seelenruhig, entschuldigte sich bei den Gästen und ging ihr entgegen.

»Wenn du glaubst, ich werde untätig herumsitzen …«

»Es wäre zu gefährlich.«

»Das ist mir egal!« kreischte sie und ballte die Hände.

»Bei solchen Aktionen hat eine Frau nichts verloren. Wenn ich dich gehen ließe, würde Apollo mir niemals verzeihen.«

Für die Privilegien der selbstherrlichen Männer in diesem Tal hatte sie noch nie Verständnis aufgebracht – und in dieser Situation erst recht nicht. »Auch das ist mir egal!« zischte sie. Abrupt wandte sie sich ab und stürmte aus der Zitadelle.

»Tut mir leid.« Iskender kehrte zu seinen Gästen zurück. »Offensichtlich hat As-saqr As-saghirs Frau einen Nervenzusammenbruch erlitten. Seine Festnahme, die Krankheit ihres Sohnes – das alles fordert seinen Tribut. Also, wie wir gerade besprochen haben ... Ali, würdest du dafür sorgen, daß die Krasilnava- und die Bebutovskaya-Straße am Morgen des 12. April menschenleer sind? Und du, Shirez, was den Tourenwagen betrifft ...« Während der alte Mann Pläne schmiedete, um seinen Urenkel zu befreien, vergaß er Kittys Hysterie.

Bitter enttäuscht über Karaims heimliche Abreise und Iskenders gönnerhaftes Verhalten, verlor Kitty die Geduld und beschloß, die Angelegenheit in ihre eigenen Hände zu nehmen. Das hätte ich schon längst tun sollen, dachte sie. Das Zusammenleben mit Apollo hat mich verweichlicht. Großer Gott, jahrelang habe ich zwei große Landgüter verwaltet, ganz allein. Jetzt wird's höchste Zeit, die seidenen Fesseln der Liebe abzuschütteln ...

Einige Stunden vor dem Morgengrauen des nächsten Tages passierten Kitty und Cub den letzten Wachtposten am Rand des Bergdorfs. In dunkler Bauernkleidung saßen Mutter und Sohn auf einem Pony, das mit kurdischen Teppichen beladen war. Unbemerkt folgten sie der Karawane eines armenischen Teppichhändlers aus dem Dargo-Tal.

Der Armenier, an den Kitty am Vorabend herangetreten war, besaß nun eine Halskette aus Rubinen und Diamanten, die dem Wert eines Zweijahreseinkommens entsprach. Nur für diesen extravaganten Lohn hatte er sich bereit erklärt, As-saqr As-saghirs Frau und den kleinen Prinzen aus dem Dorf zu schmuggeln. Sollte Iskender-Khan jemals herausfinden, welche Rolle der Händler bei dieser Flucht gespielt hatte, wäre sein Leben nichts mehr wert. Ständig betastete er den kostbaren Schmuck und betete zu allen Göttern, die er kannte.

In Shura trennte sich Kitty von der Karawane und stieg mit Cub in den Zug nach Tiflis. Was sie an ihrem Ziel unternehmen würde, wußte sie noch nicht genau. Jedenfalls wollte sie in Apollos Nähe sein. Einen Plan hatte sie allerdings schon geschmiedet – sie würde Professor Pashkov besuchen, ihren ehemaligen Musiklehrer. Sie betrat ein vollbesetztes Zugabteil. Seit der Revolution konnten nur noch hohe Parteifunktionäre einigermaßen komfortabel reisen. Türen und Fensterrahmen waren herausgerissen und als Brennholz verwendet worden, die gepolsterten Sitzbänke zerfetzt. Am Boden häufte sich Abfall. Mit einiger Mühe fanden Kitty und Cub einen Platz in einer Ecke zwischen den Bewohnern eines Bergdorfs, die Gewehre aus eigener Produktion nach Tiflis bringen wollten, um sie zu verkaufen. Bis zum Stadtrand verlief die Fahrt ereignislos. Dann kamen zwei Wachtposten in den Waggon und kontrollierten die Ausweise. Kitty erklärte, sie habe ihre Papiere verloren. Prüfend musterte einer der Soldaten die schöne blonde Frau, die sich in schwarzen Bauernkleidern verbarg. »Eine Ossetin?« fragte er brüsk. Dieser blonde Gebirgsstamm bildete eine Ausnahme unter den dunkelhaarigen Kaukasiern.

»Ja«, bestätigte Kitty und hoffte, der Mann würde die Sprache der Osseten nicht beherrschen.

»Da haben Sie sich aber ziemlich weit von Ihrer Heimat entfernt.«

»Mein verstorbener Mann stammte aus Dagestan, und jetzt kehre ich zu meiner Familie zurück.«

»Ihr Mann ist tot?« In seinen Augen erschien jener Glanz, den Kitty oft genug in Stavropol gesehen hatte. Unbehaglich nickte sie. Der Soldat starrte Cub an, der in ihren Armen schlief. »Hm – keine Papiere ...« Seine Finger glitten über den Pistolengriff an seiner Hüfte. »Kommen Sie mit, ich muß Sie – verhören.«

Schweren Herzens folgte sie ihm durch drei Waggons. Klugerweise ignorierten die anderen Fahrgäste den mittlerweile vertrauten Anblick einer schönen Gefangenen. Trotz ihrer Angst beschloß Kitty, keine weiteren Demütigungen von bolschewistischer Seite hinzunehmen. Sie tastete zwischen den Falten der Decke, die Cub umhüllte, und zog eine *kinjal*-Klinge aus der Scheide. Zum erstenmal war sie dankbar für die Beharrlichkeit, mit der Apollo ihr beigebracht hatte, den kaukasischen Dolch zu gebrauchen. In Gedanken hörte sie seine eindringliche Stimme. »Zwischen die zweite und dritte Rippe ... Nein, nicht so hoch, hier unten ... Hab ich's nicht gesagt. So schwierig ist's gar nicht.« Eines Abends hatte er sie veranlaßt, Iskender ihre neuen Künste vorzuführen. Niemals würde sie den stolzen Glanz in seinen Augen vergessen, nachdem sie Iskenders Deckung durchbrochen und mit ihrer *kinjal*-Spitze eine Stelle über seinem Herzen berührt hatte. »Merkst du endlich, was für eine tüchtige Frau ich erobert habe, Pushka?«

Der Soldat führte sie in ein kleines Schlafwagenabteil, und das Klicken des Schlosses ließ keinen Zweifel an seinen Absichten. »Hier machen alle Frauen ohne Papiere die Beine breit«, erklärte er unverblümt. »Zumindest die hübschen.«

Nervös wich sie zurück, bis ihre Kniekehlen an die Polsterbank stießen. »Das Baby – darf ich's auf den Boden legen?«

»Machen Sie mit dem Balg, was Sie wollen, aber beeilen Sie sich – in ein paar Minuten sind wir in Tiflis.«

Kitty wandte sich ab, und während sie Cub in eine Ecke legte, zog sie das Messer aus den Falten der Decke. Blitzschnell fuhr sie herum, und bevor das grobschlächtige, unrasierte Gesicht des Wachtpostens seine Verblüffung widerspiegelte, bohrte sich die Klinge zwischen seine zweite und dritte Rippe. Er stieß nur einen kurzen Schrei aus. Dann hörte sein Herz zu schlagen auf, und Kitty sprang beiseite, als die schwere Gestalt vornüber stürzte.

Ein paar Sekunden lang starrte sie den zuckenden Körper an. Länger dauerte es nicht, bis sie ihr Entsetzen verdrängte. Sie mußte sich beeilen. Bald würde der Zug den

Bahnhof von Tiflis erreichen. Mit einiger Mühe wälzte sie die Leiche hinter die Tür. Der Mord durfte erst entdeckt werden, wenn sie in Sicherheit war. Von der Anstrengung erschöpft, rang sie nach Luft, packte ihren Sohn und verließ das Schlafwagenabteil.

Wenige Minuten später hielt der Zug, und Kitty tauchte im Gedränge auf dem Bahnsteig unter. Cub wählte diesen Augenblick, um zu erwachen und zu brüllen. Aber niemand beachtete die blonde junge Frau und ihr kreischendes Kind.

Inständig hoffte sie, Professor Pashkov würde nach wie vor im selben Haus wohnen wie damals. Eine Stunde später konnte sie zum erstenmal seit ihrer Abreise aus Dargo aufatmen. Cub war gestillt und gebadet, sie hatte den Reisestaub abgewaschen, und Professors Pashkovs Frau Grunia servierte ihr eine Tasse Tee.

»Wie soll ich Ihnen jemals danken?« seufzte Kitty zum zehntenmal seit ihrer unerwarteten Ankunft.

»Bleiben Sie bei uns, solange Sie wollen.«

»Viel Zeit habe ich nicht«, erwiderte sie und berichtete von Apollos Festnahme, von ihrer riskanten Reise in den Süden. »Ich habe meine Juwelen mitgenommen. Hoffentlich kann ich irgend jemand bestechen. Ich dachte, ich sollte vielleicht ein Gesuch an den Gefängnisdirektor richten.«

»Damit werden Sie kein Glück haben, Gräfin.« Der Professor erklärte, seine musikalischen Darbietungen würden auf den Partys ranghoher Offiziere sehr geschätzt. So könne er mit seiner Geige wenigstens die Familie ernähren. Um zu emigrieren, sei er zu alt, beantwortete er Kittys Frage. Seit seiner Geburt habe er immer nur in Rußland gelebt, und er würde seine letzten Jahre nicht im Ausland verbringen. Schließlich vereinbarten sie, Kitty solle ihn an diesem Abend im Haus des Oberst Ismailovich, bei dem der Gefängnisdirektor des Metekhi oft eingeladen sei, am Klavier begleiten. Im privaten Kreis wäre es sicher einfacher, an den Mann heranzukommen.

Mit dem Erlös eines kleinen Saphirrings kaufte sie ein Kleid und Schuhe. Cub blieb in Madame Pashkovs Obhut zurück. Kurz vor zehn betraten Kitty und Professor Pashkov das Haus des Oberst.

»Eigentlich müßte ich Ihnen dieses Wagnis ausreden«, meinte der Professor und rückte seinen Notenständer aus Kirschbaumholz zurecht. »Möchten Sie sich's nicht noch einmal überlegen, Gräfin?« Besorgt zog er die buschigen weißen Brauen zusammen. Kitty saß bereits am Klavier und blätterte in ihrem Notenheft. »Bitte, regen Sie sich meinetwegen nicht auf. Zeigen Sie mir einfach nur den Gefängnisdirektor, wenn er hereinkommt. Wenn ich's nicht wenigstens versuche, würde ich niemals meinen Seelenfrieden wiederfinden.«

»Also gut. Er ist klein und dunkelhaarig, und er trägt einen Kavallerieschnurrbart. Wenn er erscheint, gebe ich Ihnen Bescheid.«

Doch das war nicht nötig. Sobald Kommandant General Tergukasov die Schwelle des Salons überquerte, wurde sein Blick hypnotisch von der Vision in Blau angezogen, deren Finger über die Klaviertasten glitten. Ohne Zögern eilte er auf das Podest, hielt Kittys Hände fest und lächelte sie an. »Mademoiselle, eine so schöne Frau dürfte ihren Lebensunterhalt nicht selbst verdienen.« Dann ließ er sie los, schlug im alten zaristischen Stil die Hacken zusammen und verneigte sich. »Bitte, blonder Engel, seien Sie heute abend mein Gast …«

Verblüfft und ein wenig erschrocken schaute sie zu ihm auf, und ihre smaragdgrünen Augen mit den dichten langen Wimpern raubten ihm die Sprache. Das passierte dem General nur sehr selten. Brüsk wandte er sich zu Professor Pashkov. »Die Mademoiselle wird vorerst nicht mehr Klavier spielen.«

Bevor der alte Mann antworten konnte, erklärte Kitty nervös: »Aber Oberst Ismailovich hat uns für den ganzen Abend engagiert.« Wenn dieser Fremde sie vereinnahmte, würde sie womöglich die Gelegenheit verpassen, den Kommandanten des Metekhi-Gefängnisses kennenzulernen.

Die Geige unter dem Arm, betonte der Professor: »Sicher wird Oberst Ismailovich Verständnis zeigen. Katharina. Immerhin ist *General Tergukasov* sein Ehrengast.«

Glücklicherweise bemerkte der Kommandant nicht, daß sie unwillkürlich die Hände ballte. »Oh – General Tergukasov, wie nett von Ihnen, eine werktätige junge Frau von ihrer Qual zu erlösen …«

»Betrachten sie Ihre berufliche Laufbahn als beendet, Mademoiselle.«

»Sie sind zu gütig. Und – nennen Sie mich bitte Madame.«

»Ist Ihr Ehemann heute abend hier?«

»Nein, er fiel im Krieg.«

»Das müßte ich bedauern.« Die schwarzen Augen verengten sich. »Aber es fällt mir schwer. Haben Sie Kinder?«

»Einen Sohn.«

»Hm …« Er zog sie vom Klavierhocker hoch und führte sie die Stufen des Podests hinab. »Kommen Sie, Madame …?«

Kitty nannte ihren Mädchennamen. Nach der Episode in Stavropol war der Name Radachek vielleicht berüchtigt.

»Hoffentlich mögen Sie Champagner, Madame Kurminen. Bevor dieser Abend zu Ende geht, werden wir uns zweifellos mit unseren Vornamen anreden.«

Charmant und fürsorglich kümmerte er sich um Kittys Wohl. Bald bat er sie, in seine Wohnung zu ziehen. Dafür bot er ihr die Sonne, den Mond und die Sterne an. Bedrückt fragte sie sich, ob er so reich war, daß er ihren Schmuck für eine Bagatelle halten würde. Kokett versprach sie ihm, sie würde ihm am nächsten Tag eine Antwort geben.

»Wunderbar, Katharina! Picknicken wir im Botanischen Garten. Dabei werden wir uns ganz sicher einigen.«

Als der General und Kitty kurz vor Mitternacht Oberst Ismailovichs Haus verließen, stand ein Krieger aus Dagestan auf der anderen Straßenseite im Schatten und stieß seinen Kameraden mit dem Ellbogen an. Eine Stunde später erfuhr Karaim von Kittys Anwesenheit in Tiflis. Nach einem wilden Fluch erkundigte er sich nach den Einzelheiten. Nein, sie wohnte nicht bei Tergukasov. Er hatte sie nur nach Hause gebracht. Und wo war sie abgestiegen? Bei einem Professor Pashkov, nahe der Innenstadt.

Großer Gott, diese Frau hat Nerven, dachte Karaim. Wenn er den Gefängnisdirektor nicht vierundzwanzig Stunden am Tag beobachten ließe, hätte er niemals erfahren, daß sie in die Hauptstadt gekommen war. Zumindest nicht rechtzeitig. »Ist sie jetzt bei diesem Professor?«

»Ja.«

»Und der General ist nach Hause gefahren?«

»Ja.«

»Gut«, seufzte Karaim. »Bis morgen früh ist sie in Sicherheit. Schickt am Vormittag zwei Männer zu ihr. Nicht einmal ein glühender Verehrer wird früher bei ihr auftauchen.«

In diesem Punkt gingen die Ansichten über das Ausmaß gewisser Leidenschaften auseinander.

Am nächsten Morgen, kurz vor zehn, erschienen zwei Krieger vor Professor Pashkovs Haus und sahen den Benz des Generals die Straße hinabfahren. Glücklicherweise konnte das Automobil den schmalen Straßen der Altstadt nur langsam folgen, und die beiden Fußgänger behielten es mühelos im Auge. Außerdem war General Tergukasov romantisch veranlagt – ein weiterer Glücksfall. Vor dem erstbesten Blumenladen befahl er dem Chauffeur anzuhalten, entschuldigte sich höflich und eilte davon, um der wunderbaren Frau, von der er die ganze Nacht geträumt hatte, ein exotisches Bukett zu kaufen.

Inzwischen saß Kitty in der luxuriösen Lederpolsterung und überlegte unbehaglich, wie sie das Thema des derzeit wichtigsten Gefangenen im Metekhi anschneiden und womit sie den General bestechen sollte. Was der Mann von ihr wollte, wußte sie natürlich, und Apollos Leben war ihr jedes Opfer wert. Jetzt kam es nur noch darauf an, ob Tergukasov sein Wort halten würde. In den letzten Jahren hatte sie zu viele Geschichten von Ehefrauen gehört, die bereit gewesen waren, das Leben ihrer gefangenen Männer mit ihrer Tugend zu erkaufen, ohne den gewünschten Erfolg zu erzielen. Grausam und unbeirrt hatten die Vergewaltiger ihre Häftlinge hinrichten lassen.[14] Was sollte sie tun? Allzuviel Zeit blieb ihr nicht, um eine Entscheidung zu treffen.

Plötzlich wurde die Fahrertür aufgerissen, der Chauffeur hinausgezerrt und aufs Pflaster geworfen. Auch die Beifahrertür schwang auf. Zwei Männer stiegen ein, und der Benz brauste davon. Lächelnd drehte sich der Beifahrer zu Kitty um. »Ducken Sie sich, Gräfin!«

»Sahin!« rief sie entgeistert. »O nein! Bringen Sie mich zurück. Ich muß mit dem General über Apollo reden!« Verzweifelt packte sie seine Schulter. »Bitte, kehren Sie um!«

»In zwei Tagen befreien wir As-saqr As-saghir.«

»Gott sei Dank«, flüsterte sie, sank in die Polsterung zurück und vergoß Tränen der Erleichterung.

Einige Minuten später stand sie Karaim gegenüber, und er erklärte ihr seinen Plan. Zum erstenmal seit Apollos Festnahme schöpfte sie Hoffnung.

Hastig wurden Cub, der Professor und seine Frau in Sicherheit gebracht. Wenn der General herausfinden wollte, wer die blonde Schönheit entführt hatte, würde er seine ersten Nachforschungen in Pashkovs Haus anstellen. Kitty entschuldigte sich bei dem Professor und Grunia, weil sie die beiden in so große Gefahr gebracht hatte. Der Beutel voller Goldmünzen, den Karaim ihnen übergab, würde ihnen jedoch zumindest ein komfortables Leben sichern –

selbst wenn Pashkovs musikalische Darbietungen in höheren Offizierskreisen keinen Anklang mehr finden sollten.

19

Einen Tag später, kurz vor dem Einbruch der Dunkelheit, ankerte Fürst Alexander Kuzans Yacht in einer abgeschiedenen Bucht zwölf Meilen nördlich von Poti. Vier Männer, die in ihren Burkas am Sandstrand saßen, zu beiden Seiten eines Lagerfeuers, sprangen auf und eilten ihrem alten Freund entgegen.

In Konstantinopel hatte Apollos Vater ein zweites Telegramm von Sahin erhalten und weitere Einzelheiten erfahren. Mehrere Dynamitkisten und vier Landminen wurden von der Yacht geladen. Diese Ausrüstung brauchte man, um den einzigen Sohn des Fürsten aus dem Gefängnis zu befreien. Vierzehn Tage lang hatte Alex sein beträchtliches Vermögen, seinen Verstand, seine Macht und seinen Charme aufgeboten und alle erdenklichen Hebel in Bewegung gesetzt. Nun würde man bald wissen, ob sich die Mühe gelohnt hatte.

Fürst Alex stieg aus einem kleinen Boot und watete an Land. In der schwarzen kaukasischen Tracht strahlte seine breitschultrige Gestalt immer noch jugendliche Autorität aus. Obwohl er fast fünfzig war, durchzogen nur wenige graue Strähnen sein schwarzes Haar. »Wie geht's dir nach all den Kriegsjahren?« fragte er und schüttelte Karaims Hand.

»Gut, Sasha.«

»Und Apollo? Irgendwelche Neuigkeiten?«

»Heute nachmittag war er noch am Leben.«

Alex seufzte erleichtert. »Hoffentlich übersteht er auch diese letzte Nacht unbeschadet. Und wie geht's Kitty und meinem Enkel?« Ebenso wie seine Frau Zena hatte er die

Nachricht von Cubs Geburt voller Freude und Stolz zur Kenntnis genommen.

»Das können Sie selber feststellen«, erwiderte Karaim und schnitt eine schmerzliche Grimasse.

Verwundert wandte sich Alex zu Kitty, die aus den abendlichen Schatten trat, das Baby im Arm. Apollos Vater küßte sie, dann musterte er den wohlgeratenen kleinen Jungen, in dem er seinen eigenen, vor zwei Jahrzehnten geborenen Sohn wiederzuerkennen glaubte. Das gleiche helle Haar, die goldbraunen Augen, die Grübchen in den runden Wangen ... Genauso sah Apollo in diesem Alter aus, dachte er und erinnerte sich an das blonde Baby, das in Nizza um die Jahrhundertwende zur Welt gekommen war. »Du mußt sehr stolz sein, so wie Zena und ich damals auf unseren Kleinen.«

»O ja, Fürst Kuzan. Cub ist in jeder Hinsicht der Sohn seines Vaters.«

»Ein bißchen was hat er wohl auch von seiner Mutter«, meinte Alex lächelnd und musterte die schöne junge Frau.

»Vielleicht – aber was sein Temperament betrifft, gleicht er eindeutig Apollo. Ständig muß er seinen Willen durchsetzen.«

Alex lachte. »Nun, ich fürchte, das ist ein unausrottbarer Wesenszug aller Kuzans. Da du jetzt zur Familie gehörst, nenn mich bitte Sasha. Leider haben wir vorerst keine Zeit, um uns besser kennenzulernen. Das holen wir später nach. Jetzt fahren wir sofort nach Tiflis.«

Einen Arm um Kittys Schultern gelegt, führte er sie zu dem Boot, das die Krieger inzwischen an den Strand gezogen hatten. »An Bord der Yacht erwarten dich meine Männer.« Seine Stimme klang freundlich, duldete aber keinen Widerspruch. »In zwei Tagen bringen wir Apollo zu dir.« Oder wir sind alle tot, fügte er in Gedanken hinzu. »Die Yacht nimmt Kurs auf Ilori. Dort treffen wir uns. *Au revoir.*« Er neigte sich hinab und küßte seinen Enkel.

»Alles Gute«, flüsterte Kitty.

Am nächsten Morgen kamen Alex und seine Begleiter in Tiflis an und erfuhren bestürzt, die Exekution sei um einen Tag vorverlegt worden. Vielleicht fürchtete man Repressalien von seiten Moskaus, oder man wollte Befreiungsversuchen zuvorkommen. Was immer auch der Grund sein mochte, in dieser Nacht schlief niemand. In den viel zu kurzen Stunden der Dunkelheit wurden hektische Aktivitäten entwickelt, Dynamit und Landminen zu beiden Seiten der schmalen Straße vor dem Eingang des Gefängnisses deponiert. Auf diesem Weg würde Apollo zu dem Laster gehen, der ihn zum Richtplatz bringen sollte.

Ein alter Freund des Fürsten – ein türkischer Kaufmann, der mit den neuen sowjetischen Machthabern genauso einträgliche Geschäfte machte wie früher mit der Aristokratie – war in den Rettungsplan eingeweiht und um Hilfe gebeten geworden.

Eine Stunde vor Sonnenaufgang hatten Alexander und seine Männer alle Vorbereitungen getroffen. Während sie eine kurze Rast hielten, saß er in Krym Seid Beys elegantem Salon, dessen Fenster zum Richtplatz hinausgingen, und nippte an einem Cognac. »Großer Gott, Krym, das war knapp. Warum wurde die Exekution vorverlegt?«

Seufzend verlagerte Krym sein Gewicht, das von jahrelanger Unmäßigkeit zeugte, auf dem seidenen Diwan. »Einem Gerücht zufolge vermißt der Kommissar die schöne Lola und will möglichst bald nach Jalta zurückkehren.«

»Du meine Güte, offensichtlich hat sie den Gefallen übertrieben, um den ich sie bat.«

Neidisch musterte Seid Bey die schlanke, sehnige Gestalt seines Freundes. »Für dich würde Lola alles tun, Sasha. Sie ist immer noch verrückt nach dir, obwohl sie weiß, daß du deine Frau niemals betrügen würdest. Natürlich hat sie gute Arbeit geleistet.«

»Trotz des unerwarteten Resultats handelte sie sicher in bester Absicht.«

»Zweifellos.«

»Nur schade, daß wir uns wegen der verführerischen Macht, die sie auf den kleinen Kommissar von Tiflis ausübt, die ganze Nacht abrackern mußten. Zum Glück wurden wir gerade noch rechtzeitig fertig. Jetzt warten wir noch, bis die Sonne aufgeht. Lola hat's sicher gut gemeint, und wir verdanken ihr, daß Apollo die letzten zehn Tage überlebt hat. Dafür soll sie reich belohnt werden.«

»Mit einem persönlichen Geschenk?« fragte Seid Bey und lächelte anzüglich.

»Nein, da solltest du mich besser kennen, Krym. Im Gegensatz zu dir brauche ich keinen wohlgefüllten Harem.«

Alex' entschiedener Tonfall erinnerte Krym an frühere Zeiten. Damals hatten sie viele Nächte in Lolas Etablissement durchzecht und an den Spieltischen gesessen. Der Fürst war niemals nach oben gegangen, wenn die Mädchen ihre Besucher erwartet hatten. Er vergötterte seine Zena. Seit vielen Jahren gab es keine andere Frau in seinem Leben.

Eine halbe Stunde später trugen Alex und seine Männer Uniformen der Roten Armee (Seid Bey hatte ausgezeichnete Kontakte). In diesen Uniformen fiel es ihnen nicht schwer, den Laster zu requirieren, der Apollo zum Richtplatz bringen sollte. Die Wachtposten, die darin saßen, wurden durch Bolschewisten mit markanten kaukasischen Zügen ersetzt. Langsam fuhr das Vehikel durch die schmalen Straßen der Altstadt zum Metekhi-Gefängnis.

Den Kopf in den nackten Armen vergraben, schlief Apollo. Die Wärter weckten ihn, brachten ihm Kleider und eine karge Mahlzeit, die sie Frühstück nannten. »Damit Sie bei Ihrer Hinrichtung respektabel aussehen«, erklärten sie fröhlich. Plötzlich stimmte ihn der Gedanke an seinen nahen Tod eher wütend als traurig. Verdammt, es gab so vieles, wofür es sich zu leben lohnte. Er wollte mit Kitty alt werden, seinen Sohn aufwachsen sehen. Bei diesem Gedanken faßte er einen Entschluß. Er würde wenigstens versuchen, um seine Freiheit zu kämpfen. Zweifellos war es besser, mit einer Kugel in der Brust zu sterben, als am Ende eines Stricks.

Ohne allzugroße Hoffnungen zu schöpfen, stand er auf und zog sich an. Die Wärter führten ihn durch ein scheinbar endloses Labyrinth aus Gängen und Treppen. Der lange Fußmarsch zehrte an den Kräften seines geschundenen Körpers. Die schlechte Ernährung im Gefängnis und die tägliche Folter hatten ihn geschwächt. Unter seinen Augen lagen dunkle Schatten, die markanten Wangenknochen traten stärker denn je hervor.

Mühsam zwang er sich, einen Fuß vor den anderen zu setzen. Eine letzte Chance, dachte er beim Anblick des Tageslichts am Ende eines langen Gangs. Eine letzte Chance vor der Fahrt zum Schafott.

Als er ins helle Sonnenlicht trat, stolperte er auf den Stufen, sekundenlang geblendet. Er taumelte und stieß gegen den Wärter zu seiner Linken. Getrieben von einem reinen Überlebensinstinkt – im Gebirge entwickelt und während der Kriegsjahre geschärft –, nutzte er die winzige Chance, riß die Pistole aus dem Halfter des Mannes und feuerte. Dann fuhr er herum und schoß auf den Wärter zur Rechten – einmal zwischen die Augen. Schreiend stürmte ein Tscheka-Wächter aus dem Gebäude, und ehe Apollo die Stufen hinabspringen konnte, traf ein Gewehrlauf seinen Kopf. Der Schlag zwang ihn in die Knie. Mit aller Macht klammerte er sich ans Bewußtsein.

»Helft mir, den Bastard rüberzutragen!« herrschte der Tscheka-Wächter die Soldaten an, die im Laster saßen, und zerrte den halb ohnmächtigen Apollo die schmale Straße entlang. »Noch lebt er. Und bevor er stirbt, wird er verdammt lange baumeln!«

Alle Insassen hatten den kurzen Kampf beobachtet,

aber nicht eingegriffen. Zweifellos hätte ein längerer Schußwechsel mehrere Wärter aus dem Metekhi gelockt. Zwei Rote Soldaten sprangen von der Ladefläche, hoben Apollo hinauf und kletterten hinterher. Mißtrauisch spähte der Tscheka-Wächter ins Halbdunkel unter der Plane. »Wo ist Georgi? Heute hat er doch Dienst, nicht wahr?«

»Leider fühlte er sich nicht gut«, antwortete eine Stimme in seltsam akzentuiertem Russisch.

Apollo lag am Boden und glaubte, einen Engelschor zu hören. Mit einiger Mühe wandte er seinen schmerzenden Kopf in die Richtung, aus der die Worte herangedrungen waren, und sah dunkle, verschwommene Gesichter. Er kniff die Augen zusammen. Dann versuchte er es noch einmal und begegnete Karaims belustigtem Blick.

»Wartet hier!« befahl der Tscheka-Wachtposten. »Ich muß die Gefängnisleitung über den Tod der beiden Wärter informieren. Gleich komme ich zurück.«

»Wie Sie wünschen, Euer Gnaden«, murmelte Karaim. Als der Mann die Anrede aus alten zaristischen Zeiten hörte, fuhr er herum, und Karaim erschoß ihn. Inzwischen hatte Sahin den Fahrer veranlaßt, den Motor zu starten, und der Laster holperte über das Kopfsteinpflaster.

»Großer Gott ...« Apollo grinste schwach. »Und ich hatte die Hoffnung auf euch schon aufgegeben. Kommt nächstes Mal ein bißchen früher.«

»Wir mußten auf Sasha warten.«

»Ist Papa hier?« fragte Apollo verwundert und richtete sich auf.

»Er sitzt am Steuer.« Seufzend sank er auf die Ladefläche zurück. Jetzt sah die Zukunft entschieden rosiger aus.

Wenige Sekunden, nachdem der Laster den Eingang des Metekhi verlassen hatte, explodierten die Mauern der Krasilnava-Straße, dann zerbrachen die Fenster an der Bebutovskaya. In Höchstgeschwindigkeit schlitterte das Vehikel nach rechts zu Ganovskaya, folgte einem Häuserblock und bog in Seid Beys geräumige Garage, nur fünfhundert Meter vom Erivansk-Platz entfernt, wo Apollo hängen sollte. Während die Stadt von Polizisten und Soldaten wimmelte und die Tscheka ein Haus nach dem anderen durchsuchten, genossen Apollo, Alex und die Kaukasier Seid Beys Gastfreundschaft in seinem luxuriösen Harem. Am Vormittag führte Krym die Tscheka-Beamten durch sein elegantes Heim. Aber sogar die Bolschewisten wußten, daß man einen Harem nicht stören durfte.

Zwei Stunden später kehrte Krym zu seinen Gästen zurück, die auf seidenen Diwans lagen. »Die Durchsuchung hat nicht so lange gedauert, aber ich mußte mit der Tscheka ein paar Flaschen auf Lenins Gesundheit trinken.«

»Und die allgemeine Stimmungslage?« fragte Alex grinsend.

»Ziemlich gedrückt. Angeblich gilt das Metekhi als ausbruchsicher.«

»Nur hundert Jahre lang«, murmelte Apollo, der im Halbschlaf auf dem Seidenkissen lagerte.

»Tatsächlich?« Erstaunt erhob Seid Bey die Brauen. »Dann haben wir ein ganz besonderes Ereignis zu feiern.« Eifrig klatschte er in die dicken Hände, und seine Diener servierten Champagner. Wenig später tischten die Haremsdamen eine exquisite Mahlzeit auf, und der restliche Tag verstrich in angenehmem Müßiggang.

Apollo bewies einen herzhaften Appetit, aber er trank nur wenig. Höflich, aber entschieden wies er die Avancen der Frauen zurück. Die meisten Stunden verschlief er. Nachdem er gebadet und gegessen hatte, erholte sich sein mißhandelter Körper erstaunlich schnell.

In der Nacht dankte Alex seinem alten Freund und bot ihm Zuflucht in all seinen europäischen Häusern an, sollte sich Krym irgendwann genötigt fühlen, seine Geschäfte in Tiflis zu beenden. Dann weckte der Fürst seinen Sohn, und sie traten die Fahrt zur Yacht an – in die Freiheit.

Kurz nach Mitternacht, unter einem mondlosen Himmel, rollte ein schnittiger Pierce-Arrow aus der Garage beim Erivansk-Platz, fuhr auf Umwegen durch Tiflis und zu einer entlegenen Bucht, neunzig Meilen westlich von der Hauptstadt.

Apollo saß neben seinem Vater im Fond und starrte durch die Fensterscheibe in die schwarze Nacht.

»Wahrscheinlich schläft sie schon«, meinte Alex, der die Gedanken seines Sohnes erriet. »Wußtest du, daß sie mit dem Baby aus den Bergen herunterkam, um dich zu retten?«

»Das hat Sahin mir erzählt.«

»Eine sehr tapfere Frau.«

»Nicht nur das …« Apollo konnte nicht in Worte fassen, was Kitty ihm bedeutete.

»Übrigens, Cub sieht genauso aus wie du mit sechs Monaten.«

»Ja, ich bin ein sehr glücklicher Familienvater.«

»Würdest du mit Kitty zusammenleben, wenn das Kind einem anderen Mann gliche?«

»Die ganze Zeit versuchte ich mir einzureden, das würde ich nicht tun. Aber ich habe mich selbst belogen.«

»In diesen letzten Jahren hatte sie's nicht leicht.«

»Und das will ich wiedergutmachen, für den Rest meines Lebens.«

»Wenn ihr so glücklich werdet wie deine Mutter und ich, erreicht ihr alles, was man sich nur wünschen kann.«

»Mit Gottes Wille.« Apollo schaute wieder aus dem Fenster und suchte im Dunkel die Lichter der *Südstern*. An Bord der Yacht würde er seine Frau und seinen Sohn treffen, die er nie wiederzusehen erwartet hatte.

»Du wirst auch Leda auf der *Südstern* finden.«

Verblüfft wandte sich Apollo zu seinem Vater. »Habt ihr sie aus Shura hierhergebracht?«

»Das war Sahins Werk.«

»Dann schulde ich ihm einen großen Gefallen.« Apollo

lachte leise. »Wahrscheinlich hat sie in Shura niemanden auf ihren Rücken gelassen.«

Kitty saß in der Kapitänskabine der *Südstern*. Behutsam wiegte sie ihren Sohn hin und her. Die ganze Nacht war er unruhig gewesen. Offenbar hatte er die Nervosität seiner Mutter gespürt. Jetzt schlief er tief und fest.

Als Apollo eintrat, sah sie sofort, daß er abgemagert war. Zweifellos hatte man ihn mißhandelt. Aber er hielt sich kerzengerade. Und er lebte.

»Bonsoir, dushka«, begrüßte er sie lächelnd. »Nun, kann Cub seinem Papa ein paar neue Kunststücke vorführen? In diesen Tagen habe ich unentwegt an euch beide gedacht.«

Von heißer Freude überwältigt, erwiderte sie sein Lächeln. »Und ich habe ihm jeden Tag dein Foto gezeigt. Immer, wenn er's sieht, lächelt er.«

Während er über den blauen Teppich ging, hinkte er ein wenig. Bei diesem Anblick brach ihr fast das Herz. Er nahm ihr seinen schlafenden Sohn aus den Armen, küßte ihn und legte ihn in sein Bettchen. »Morgen früh wird er mir sein Lächeln zeigen.« Dann wandte er sich zu Kitty, zog sie aus dem Sessel hoch und preßte sie an seine Brust. »O Gott, wie ich dich vermißt habe ...« Erst an diesem Morgen hatte er geglaubt, er würde sie nie wiedersehen. In ihren Augen brannten Tränen. Sie klammerten sich aneinander, und die Zeit schien stillzustehen, als ihre Hände und Lippen alles ausdrückten, was sie empfanden.

Später lagen sie im Bett, und eine beglückende Ekstase stillte die Sehnsucht, die beide so lange gequält hatte. Kitty streichelte Apollos nackte Brust, sah alte Narben und die neuen, die er trotz der Warnung Lenins davongetragen hatte. »So viel Leid ... Es muß schrecklich gewesen sein.«

»Aber ich hab's überstanden, im Gegensatz zu vielen

anderen Gefangenen.« Entschlossen wechselte er das Thema. »Papa hat mir von deiner heldenhaften Reise erzählt. Wie bist du Pushkas Wachposten entwischt?« Nachdem sie die Ereignisse geschildert hatte, schüttelte er seufzend den Kopf. »Ich fürchte, du wirst niemals die brave Ehefrau spielen, die fügsam daheim sitzt und auf ihren Mann wartet.«

»Würde dir das gefallen?« flüsterte sie und strich zärtlich über sein Gesicht, das so schmal geworden war.

»Nur manchmal«, erwiderte er und preßte seine Lippen auf ihre Handfläche. »Sicher werden wir uns irgendwie einigen.«

»Das hängt davon ab, wie weit du mir entgegenkommst ...«

Am frühen Morgen öffnete Apollo die Kabinentür und schrie: »Ruft den Kapitän! In fünf Minuten heiraten wir!«

»Bist du verrückt?« Kitty richtete sich im zerwühlten Bett auf. »Das ist unmöglich!«

»Für meinen Vater ist nichts unmöglich.« Apollo kam zu ihr zurück und setzte sich auf die Bettkante. »Darf ich dir als erster zu deiner Scheidung gratulieren? Vor fünf Wochen wurde sie ausgesprochen.«

»O Gott – wie denn?«

»Bevor wir Batum verließen, um in die Berge zu reiten, schickte ich Papa ein Telegramm und bat ihn, Peotr aufzuspüren und die Scheidung in die Wege zu leiten. Ich hatte gehofft, wir könnten vor Cubs Geburt heiraten. Aber Papa fand deinen Mann nicht. Erst vor einem Monat tauchte Peotr in Paris auf. Seine Abreise aus Baku verzögerte sich. Um der Roten Armee auszuweichen, mußte er Suata und die Kinder auf Umwegen durch Persien und die Türkei zur Küste bringen. Dann saßen sie wochenlang auf einem Quarantäneschiff fest, bis sie Konstantinopel endlich verlassen konnten.«

»Suata und die Kinder?« wiederholte Kitty verwirrt.

»Seine Familie – seine Geliebte in Baku, ein Sohn und eine Tochter. Ich dachte, du hättest so was Ähnliches längst erraten.«

»Eine richtige Familie ...«

»Tut mir leid. Macht's dir sehr viel aus? Papa sagt, Peotr hätte heftige Gewissensbisse, weil er damals nicht zu dir nach Aladino kam.«

Lächelnd schüttelte sie den Kopf. »Wie kann's mir was ausmachen? Wenn's keine Suata gäbe, hätte ich dich wohl nie wiedergesehen.«

»Dann ist ja alles gut«, meinte er erleichtert. »Heiraten wir, je früher, desto besser. Falls du dir ein großes Fest wünschst – das holen wir in Chambord nach.«

»Heiraten?« flüsterte sie, als hätte das Wort einen seltsamen Klang, an den sie sich erst gewöhnen mußte.

»Was sonst? Hast du etwas anderes erwartet?«

»Oh – ich weiß nicht ...«

Sie hatte gedacht, dieser Traum würde sich niemals erfüllen. In den Wirren der Revolution, angesichts ihrer Ehe mit Peotr – und des fragwürdigen Rufs, den Apollo genossen hatte ... »Heiraten?«

»Warum findest du das so seltsam?« Erstaunt nahm er sie in die Arme. »Du bist die Mutter meines Sohnes.«

»Nur deshalb?«

»Nein, um Himmels willen! Weißt du nicht, wie sehr ich dich liebe? Jedenfalls heiraten wir, ob's dir paßt oder nicht. *Darüber* will ich nun wirklich nicht mit dir streiten.«

»Natürlich, du mußt deinen Willen durchsetzen«, tadelte sie sanft. »So wie immer.«

»Genau. So wie immer.« Glücklich schmiegte sie sich an ihn. »Das ist einfach unglaublich.«

»Nein, das ist Liebe. Übrigens, ich werde die Pflichten eines Ehemanns sehr ernst nehmen.«

»Plötzlich mußte sie lachen. »Willst du wirklich eine entehrte Frau heiraten?«

»Wenn sie mich haben will ...«

»O ja!« beteuerte sie und schlang die Arme um seinen Hals. »Und wenn ich dich langweile? Werden Karaim und Sahin das Problem lösen?«

»Dazu brauche ich die beiden gar nicht. Ich weiß, wie man sich die Langeweile vertreibt. Da gibt's ein paar Methoden ...«

Epilog

Während der nächsten kriegsmüden Jahre lebten Apollo und Kitty mit Cub, seinem kleinen Bruder und seinem Schwesterchen in einem schönen grünen Tal. Nur selten vertauschten sie ihre Idylle mit der hektischen Atmosphäre der französischen Hauptstadt.

Wie geplant, bewirtschaftete Kitty einen Bauernhof, war eine hingebungsvolle Ehefrau und Mutter und die beste Freundin des Prinzen. Apollo kümmerte sich um seine geschäftlichen Interessen, verwöhnte seine Frau und sah seine Kinder aufwachsen.

Liebevoll betreuten beide Eltern Cub und seine Geschwister selbst, statt sie den Dienstboten, Gouvernanten oder Kindermädchen zu überlassen. Inzwischen konnte Apollo genausogut Windeln wechseln und Spiele erfinden, wie er früher mit seinem *kinjal* umgegangen war.

Im Ruhestand wurde Leda allmählich träge. Gelegentlich ritt Apollo immer noch auf ihr aus, und ein lebhafter Trab durch die Landschaft half ihm, böse Erinnerungen zu verscheuchen. Hin und wieder erhielt er Nachrichten vom Pariser Emigrantenkomitee, die ihn veranlaßten, in die Hauptstadt zu fahren. Er unterstützte seine Landsleute finanziell, auch mit Rat und Tat. Vorerst war er jedoch nicht bereit, in seine Heimat zu reisen.

Anmerkungen

1 ›Piter‹ ist ein liebevoller Spitzname für Petersburg. Um den deutschen Klang des Namens auszumerzen, wurde die Stadt im August 1914 in Petrograd umgetauft, aber viele Leute benutzten immer noch den alten Namen. (1924 wurde die Stadt Leningrad genannt.)

2 Mamontov befehligte achttausend ausgewählte Kavalleristen auf den besten Pferden der Don-Region. Er sorgte für Unruhe hinter den Roten Linien, und es wäre ihm beinahe gelungen, Trotzki in Tambov festzunehmen, was den Kriegsverlauf zweifellos verändert hätte. Während desselben Feldzugs entkam das Rote Hauptquartier von Kozlov nur um Haaresbreite einer Gefangenschaft. Diese beiden Ereignisse bezeugen die Ausgewogenheit des russischen Bürgerkriegs.

3 Viele junge Offiziere schwärmten für Vollblüter. Aber diese Pferde stellten eine beträchtliche Gefahr dar, wenn die Reiter nicht mit ihnen umgehen konnten. Im Ersten Weltkrieg beschafften sich vier Subalternoffiziere Pferde von der Moskauer Rennbahn, auf die sie sehr stolz waren. Während einer Attacke geriet ihr Regiment in ein Maschinengewehrfeuer und mußte umkehren. Nur die vier Vollblüter rasten direkt in die Arme der Deutschen. Wunderbarerweise wurden weder die Pferde noch die Reiter verletzt. Am nächsten Tag wurde aus einem deutschen Flugzeug folgende Nachricht abgeworfen: »Leutnant Graf Rebinder gewann um zwei Längen, falls die Herren Wetten abgeschlossen haben.«

4 Mitte Oktober 1919 verfügten die Roten über 160 000 Infanteristen, 26 000 Kavalleristen und 4500 Maschi-

nengewehre, die Weißen nur über 63 000 Infanteristen, 48 000 Kavalleristen und 2300 Maschinengewehre. Der Vorteil der Weißen lag in ihrer ausgezeichneten Kavallerie, die aber in der zweiten Hälfte des Jahres 1919 durch ständige Schlachten geschwächt wurde.

5 Die Duellregeln wurden vom Adat des Kaukasus-Gebirges vorgeschrieben: Wenn ein Mann von einem Gegner beleidigt wurde, suchten beide vertrauenswürdige Freunde aus, die sich bemühten, Frieden zu stiften. Man hielt es für mutiger, einen Fehler einzugestehen, als zu kämpfen. Falls die Bemühungen erfolglos blieben, breitete man einen Umhang aus schwarzem Filz, die Burka, am Boden aus, und die Widersacher duellierten sich darauf. Es galt als Schande, zurückzuweichen und die Burka zu verlassen. Der Kampf wurde fortgesetzt, bis einer der Duellanten starb oder tödliche Wunden erlitt.

6 Die *tachanka,* im russischen Bürgerkrieg entwickelt, wurde zur tödlichsten Waffe auf den Schlachtfeldern. 1917 gründete ein Exsträfling namens Nestor Makhno in der Ukraine eine Guerilla-Bande. Unter dem schwarzen Banner der Anarchie ritten sie durch die südrussischen Ebenen, um zu plündern und Aristokraten, Juden, Kommunisten, Priester und alle anderen zu ermorden, die ihr Mißfallen erregten. Makhnos Vorzug war seine Beweglichkeit, und sein plötzliches Auftauchen an Orten, wo man ihn am wenigsten erwartete, wurde legendär, ebenso wie sein abruptes Verschwinden nach einem orgiastischen Zechgelage und anschließendem Gemetzel. Sein Problem bestand darin, ein heftiges Maschinengewehrfeuer mit seiner Mobilität zu kombinieren. Deshalb montierte er seine Maschinengewehre auf leichten Wagen und erfand die *tachanka*. Damit konnte er auf den Feind zugaloppieren, das Feuer eröffnen und davonreiten, während er immer noch schoß. Die *tachanka* war schnell, leicht, unauffäl-

lig und tödlich. Bald wurde sie von der Roten und Weißen Kavallerie benutzt.

7 Mangels passierbarer Straßen wurde auf Bahngleisen oder in ihrer Nähe Krieg geführt. Beide Heere okkupierten viele tausend Waggons.

8 »Wie ich sehe, sind Sie fremd in diesem Land«, sagte ein Freund zu dem britischen Journalisten C. E. Bechhofer, als dieser 1919 Rußland besuchte. »Denn seit zwei Jahren sorgt sich niemand mehr darum, was morgen mit ihm geschieht. Jetzt ist es nicht mehr so wie in alten Zeiten, als wir uns in Petrograd trafen und vereinbarten, wir würden uns in zwei oder drei Tagen wiedersehen. Keine Bange, bald werden Sie sich daran gewöhnen. Warten Sie, bis Sie unter den Bolschewisten gelebt haben, so wie ich! Ich sage Ihnen, ehe Sie den Bolschewismus begriffen haben, wissen Sie nicht, was wirklich auf dieser Welt vorgeht. Was für eine seltsame Idee, an morgen zu denken!« Dieses Gefühl der Vergänglichkeit und schwindenden Moral findet sich in vielen Memoiren und Tagebüchern aus jener Epoche. Zwischen Krieg, Typhus, bitterer Kälte, Nahrungs- und Wassermangel bezweifelte man, daß man den nächsten Tag noch erleben würde.

9 In der Roten Armee gab es keine Titel. Die Militärs wurden mit dem Rang angesprochen, den sie gerade einnahmen. Zum besseren Verständnis wird Beriozov als General bezeichnet.

10 Vor der Oktoberrevolution hatten die Bolschewisten die alte zaristische Armee systematisch zerstört, indem sie alle Aspekte militärischen Gehorsams unterminierten. Als sie an die Macht kamen, versuchten sie sich auf kleine rote Einheiten zu beschränken. Aber deren Unverläßlichkeit und die Gefahr einer Gegenrevolution veranlaßte sie bald, ein neues Rotes Freiwilligenheer zu gründen, dem Gauner von der übelsten Sorte angehörten. Deshalb verwarf Trotzki die Doktrin zugunsten

der Zweckmäßigkeit. Er kehrte zum Einberufungssystem zurück und beschloß, ehemalige Offiziere aus dem Zarenheer einzusetzen. Trotz ideologischer Proteste von seiten der Partei beschäftigte er im Lauf der nächsten Jahre 48 409 dieser ›Spezialisten‹ bei den Feldzügen und 10 339 in der Verwaltung. Im Frühling 1920 wurden 80 Prozent der Positionen in der Roten Armee von früheren zaristischen Offizieren besetzt. Diese Maßnahme brachte Probleme mit sich, und viele Berufsoffiziere warteten nur auf eine Gelegenheit, ihre Einheiten den Weißen zu überantworten. Bald wurde diese Praxis durch strenge Überwachung unterbunden, ebenso durch Repressalien, mit denen man die Familien der Deserteure einschüchterte.

11 Nur ein kleiner Teil des städtischen Proletariats konnte reiten, und ein noch kleinerer wurde von den Kosaken und Gebirgskriegern akzeptiert, die sich der Partei nur widerstrebend unterordneten. Ihre Loyalität gehörte eher ihren Clans und Anführern als einer der beiden Armeen. Die Kavallerieeinheiten desertierten und wechselten die Seiten *en masse*. Deshalb waren die Posten der Kommandanten von Kosaken- und Kaukasierschwadronen nicht sonderlich beliebt.

12 *Inogorodnie* – ›Leute aus anderen Städten‹ – wurden die Bauern genannt, die im neunzehnten Jahrhundert aus ihrer Heimat in die landwirtschaftlich ertragreicheren Kosakengebiete zogen, aber keine unbefristete Aufenthaltserlaubnis erhielten. Sie blieben stets ärmer als die Kosaken und mußten sich damit begnügen, ein Stück Land zu pachten, oder für die Großgrundbesitzer arbeiten. 1917 verschärfte sich der Klassenkampf zwischen den beiden Bevölkerungshälften, und der Bolschewismus fand bei den *inogorodnie* zahlreiche Anhänger.

13 Die Bergbewohner wurden ausschließlich zu Kriegern erzogen. Alle anderen Tätigkeiten fielen in den Aufga-

benbereich der Frauen und Dienstboten. Wegen ihrer ungewöhnlichen Fähigkeiten und ihrer Tapferkeit mußten diese Männer auch als gemeine Soldaten in der russischen Armee keine anderen Pflichten erfüllen, als zu kämpfen. Außerdem weigerten sie sich, niedrige Dienste zu verrichten oder Autos zu steuern. Bestenfalls betreuten sie die Pferde der Offiziere. Sie wurden Reiter genannt, nicht Soldaten, und kein Offizier durfte seine Hand gegen einen Krieger aus dem Gebirge erheben. Ihr persönliches Ehrgefühl verbot ihnen, sich irgend jemandem zu unterwerfen.

14 Die Praxis bolschewistischer Kommandanten, sich schöne Frauen gefügig zu machen, indem sie deren Ehemänner oder männliche Verwandte zum Tod verurteilten, war allgemein bekannt. Wenn sich die Frau wehrte, gab man ihr zu verstehen, ihr Mann oder Verwandter würde sterben. Aber nachdem sie die Wünsche des jeweiligen Kommandanten erfüllt hatte, wurden die Gefangenen hingerichtet, so als wäre keine gegenteilige Vereinbarung getroffen worden. Während des russischen Bürgerkriegs wurden Frauen systematisch mißbraucht, ohne Rücksicht auf politische oder moralische Aspekte.